大河源

阿来 著

青海人民出版社

果麦文化 出品

目录

第一回 黄河源上玛多 1

第二回 同德，黄河东来 105

第三回 共和盆地今昔 149

第四回 峡中黄河 179

第五回 河湟画卷 213

第六回 若尔盖的黄河 297

第七回 果洛，或阿尼玛卿山 345

第八回 上河源 417

第一回　黄河源上玛多

2022 年 7 月 13 日，鄂陵湖在视野中出现

1. 措日尕则山

风雨大作。

面前一面石碑，用阿拉伯数字标出山顶的海拔：4610米。

距峰顶还有二三十米，迈开步子准备攀爬，强劲的风就横吹过来。缺氧的人想张嘴大口呼吸，不太缺氧的人也张开嘴，想在这天低地阔处喊一嗓子，都被这毫无预兆的风给噎住了。

风从天上撕扯下来那么多云雾，一下就把山头和一行人包裹起来。

一分钟前，天空还在聚集阴云，那个隆起的山头后面，还现出一片蓝天。身后的鄂陵湖上也是蓝天。现在，强劲的风骤然而至，风声中，云雾翻腾，伸手可触的那面石碑一下子变得模糊而遥远。紧接着，雨也来了。雨水不是从上往下，而是随强风一道横扫过来，冰凉，强暴，抽打在脸上。赶紧用冲锋衣帽子罩住脑袋，把背朝向风，稍作遮挡。雨声，风声，还夹杂着雷鸣与闪电。闪电过后，空气中有火药燃烧的味道。低头，看见脚边青草间蹦跳着颗颗雪霰。

十几分钟前,从湖边沿着盘山公路上山,头顶还是晴空一片。山顶背后,蓝空里,还停着一片有某种形状,却说不上来像个什么的耀眼云团。

转眼间,就身处在风暴中间,浓雾翻卷,雨水像鞭子。好在,它自己迅速变成了没那么凶横的雪霰。冻结的雾气不再那么汹涌地翻卷。

不确定该往哪个方向走。也迈不开步子。只好站在原地不动。借那面石碑的遮挡,减缓一点儿风雨的冲击。直到脚下雪霰四处迸溅。又不到十分钟,风小了,或者说,风暴裹挟着雾气往东去了。

风暴掠过。风暴远去。

东边,山势急速降低,一下就降到了湖边。离开了这座山头,悬空的风暴失去了威力,只是携带着大团翻滚的云雾,上方乌黑的深处,电闪雷鸣,下方雨脚明亮,横过草原,横过湖岸。

阳光重新降临大地,青草间的雪霰开始融化,几只云雀出现,站在顶破草皮的裸岩上,张嘴鸣叫,大地重新发出了声音。

我们向山头攀爬。

面前出现一座人工建筑。

岩石基座上,两根白色石柱。柱顶上的龙首,嘴永远张着,刚才那场猛烈的风雨是它们唤来的吗?两根石柱也是门，后面，几级台阶。拾级而上。台阶上方，汉白玉栏杆圈出一个平台。紫红色花岗岩基座上，沉重的黑色铜雕，两角竖立的一尊牛首，在具象与抽象之间。据说象征或标志的，是黄河之源。基座上碑铭写得清楚：黄河源头。胡耀邦与十世班禅的手书，一个用汉文，一个用藏文。题字时间是1984年。

此碑的建立，我当时以为也在这一年。后来查阅县志，才知道牛头碑园的建成时间，是1988年，全称是"华夏之魂河源牛头碑"。碑有力量，让人肃立。我把冲锋衣帽脱下，肃立，凝视，默想。时间是2022年7月的一个上午。黄河之源，中华母亲河之源，一个中国人，此时此地，此情此景，心里不会不被唤起庄重的情感。

与此同时，心中还响着一个声音：这就是黄河源头吗？

这一两天，在玛多县，不断听人说牛头碑，牛头碑。以前也看到过一张黄河发源处的照片，一汪泉水前，放置着一个牛头，准确地说，是一具牛头骨。旁边竖一块木牌，上书"黄河源头"几个大字。我一直以为他们说的就是这个地方，其实不是。那个地方还在更远处，在几百公里外的西面。

山头上没有水，岩石间有薄土，本来可以被风吹走，被雨水带走，但因为根须纵横的青草，把这些土抓住，编织出一片片草甸，覆盖了大部分裸露的岩石。

围绕着牛头碑的汉白玉栏杆外，少不了成阵的经幡。大风远去了，但小风的尾巴还留在这里盘旋，却掀不动雨水打湿的经幡。

太阳出来了，一切都在闪闪发光。

一条曲折的流水在青碧的草原上蜿蜒曲折，亮光闪闪。那是黄河，蜿蜒流淌在玛多县城以西以北的荒原之上。早上，我们就是从玛多县城出发，西行约一百公里，来到了此山。

也是刚刚才知道，此山叫作措日尕则山。那面碑上写着的"4610"，正是它的标高。

山下，南边，一面大湖，鄂陵湖，波光耀眼。

黄河源头地区，天远地阔，理论上知道身处某地，某一座山上，某一条水旁，却因为地理过于广大，总对自己是不是身处在那个坐标点上感到茫然。

海拔四千多米的高度上，大地向任何一个方向随意铺展，低陷处，谷地宽阔。耸起的丘岗也不算高峻，我们置身的这个山顶，方圆几百几千里范围的最高处，也只比最低处的湖面高出三四百米。丘岗的顶部，也因为数十数百万年来风雨冰雪的剥蚀变得平坦浑圆。

所以，不能确信自己身在何处的茫然之感如影随形。

为克服这种茫然，随时打开手机地图已经是一种强迫症

玛多县境内的黄河，前景是一丛金露梅

了。还好，山上就有移动公司基站，我在手机上打开地图。图上，鄂陵湖的蓝色比眼前要深，那是一汪纯正的蓝。而我眼前，湖水蓝中带灰，这是映照出的天空还未完全转晴的色彩。稀薄云雾的色彩。湖的形状像一只葫芦，底部朝南。隔着浩渺烟波，隐约可见南边一抹黛青色的山脉蜿蜒，那就是著名的巴颜喀拉山脉。眼前山下，水波拍岸处，是葫芦的顶端，湖的北岸。黄河水正在不远处从湖口溢出，一路接纳高寒草甸上、沼泽中漫流而出的众多有名无名的溪流，蜿蜒曲折，流向东南。

鄂陵湖是一个大湖。南北长约 32.3 公里，东西宽约 31.6 公里，湖面面积 610 平方公里。平均水深 17.6 米，湖心偏北处最深达 30.7 米，蓄水量 107 亿立方米。湖面海拔 4272 米。我站在 4610 米的高度上向下俯瞰，从北向南，水天相接。地图上，湖的北端仅有不到两厘米宽度。但在我眼前，却是蜿蜒好几公里的曲折湖岸。

黄河源碑在这里，但并不是真正的黄河源头。

黄河远在白云间，黄河远上白云边。

玛多县名，在藏语里，就是黄河源头之意。

20 世纪 50 年代，中华人民共和国成立后，过去若干部落的游牧之地，才有了县乡村三级的行政建置。藏语里，玛多是指包括真正黄河发源地在内的整个地区，但行政区划，却把黄河发源处划在另一州另一县。玛多，河源之名，就不是那么确切了。如果不拘泥于最上游那一段从无到有的水流，黄河上游河水的辏集与壮大却是在该县境内。

玛多一县面积两万五千多平方公里，却只有一万五千左右人口——不同资料、不同时期人口统计数并不确切一致，但大致都在这个数量上下波动。全县辖两镇两乡，沿省会西宁至玉树州的高速公路，尽北边是花石峡镇；往南，黄河岸边是县城玛查理镇。西部广阔地域，是黄河乡和扎陵湖乡。目前，我们就在扎陵湖乡的地界。

举目四顾，依然是浩渺湖面，依然是高原面上起伏不大的绿色草甸和云彩稀薄的长天。习惯了各种人工建筑作为地标的我，依然有点儿不辨东西南北。

要离开牛头碑园了。心里有些不舍，再绕行一圈。

先到碑园正面。经当地朋友指点，才有了那个发现。在碑园前一块向着湖面的岩石光滑的表面上。

那是史前人类留下的石刻（岩画）。用石头敲击石头形成的线条，勾勒出了动物的形象。之前，我注意过那块光滑的岩石，却没有看见上面刻画的形象。现在，经人指点，我看见了。一共有三头动物。最上方的那一头，长尾高翘，嘴筒粗壮，应是一种食肉动物。狼，或者是猛犬，难以判断。下方，是两头牛，双角昂起，短尾下卷。是野生的，还是已被驯养？同样难以判断。此前，见过些同类石刻，考古学家大致定位于三千年上下的时间段。

看此图,除空间的宽广,又感到时间深远。刻下这些形象的人群是谁?从血缘上讲,不敢肯定他们是不是我们的直系祖先。但从认识自然与利用自然的经验积累上讲,他们是我们的共同祖先。

无论如何,不论这些动物刻画于什么年代,是万年前,还是几千年前。那都是一种蒙昧中的觉醒,都是从野蛮走向文明。这不仅意味着人开始最初的审美表达,更重要的是,他们把其他动物——捕猎的,豢养的,作为对象刻画出来的时候,就已经通神了,就高踞在了生物链顶端,坐在比造物之神稍低一点儿的地方。头颅,双手,长臂,和整个身躯都被太阳与月亮所辉耀。眼睛,汇聚浩瀚天宇中所有星辰的光芒。当一个人站在几千年前的这个山头,用石头敲击石头,手下线条延展,某种动物的形象出现,那时,他幽暗的智识便开始透进光亮,那些围观的族人,身心中一直处于沉睡状态的情感就被唤醒了。那时,宽阔的风吹过湖水,波光起伏荡漾。

阳光落在身上,风还在吹。大地微微暖气吹。我感到轻薄、却又非常确切的温暖。在这样的高度上不停运动,呼吸免不了有些急促,我用相机对准这些图像不断摁下快门,屏息间,仿佛看见一双比我的双手更粗壮有力的双手,在用一块坚硬锋利的石头轻轻敲击这块大石头,不止一双眼睛在看着这双不停起落的手,看细密的圆点连接成线,勾勒出他们熟悉的动物形象。

我仿佛看到那个手握石器的人,他站在山顶,毛发飘拂,黝黑的面孔浮现出神秘的笑容,被启悟时心醉神迷的笑容。

我在浑圆的山头上坐下来,视线从虚空转向地面。

看见一株正在开花的草本植物。就六七厘米高,但在那些贴地纠缠的薄草地上却相当引人注目。它莲座状丛生的基生叶是鸟羽的形状,比周围所有的草叶都显得青翠可喜。直挺的花茎饱满多汁,很是一枝独秀的样子。当然是一枝独秀,因为这挺立的花葶,从中部开始,直到顶端,在三四厘米的茎上一共开出了七朵花。我数过了,确实是一共七朵。环绕着花茎,大致都面朝着东南方向。花形也很奇特,下方像某种动物下唇,裂为了三瓣。花瓣浅黄色。如果用这草原上的物产作比,那是一罐牛奶面上凝结的酥油颜色。花朵们似乎在用这种润泽的色彩悄声细语。更奇妙的是,这种花的上半部,本来该是上唇形状,却变异成了盔状,那是为了护住娇嫩的花蕊,抵御严寒。因为严寒,那承担了护卫职责的盔状上,都呈现出被冻伤的紫黑色。盔状的前端向前探出,成为鸟喙的形状。七朵花,每一朵花都像一只头顶紫黑的小鸟,下唇金黄,试图歌唱,或正在歌唱。只是,我不能听懂它的语言。不知这种语言,此时所说,是一种外化的情感,还是某种内在的观念。

这种奇异植物名叫欧氏马先蒿。

在青藏高原上，更多分布于三千多米的地方。

同行的人看着我，那是催促起身上路的目光。黄河上游，地理广阔，每一天的路都很漫长。

起身，下山。

此时，裹挟着雨与雪的风暴已经去远。雾气升高，变成洁白的云朵，停在蓝空下面。湖水因此从灰白变得一派蔚蓝。

2. 鄂陵湖畔

弯曲的湖岸，平坦的草滩，几百顶帐篷，几百匹马，几百辆摩托，还有许多皮卡和轿车，形成了一个热闹的集镇。

此一行正是7月中旬，地广人稀的草原上，星散的人们聚集起来，用帐篷搭建起一个临时的集镇。在这里贸易，歌舞，饮酒，比试各家各户新酿的酸奶，男人们赛马，女人们展示祖传的珠宝和新裁制的华丽衣衫。

进入这个只在草原上短暂出现几天的帐篷集镇。

一家帐篷超市，少年们在消费薯片，男人们在畅饮啤酒。他们身后的马匹装饰着漂亮的鞍鞯。帐篷里的裁缝铺，女人们挑选锦缎，试穿各种新出的式样。帐篷集镇的中央，围出一块空地，有人在搭建舞台，测试音响。女乡长告诉我，下午，各村的老百姓会展示各自的歌舞。一个黑脸白须的老人盘腿端坐，表情肃然。我知道，下午演出前，他要登台，吟诵古老的祷颂之辞，对旁边的湖，对周遭的草原。我弯腰向他致意，他也抬起毡帽，回我以微笑。

我们进了乡政府的帐篷。

乡政府在几十公里外。今天，这座帐篷就是乡政府的所在。今天，全扎陵湖乡都集中到这里来了。扎陵湖乡政府，也搬到了鄂陵湖畔。

扎陵湖乡面积很大，包括鄂陵湖在内，一共6100多平方公里，但却人烟稀疏。下辖6个村：尕泽、多涌、擦泽、卓让、勒那和阿涌。857户2410人。6个村放牧的草场面积3720平方公里。存栏各类牲畜数为12万多头只匹。牛为头，羊为只，马为匹。牧民年人均收入1.10万元。

这种清晰的统计数据，反映出的现代社会治理，在这片土地上出现得很晚。

玛多建县的时间是1957年。在此前，漫长的历史中，在这广阔地域中，来来去去的，只是一些游牧部落。水草丰美时，适合生存，他们出现。自然条件恶化，他们离开。看过一份玛多建县前，1956年，对当时部落状况的社会调查报告。当时游牧于今天玛多县境，黄河源头地区的一共有三个部落，分别叫作查科、和科、垮科。和科部落最大，有850户；其次是垮科部落，200户；查科部落最小，130户。按户均5口或6口人计，总人口六七千。现在，全县人口14000多，建政后几十年间，人口翻了一番。

其间，我忘了那位干练女干部的职务是书记还是乡长。她说，他们一家是父亲一辈从西宁附近的湟源县迁移过来的。她是第二代河源人。而现在，为了减轻河源地区的生态压力，这里的部分群众又由政府组织向外迁移了。她在手机上打开玛多县政府网站，上面有这样一段文字："21世纪初，随着国家三江源生态战略的实施，585户2334名河源儿女积极响应国家'保护生态、减人减畜、退牧还草'的号召，主动迁出世代繁衍生息的家园，维护了母亲河源头的生态平衡，为黄河中下游乃至全国的生态文明建设做出了巨大牺牲。"

我们坐在帐篷门口草地上交谈时，帐篷里，燃气灶"呼呼"吐火，年轻的乡干部迅速弄出饭菜。煮牛肉，烧牛肉，炒牛肉。也有蔬菜：白菜和芹菜，还有番茄。白菜和番茄在汤里，芹菜在炒牛肉里。几个牧民表情拘谨，坐在我的对面，劝说几回才肯动面前的饭菜。他们是来自各村的牧民。现在都有了一个新身份——生态管护员。

女乡长介绍说，扎陵湖全乡共从牧民中聘请了生态管护员749名，他们是其中三位。

三个人开口说话，互相补充。

我大致弄清楚了他们的职责。巡护观察各自责任区域的生态情况。包括冰雪消融，湿地与溪流水量变化，野生动物活动迁移，草原植被消长。更要制止任何有损生态的行为。主要是盗猎盗捕野生动物，和滥采滥挖野生植物。

此问彼答，他们的情绪渐渐都松弛了。

他们拿出手机，展示生态管护员的微信群。群主是县政协一名干部，过去当过镇长。是我此行玛多的向导。管护员们适时把巡护时所见的事情发在群里。我拿过一部手机翻看，有文字信息，藏文汉文都有，但以现场拍摄的照片居多。

一只母熊，带着一只刚出生不久的小熊在溪边饮水。

一只普氏原羚正在生产。小羊的半个身子还卡在母亲身体里面。

一只羊被狼袭击了，血肉模糊地躺在地上。

一只体形雄壮的野牦牛，正在靠近一群家牦牛。管护员笑了，露出镶嵌的金牙，说，野公牛看上我们家的母牛了。我问，野牦牛是不是受到欢迎。他说欢迎啊，野牦牛和母牛交配的野血牦牛，身体强壮，产奶产肉都多。远源杂交，还可以防止品种退化。另一管护员笑着说，但家养的公牦牛不高兴。但它们不高兴也没有办法，因为打不过野牦牛。

生态管护员制度的设立，还是国家一项惠民政策。管护员主要是从建档立卡的贫困户中选拔的,每月有一千多块钱的劳务报酬。说到脱贫攻坚,我记起以前读过一篇资料,说20世纪80年代初,这个玛多县,是全国最富裕的,人均收入两万多元。原因很简单,地域广阔,人口数量少,而牲畜数量众多。但现在情况却有些不一样了。气候变迁,草原退化,承载不了那么多的牲畜,一些人由富转贫,变成了生态难民。手里一份最新的扎陵湖乡介绍材料,说本乡总人口为2066人;比另一份材料少了344人。乡上干部说,一份旧材料,一份新材料,数字都是对的。那三百多人,为了保护和恢复黄河上游生态,把一个村整体生态移民了,搬迁到几百公里外的移民新村去了。

交谈完毕,他们继续吃饭。

我有些微高原反应,不头痛,也没有呼吸不畅,就是胃口不开。便溜出帐篷,一个人去湖边观望。

湖岸曲折,湖水一波波地从南往北涌,漫上沙岸,推动砂粒,发出细密声响。我沿着湖岸一路走去。转过一个湖湾,身后的帐篷集镇就不见了。

只有湖,只有湖边稍稍隆起的丘岗,上面青草连天。

我走到了一座小山下面。湖岸陡起,变成了一面十来米高的断崖。湖水拍击岩石,变得汹涌些了。岩石层层累积,显示出更久远的时间的纹理。那是比所有动植物生命都更漫长久远的时间。我拿起一片岩石，轻轻用力，它就在我手上破碎了，留在我指尖上的，是有些粗砺的砂。

这是沉积岩。过去，曾在水下。在远古大洋，那个消失了的叫特提斯海的水下。现在，却高耸成岸。风来化解，雨来剥蚀，高岸崩解，湖水扑溅上来，轻搓慢揉，将其分解为铁灰色的沙。

世界开始时就是这样。

沧海桑田，世界重新开始时也是这样。

3. 柏海往事

往回走的路上，遇见一块刻了字的石头，竖在湖边。上书三个大字：迎亲滩。

时间似乎静止的地方也有久远过往。一切似乎刚刚开始的地方也有深长历史。

那时，这个湖也许不是现在的名字。

鄂陵湖，这个藏语的名字也许还没有产生。

那时在这一带活动的人群是吐谷浑，可能还有白兰羌。就像南面那道蜿蜒起伏的山脉，在蒙古人来到之前，没有蒙古语的名字——巴颜喀拉。那时，这里有国，也叫吐谷浑。

那时，吐蕃国王松赞干布为迎娶大唐公主，已经派兵占据吐谷浑国这片领地。

唐代史书记载："（吐蕃）发兵以击吐谷浑。吐谷浑不能支，遁于青海之上，以避其锋。其国人畜并为吐蕃所掠。"

史书还留下了唐人对这个湖的称呼：柏海。

那是公元7世纪中期，东亚大陆上同时崛起两个帝国。中原是大唐，青藏高原是吐蕃。

公元641年，唐贞观十五年，唐太宗李世民应吐蕃国王和亲之请，将唐宗室江夏郡王李道宗之女，他的远房侄女赐封为文成公主，远嫁吐蕃。这一年正月，唐朝派文成公主的父亲，礼部尚书、江夏郡王李道宗护送女儿出长安，在吐蕃迎亲专使禄东赞陪同下，翻日月山，过青海湖，风餐露宿半年之久，行程数千里，来到这鄂陵湖畔。此时，从吐蕃都城逻些（拉萨）出发的吐蕃国王松赞干布率领的迎亲队伍，早已翻越唐古拉山和巴颜喀拉山等候在这里了。

两支队伍相会柏海。

《旧唐书·吐蕃传》对此事有确切记载：

"贞观十五年，太宗以文成公主妻之，令礼部尚书、江夏郡王道宗主婚，持节送公主于吐蕃。弄赞率其部兵次柏海，亲迎于河源。见道宗，执子婿之礼甚恭。既而叹大国服饰礼仪之美，俯仰有愧沮之色。及与公主归国，谓所亲曰：'我父祖未有通婚上国者，今我得尚大唐公主，为幸实多。当为公主筑一城，以夸示后代。'遂筑城邑，立栋宇以居处焉。公主恶其人赭面，弄赞令国中权且罢之，自亦释毡裘，袭纨绮，渐慕华风。仍遣酋豪子弟，请入国学以习《诗》《书》。又请中国识文之人典其表疏。"

为扫清迎亲路上的障碍，本来"不通中国"的吐蕃，不但破了介于大唐与吐蕃间的吐谷浑，还一路荡平了古羌系的诸个小国。

《旧唐书·吐蕃传》记载："于是进兵攻破党项及白兰诸羌，率其众二十余万，顿于松州西境。遣使贡金帛，云来迎公主。"

文成公主的父亲李道宗可不是养尊处优的皇亲国戚，来扮演一个送亲的老丈人。他可是唐太宗手下一员能征惯战的大将。

这一回，已是他第二次来到柏海。

第一次到达，是六年前的贞观九年。他作为西海道行军大总管之副，以鄯州道行军大总管的身份，和另一位唐初名将侯君集率军征讨吐谷浑，就曾来到这柏海之上。

这个故事还得从吐谷浑国说起。

吐谷浑也不是这河源地方的土著人，而是起源于中国东北的鲜卑民族。

《旧唐书·吐谷浑传》中说："其先居于徒河之青山，属晋乱，始度陇，止于甘松之南，洮水之西，南极白兰，地数千里。"徒河在今天的锦州，青山在辽宁义县。魏晋南北朝时，北方战乱频仍，这个民族辗转流离，来到今天甘肃西部和青海一带。甘松、洮河，都在大西北地方。白兰则是今青海境内的一个小国。

《旧唐书·吐谷浑传》中记载吐谷浑人"有城廓而不居，随逐水草，庐帐为室，肉酪为粮。……男子通服长裙缯帽，或戴冪罗。妇人以金花为首饰，辫发萦后，缀以珠贝……西北有流沙数百里，夏有热风，伤弊行旅。"

大唐开国时，吐谷浑国王叫作伏允。他一面遣使者入大唐联络，一面在边境兴兵劫掠，因此引起唐太宗重视。遂派使者前往说服吐谷浑国王伏允，并征他入朝，意在让其承认大唐的宗主国地位。伏允不肯听命前往。反而替其儿子尊王向唐朝求娶公主。唐太宗没有拒绝，只提出要尊王亲自到长安来迎接公主。吐谷浑朝廷怕尊王一去，被唐朝扣为人质，便称病不肯前往。唐朝因此废除婚约。吐谷浑自恃地广兵强，"复遣兵寇兰、廓二州"。这正是沿黄河上游一带，从今天甘肃兰州到青海化隆。

于是，便招来唐军进击。

《旧唐书·吐谷浑传》对此战有翔实记载："贞观九年，诏特进李靖为西海道行军大总管，兵部尚书侯君集为积石道行军总管，任城王道宗为鄯州道行军总管。"征讨伏允，"靖等进至赤海，遇其天柱三部落，击大破之。遂历于河源。"

此一战，侯君集与李道宗率领的是南路军，"登汉哭山，饮马乌海，获其名王梁屈忽，经涂二千余里空虚之地，盛夏降霜，多积雪，其地乏水草，将士噉冰，马皆食雪，又达于柏梁，北望积石山，观河源之所出焉。"

那一战的结果是，伏允自杀，吐谷浑国力大伤。新国王承认唐为宗主国，并娶了唐朝的弘化公主。这一回，松赞干布娶了文成公主，三国便成了亲戚关系。大唐身份高，是舅，吐谷浑与吐蕃则对唐"执子婿之礼"。

那时的迎亲滩上，湖上波绿，湖边草青，大唐与吐蕃欢会时，一定也有吐谷浑人参与欢庆。

因为那时，柏海与河源还是他们的地盘。

4. 扎陵湖口

乡里的百姓和干部聚向帐篷集镇的中心广场，参加或观看演出。

我们和他们告别，继续上路。

鄂陵湖消失在身后。又见到了河流，在起伏并不剧烈的峡谷中迂回穿行。

我们进山了。山有名字，巴颜朗玛。如此命名，代表当地人认知中，这山也是巴颜喀拉的一个部分。

这些山在造山运动中刚刚崛起时,也曾经是高耸峭拔的吧。

同是喜马拉雅造山运动在青藏高原造成的巴颜喀拉山脉,在其东段,山显得年轻,花岗岩的群峰高耸,峡谷动辄深切两三千米。但在这里,同一条山脉的西端,经历了长期的风化与剥蚀,大多低矮浑圆。通常只比平均海拔高出两三百米。即便如此,依然阻挡了流水,形成了鄂陵湖。还有我们正在前往的西边的扎陵湖。在更早的久远年代,湖水是不相通的。

但水的使命就是要贯通大地。

河流的形成,和一般的理解有所不同。不只是上面的水向下冲刷,反而是下游的水向上,一点点掏空土与石,一点点向上侵蚀。当然,上游潴积的水也会向下开掘通道。上面的水和下面的水相向而行,久久为功,日积月累,终于打破了山的阻碍,开辟出一段段峡谷,形成河道。

下流的水,其实有过漫长的上溯。

"黄河远上白云间",一千多年前诗人的歌唱,有意无意间竟包含了河流形成的道理。

"黄河之水天上来",一千多年前的诗人更是写出了黄河下行的辽远与壮观。

我们沿着峡谷曲折西行。

峡谷忽宽忽窄。宽阔处,有另外的河水前来汇聚。28

公里的流程中，没有打听名字的众多小溪不算，叫得出名字，颇有规模的河有纳多曲和承勒那曲。

然后，高地下沉，形成一个广阔的盆地，地质学上叫作构造凹地。盆地盛满浩渺无际的水，这就是扎陵湖。

站在一个浑圆的、绿草稀疏的丘岗顶上俯瞰，只看见湖的东部。

湖水不是一个狭窄的出口，而是从湖岸东边随处溢出，河道散乱如发辫，编织出一张水网。在藏语中，把这水网形容成孔雀开屏。玛，就是孔雀。源头的黄河，在藏语里的意思就是孔雀河。

扎陵湖呈不对称的菱形，东西长35公里，南北宽21.6公里，面积526平方公里，平均水深8.9米，蓄水量达46.7亿立方米。湖的东北部较深，最大水深13.1米；西部较浅，水深一般只有一两米，最浅处只有几十厘米。底部铺展的正是那些来自曾经高峻山峰上的岩石变成的砂砾。

车停在高处，人下往湖边。

一点点靠近，一步步靠近，有点儿庄重的意味。

我站在了最大的那个出水口上。是一道略高于湖面的矮桥。桥下是一排直径约1米的水泥管道，桥上是砂砾铺成的路面。

湖岸上也是砂石。没有树木，哪怕是低矮的灌丛。砂砾间生出一些草。低矮的乌头，高挺的针茅，成团匍匐的黄芪和棘豆。这些植物都有发达的根系，耐得住瘠薄。能够在岁岁的荣枯中不断积累有机质，如果没有外力破坏，有一天，它们会把砂砾变成富含有机质的黑土。这是自然演进之功。这高海拔的草甸与湿地，都是由这些顽强的植物所造就。但现在，因为人类活动增多加剧，这个过程正在反转，多少万年才得以形成的草场正在退化，植被减少，黑土裸露，被风雨剥蚀，重新变回裸露砂砾的荒漠。

沿着湖岸西行。湖水一波波拍向湖岸，在细碎的砂粒上留下道道长长的弧线。天又变了，阴着，灰色云雾把天空和水面混同为一体。望不见西边的岸线。

这行走是象征性的。心里有冲动，想徒步绕湖一周。同时又知道这不可能，事先没有准备，也没有那么多时间。只是面对广阔大地、浩茫水天时一种希望深入的冲动罢了。

心里这么想着，却已经回身走到了那道矮桥上。

这一回，下了垫高的桥基，沿着河流下泻的方向。走不多久，河流就分开了，面前是一个又一个岔口。每一岔口处，都露出一面形状各异的沙洲。许多水鸟在其间起落。有鹭，有雁，有鸭。认出两种鸭，绿头鸭和凤头潜鸭。棕头鸥张开翅膀悬浮在空中。水中游鱼无数，这些水禽食物充足。这里那里的砾石间，有吃剩成半条、小半条的鱼，露出白色的脊椎骨，和空洞的眼窝，已经风干。

棕头鸥鸣叫，赤麻鸭懒洋洋地卧在沙坑中间。

那种想一直走下去的冲动又来了。这回是想一直往下，走到黄河的下游去。去走广大的中国。就这样，一直走到河流漫入一片草地，变成了一片苔草密布的沼泽，一直走在沼泽中差点儿陷落了一只鞋。把脚拔出泥沼，登山靴防水功能很好，鞋面糊满了黑泥，里面却没有进水。于是，故意涉浅水而行，为的是洗去鞋面上的污泥。

湖边有几处白色建筑。没有人。是一座无人值守的水文站和气象站。看那些仪器设施，有测雨量和风速的，有测湖水涨落和出湖水流量流速的。这些数据都会自动上传到某个地方。查到一个数据，说扎陵湖的每年出湖的水量是两亿多立方米。我攀上一座竖立了风速仪的楼顶，极目西望，见湖上浮着小岛。湖水鼓涌，如大地呼吸的节奏。大地吸气，水鼓涌，小岛消失；大地呼气，水波下落，岛又出现。

陪同的当地朋友告诉我，那些岛上，成千上万只大雁云集，产卵孵化。

这位朋友是先前说过那个生态管护群的群主。他说，可惜没有船，去不了那些岛上。

我问他，黄河源在哪里？

他说，这里就是黄河源。

我说，我是问你真正的源头。

他把我带回到湖口出水的那道矮桥上，说，这里就是黄河源。他说，黄河是从这里开始的。从此开始，河叫玛曲。

扎陵湖口

从这里往上，宽阔的水面是湖。湖的尽头，数条水流入，但那几条河流都不是玛曲。它们分别有自己的名字，比如约古宗列曲、卡日曲和扎曲。我知道他这么说，有点地方主义。我看过材料，约古宗列曲也叫玛曲。但我尊重他的地方主义。也许，他是在下意识地维护玛多县作为黄河源头县的地位与名声。

这是和教科书上知识相异的地方性知识，也包括了地方的立场。承认扎陵湖以上的水流也叫黄河，那玛多就不是河源县了。其实，我也需要一点儿心理安慰。今天，我必须认为从扎陵湖这个湖口，从这几条半埋于下面的水泥管道处，就是黄河上源，藏语中玛曲的起始处。

当然，我也就明白了，在玛多县境内溯河而上的行程到此结束。

我故意问陪同的朋友是不是这个意思。

他点头称是，说，过了此湖，就是另一个州，玉树州，不是果洛州了。过了此湖，就是另一个县，曲麻莱县，不是玛多县了。

我说，据我所知，曲麻莱县还有一个乡，叫麻多。不也是汉字对音玛多的异写吗？他笑了，说，反正写成"麻"，就不是"玛"了。

我们遇到一个简单又复杂的问题。表面上是一个语言学问题，关于黄河不同段落的藏语名字。其实并不是语言学问题。而关乎一个国家内部,新设置的行政区域划分带来的地方性认同与情感。所以,地理学意义上那个黄河源头,我还必须重新寻路抵达。

现在,我们已经抵达了玛多县的"玛多",即玛多县的黄河源头。我没有失望,不但不失望,我觉得还另有收获,因为我至少会两次抵达不同地域认同中的黄河源。

这也符合语言的本质。语言学家索绪尔就认为,语言作为一种符号,所指本该有一个基本内核。内核虽然有某种确定性,但符号本身却有任意性,总要受到历史中人的看法的影响。我想,关于黄河不同河段的命名与解释,正是这样一个例证。

这也可能是我愿意到这片广袤高旷地带亲历一番的原因。如果只是要得一些公共知识,在今天这个时代,依靠卫星地图和各种文字材料,就可以安坐书斋,做一次溯源之游。

还是不舍得马上离开。

又在那道底下是几孔水泥外壳与金属内壁的圆形泄水道,水中立着两把水位标尺的矮桥上站立一阵,才转身,回到湖岸的高处去。

5. 唐蕃古道

车行在高原,湖深陷在盆地,越来越低,越来越远,最后终于消失不见。

在穹窿般隆起的最高处,公路边,一条荒废在浅草中的道路出现。

一条荒废的驿道。

公路往西,偏南一点儿,朝着湖水浩渺的深陷盆地而去,而这条老路,大部分一定与公路的走向一致,所以,便被新修的公路所覆盖,所替代。

这一段之所以保留下来,是因为它没有向湖盆去,而是略微偏北,选择了干燥宽广的高地。

它就那样偏北延伸,径直斜上,往高地的最高处。在高丘隆起的浑圆顶部,消失在很低很近的天空下面。

天又放晴了,空中的风吹动灰色的云层急急消散,露出了一方蓝天。

这是唐蕃古道的遗迹。

我走上这条路,踏着路上的石头和泥土,以及正试图掩去这条路的浅浅的青草。

路面微微倾斜,依顺着山丘的表面,右手边,滑落积存了厚些的泥土,青草蔓延,不大看得出原先的界限了。但在左手边,却裸露出带着些微红色的砾石与土层的路肩。虽然

文成公主进藏时走过的唐蕃古道遗迹

就二十多厘米高，却清楚地标示出古道的轮廓与走向。

在这样的海拔高度上，植物生长艰难。这条路，自公路修通以来，已经有几十年没人行走了，但浅浅的路肩仍然裸露着，没有被青草掩没。在这条路上行走，稍高处，几百米外的丘顶，就是天地连接处，似乎随时就可以走进蓝天。但每前进一步，蓝天又后退，现出又一条天地的连接线，似乎永远也走不到跟前。

这个地方，距中午离开的迎亲滩大概二三十公里。我想，不知道当年送亲的队伍和迎亲的队伍在那里聚会停留了多长时间？三天？七天？还是十天？文成公主在湖边被迎进了吐蕃国王的大帐，不知道举行了什么样的盛典？宴会是肯定的。庄重的宫廷乐舞也是肯定的。

美国学者彼德·克罗斯里－霍兰德，搜集整理过藏族民间关于各种乐器的传说。其中说到文成公主善于弹奏琵琶。说她弹奏琵琶破除了诅咒，破除了魔鬼在她和松赞干布之间设下的障碍，才得以结成良善的姻缘。

这个故事说，文成公主弹奏琵琶，是在一眼泉水边。这泉水是观音菩萨同情当地百姓苦难的泪水所化。

我愿意相信，公主一定在迎亲滩上弹过那面琵琶。

我愿意相信，公主一路西去，也携带着那面琵琶。她的琴声里，一定有湖水的激荡，有流云的飘飞。或者，她在王帐中理弦定调时，一定还有两国官员间严肃的关于两国关系的定位与谈判。订约，盟誓，依照吐蕃礼仪，还要宰杀牲畜作为牺牲。

最后，公主与远送的父亲，那位能征惯战的李道宗，一定洒泪而别。此一别，今生就不复再见。

然后，公主沿着这条路向西出发，向着黄河源头，再向南，翻越巴颜喀拉山，过通天河，翻越唐古拉山，向羌塘，向拉萨河谷，向吐蕃王城拉萨。

吐蕃立国于公元618年，衰亡崩溃于公元842年，国祚224年。正巧唐朝开国也在公元618年，灭亡于公元907年，立国289年。比吐蕃多出的那一个甲子，也处于风雨飘摇中，苟延残喘，勉强续命罢了。而两国相始终的两百多年里，时战时和，如果以时间算，还是和平交往的时间多过互相攻伐。

这条道路，在文成公主来到前，就已经有吐蕃前往长安请婚和迎亲的使臣两度走过。有学者做过统计，两国互相通使的209年间，官方使节来往就有290余次，唐人的记载叫："金玉琦绣，问遗往来，道路相望，欢好不绝。"

两国官方使节来往，包括了朝贡、议盟、会盟、封赠、告丧、吊祭、报聘与和亲等丰富内容。

文成公主后，又有金城公主入藏和亲，嫁与松赞干布的孙子。

景龙四年，公元710年正月，唐中宗养女金城公主在左骁卫大将军杨矩护送下，由长安起程前往吐蕃。唐中宗亲自送公主到始平县（今陕西兴平市），并设帐宴请王室成员及吐蕃使者，他还命令从臣赋诗为公主饯别，并改始平县为金城县，又改宴别之地为凤池乡怆别里。中宗"赐锦缯数万，杂技诸工悉从，给龟兹乐"。

当时，饯别时应皇命赋金城公主和亲的诗在《全唐诗》还存续多首，由当时诗坛盟主沈佺期等人所作。其中一首，诗名叫《奉和送金城公主适西蕃应制》，是一位叫徐坚的人作的，他在诗中想象了公主远上河源的景象：

星汉下天孙，车服降殊蕃。
匣中词易切，马上曲虚繁。
关塞移朱帐，风尘暗锦轩。
箫声去日远，万里望河源。

还有一个叫阎朝隐的人，作了一首同题诗：

甥舅重亲地，君臣厚义乡。
还将贵公主，嫁与檞檀王。
卤簿山河暗，琵琶道路长。
回瞻父母国，日出在东方。

可能因为这一次送亲路上气氛友好浓烈，使得大唐边将情绪松快，居然上奏唐朝皇帝，将此前唐朝和吐蕃军队攻守间互有胜负，形成相持局面的九曲黄河之地，即黄河上游的宽广草原，作为和亲之礼，送给吐蕃。出这个主意的人，便是护送金城公主的入吐蕃使杨矩。那时，他同时身任河源军使，鄯州（治所在今青海乐都）都督，是镇守唐蕃边境的大将。有史料说，他出此建议，是受了吐蕃贿赂，所以才上奏请将河西九曲之地为公主汤沐邑，"矩奏与之"。皇帝居然也就准允了。

九曲之地广阔无边，直抵大唐边境陇山左右，吐蕃在此水丰草美之地蓄兵养民，使之成为入侵大唐的根据地。史书中说："吐蕃既得九曲，其地肥良，堪顿兵畜牧，又与唐境接近，自是复叛，始率兵入寇。"从此，局面便难以收拾了，杨矩也因此悔惧自杀。两国相征相伐时，数万数十万铁骑在这条古道上奔驰来往，又是另一番景象了。金城公主在世时，还有人在中间说和，缓和局面。她一辞世，两国的冲突就更为剧烈频繁，更加血腥残酷了。

战和之间，这条古道上，有大军行过，也不断有商人、信使、传法与求法的僧人、前往长安留学的吐蕃子弟不断走过。

道路漫漫，往事历历。

脚踏古道，心头想起遥远的历史。不觉间，便来到这萧瑟旷野的最高处。天气又变了，再次由阴转晴，弥漫低垂的灰云，在高空中被风吹拂，散去的散去，未散去的升高变白，被太阳镶上金边，凝聚成团。已经消失在身后的扎陵湖又出现在眼前，因为辉映蓝空，灰蒙蒙的湖水变蓝了一点儿。

唐人爱写诗，有人曾在这漫长的古道长途跋涉过，留下了诗章。

有些诗，不来自《全唐诗》，而来自敦煌藏经洞的文书，一首并不高明的歌行《白云歌》，作者所言与我眼前所见倒还恰切：

> 遥望白云出海湾，变成万状须臾间。
> 忽散鸟飞趁不及，唯只清风随往还。
> ……
> 殊方节物异长安，盛夏云光也自寒。
> 远戍只将烟正起，横峰更似雪犹残。
> ……
> 望白云，白云天外何悠扬。
> 既悲出塞复入塞，应亦有时还帝乡。

我们上到高处，古道又下往低处，再沿着对面的小丘缓缓上升，那个小丘的顶部，有一只旱獭，立起身来，垂着两只前肢，向着远处张望着什么。

在这圆丘顶上，我在那残存的矮路肩上小坐片时。

环顾四周，高寒草甸水少土薄，野草生长艰难，不能完全覆盖地表。有两三种植株健旺些的却在顽强开花。

我认出一种，白花枝子花。唇形科、青兰属多年生草本植物。

十来厘米高的植株，一共长出长短不一的三枝花茎。茎不是圆柱状，摸上去有鲜明的四条棱线，还摸得到高寒地带植物为御寒而长出的茸茸细毛。下面是贴地生长的叶片，茎的中上部，是轮生的花朵。短枝上几朵，长枝上十几朵。花朵尾部是储蜜的萼筒，前端是张开的唇形花瓣。上下唇对称，下唇稍长于上唇。稍长的下唇，是为了便于采蜜同时传粉的昆虫降落。萼筒与花瓣都是白色，都在稀薄的阳光下微微闪光，都在若有若无的风中轻轻摇晃。

在青海省，此前我已多次见过这种植物，在青海湖畔，在祁连山中。那些地方，海拔降低，水丰草茂，这种开花植物也生长旺盛，不似在这个高度上，显得那样孤单落寞，而且瘦弱。

白花枝子花也是饲草，在生长期中处于青绿状态时，羊、马、牛、驴均采食。作为草药，有镇咳平喘的作用。我把一朵花从植物上拔下，把萼筒塞进嘴里，轻轻啜吸，尝到了蜜糖的味道。

我起身离去。风吹过,草动摇,那株白花枝子花也在身后,在风中摇晃。有人看见,它摇晃,无人看见,它也摇晃。在它多年的生长中,只是极其偶然的一瞬间,它才被我和随同的几个人一并看见。又或者,除我之外,并没有人认真地看过。

这条路,唐人和吐蕃人走过。

元代蒙古军队走过,进京城充当帝师的萨迦派大喇嘛们走过。

清代,商贩、僧人和官员走过。

如今,公路通了,就没有人再走了。

6. 雁群与藏野驴

归途上,鄂陵湖再次出现,再经过迎亲滩,帐篷集镇广场上的歌舞已经结束。几个孩子在草地上追逐一只足球。我们没有停留,驱车回玛多县城。

快出鄂陵湖区了,面前的高地伸出一个狭长半岛。一湾湖水,被西下的夕阳照得金光闪闪。

在这里,看到了这一天最多的野生动物。先看见好几种水鸟,好几百只,浮在金光闪烁的水波之上。我让司机放慢车速，探出头看这些精灵从容嬉游于湖上。白天，行经两个大湖，都没有看到期待中的众鸟翔集的盛大场面，不想却在行程即将结束时得以一见。公路沿湖湾行进，湾中水面成群的赤麻鸭优游。体形硕大的斑头雁振翅低飞，降落水面。它们带蹼的掌状双脚向前伸出，抵住水面，减速滑行，在湖面上划出长长的波纹。

突然，车停下。我想要车停下，为了不耽误行程，没有开口。车却自己停下来了。湖水在右手边，司机把手指向左边的山梁。一队动物出现，好几十匹，站成一列，背衬着蓝天，向湖边张望。是藏野驴。我们不动，坐在车里，看它们一匹匹走下山梁，在我们面前不到百米处，从容地横过公路，走向了湖边。湖中的鸟儿显出点儿惊慌的样子，但也没有起飞，只是往湖水深处游了一两百米，依然载沉载浮地停在湖上。

作为马科动物，藏野驴体形健壮，扬蹄行走时姿态轻盈。像马而不像驴。身躯的背部和两侧，从头到尾都是棕红色，毛色油亮，四蹄与腹部是不那么鲜明的白。黑鬃毛短粗，加一条少毛的细尾使整个身体线条简约流畅。一共有四五十匹，从容地走进湖湾中的草地。这片草地背风，能停蓄更多水汽，上面的草便比别处更青更绿也更茂盛一些。藏野驴们昂然走过吃草的羊群，下到湖边，伸出脖子，低头长饮。它们饮水时，也像马一样，不断掀动鼻翼，呼出的粗重鼻息吹起了团团涟漪。

湖边的牧羊人看着那群藏野驴，却不似我们这些人全是惊喜的目光。他们没有去打扰这群野生动物，但他们的目光里却有忧伤与迷茫。我猜得出原因，但还是想要求证。几句话的探问，证实了我的猜想。

这是生态保护与牧民生产的矛盾。

人口增加，草原上牲畜数量增加，放牧范围扩大，对高寒草甸的生态造成破坏，同时也侵占了原先属于野生动物的生存空间。这些年，特别是三江源自然保护区建立以来，部分生态破坏严重的区域的牧民减少牲畜数量，退牧还草，甚至放弃牧场，移民别处。牧民说，结果呢，野生动物种群的恢复比草场的恢复还快。

牧民说，限制人，限制牛羊，结果，牛羊不吃的草却让给了这些数量越来越多的野驴野羊，特别是这些藏野驴，食草量比牛还大。人不放牧牛羊了，但草还是没长起来，都被这些野物给吃掉了。

我要跟牧人讲大道理，野生动物多，也是一种良好生态。

牧人有些固执，这里的保护区，不是要保护黄河吗？保护黄河就要保护草原。这个我们知道。但把牛羊赶走，把草让给野驴野羊，照样吃草，甚至吃掉更多的草，不是也没有保护到黄河吗？

牧人也有牧人的道理。不能说牧人的道理就没有道理。

牧人最后的问题是,我把五百只一群的羊减少到三百只,还有什么意义?

这样的看法从科学家的论文与政府文件中是看不到的。

这些藏野驴,饮完水,并不打算离开,而是在草滩上来回踱步,有几匹,还互相碰触头颅,碰触长颈,从容嬉戏。本来想等它们离开后,我们再离开,但看它们流连忘返的样子,我们也就不再等待下去了。

7. 玛查理,古渡上的桥

十多年前,第一次到果洛州,就听说一句话:"玛多县不过夜,花石峡不吃饭。"

那是在花石峡镇吃午饭时听说的。

这句在当地流传颇广的话是说,为避免剧烈的高原反应,要尽量在这两处减少停留时间。

那一回,我们在花石峡匆忙吃了顿午饭,没有停留,便往海拔较低处去了。

这一回却是为上溯河源而来。

昨天过花石峡,到玛多县,已在玛多县城玛查理镇过了一夜,没有太过强烈的反应。这一天,回到县城,吃过晚饭，想翻阅专门讨要来的《玛多县志》。看不过两页，因为白天奔波了太长的路途，床头灯都没关，就沉沉睡去了。

睡得早醒得也早。天刚亮，我就走出县城，去往黄河边。

历史上，这里的黄河上没有桥，县城所在是一个渡口，叫玛查理。这是一个藏语和蒙古语复合的地名词。我们已知道"玛"是藏语，本意是孔雀，喻指黄河。据说"查理"却是蒙古语，意思是河沿。两种语言叠加，意思就是黄河沿。蒙古人从元代开始进入这一地区，也许这名字是13世纪时就已经有了。那时的玛查理没有眼下这个镇，只是一个渡口。夏天水涨，要用牛皮筏过渡。水小时，骑在马上就过去了。冬天，冰封的河面就更容易过去了。

走在河滩上，草上与砂砾上，都凝着薄霜。想起昨晚看过县志上的一句话："全县全年无绝对无霜期。"

渡口已经是很久以前的记忆了。河边没有牛皮船，也不见一点儿古渡的痕迹。

黄河上早就架上了宽阔的公路桥。过去，是一座桥，桥上是214国道。过去十多年里，我分别走过这条路上的不同段落。只是，没有来过玛多。今天河上又有了一座更宽阔的高速公路桥，是西丽高速上的黄河桥。西丽高速公路，与214国道相伴而行，从西宁经玛多经玉树通往云南丽江。

黄河自西向东，公路从北往南，构成的这个十字，把地理广阔的玛多一县的地理变得更加直观。

昨天,到鄂陵湖和扎陵湖,去的是黄河北岸,县城西边。今天,我们要去的是县城东南,黄河的南岸。

受到县里优待,被请到一个特别的地方去用早餐。

这样特别的地方,几天前,刚从四川若尔盖县进到果洛州时,在达日县已经去过一回了。

这是近年来,才在高海拔县城出现。

玻璃为天顶,玻璃为墙的大钢架房子中套着小房子。小房子围出一个小院,设了茶座,铺了绿色的化纤地毯。没有风,天顶的玻璃透进温暖的阳光。草原上没树,院子里来了些低海拔地区的树,长在盆里,叶片碧绿宽大,吸收阳光的同时,呼出氧气。

我们被请到那里去,早餐的同时,可以多吸到几口氧气。

县长来陪同早餐。他说,这种建筑是当地干部群众的一项小小福利,在无树的地方看见绿树,特别是在漫长的冬天,那真是一份不小的心理抚慰。更何况,这里面,氧气总比外面的荒野多一点点。

餐食也有不止一种选择。

有内地一样的稀粥、咸菜、馒头、鸡蛋。也有当地传统早餐。

我取当地的：酥油埋在糌粑下面，干酪撒在糌粑上面，用奶茶冲调。这些本地百姓的食品，经饿，热量充足。第三碗奶茶时，身上就沁出了微汗，使人精神饱满。

县长问行程，我说，想把全县的两乡两镇都走一遍。

他说，玛多不过夜，老师是要在这里过三夜了。

我说，玛多不过夜，那你们在这里一年就是多少个夜。

他说，你们今天去黄河乡，去巴颜喀拉山。明天去花石峡，我建议绕点儿路，多去一个地方。

我问是什么地方。

他说，明天一起早饭时再说吧。

8.黄河南岸黄河乡

出发，去黄河乡。上高速，先在服务区加满了油箱。

前行不久，路牌上闪现一个地名：星星海。

那里，南北横向的公路折而往东，为了避开右边盆地中那群大小不一的湖泊，避开那些曲折萦回的溪流，那些沼泽草滩。

星星海，每一面湖都在早晨的太阳辉映下闪闪发光。还有湖上的鸟群，湖中倒映的云彩都在车窗外飞速掠过。

又一面蓝色路牌上闪现出一个新地名：野马滩。

野马滩不是个小地方，方圆三四百平方公里。滩，指的是地势低下的河谷，水量充沛。河水搬运来的土层厚积，植被比那些高旷的山原丰富许多。自然也就成为野生动物栖息的天堂。这片黄河宽谷，曾以野马众多而闻名。有资料说，几十年前，在此地遇见野马，不是三匹两匹，而是几十乃至几百匹，成群觅食奔跑。20世纪物资匮乏时期，野马肉就是稀缺的蛋白质，为保障生活，各地组织的捕猎队接踵而至，野生动物数量急剧下降，野马滩变成了无马滩。

当然，这是几十年前的往事了。此后国家相继制定有关野生动物资源保护条例，直至《野生动物保护法》制定施行，滥捕滥猎之风被制止，野生动物数量恢复性增长，在野马滩区，野马、黄羊和石羊数量增长最快。也许野马们还有当年几乎被赶尽杀绝的惊恐记忆，至今也远避人类，藏在沼泽地深处，不肯到接近人类的公路边来，反正过野马滩，一匹野马也没有看见。

野马滩连着我们的目的地，黄河南岸的黄河乡。

黄河出鄂陵湖后，一路蜿蜒向东，入野马滩，又接纳了热曲和江曲两条河流。三河汇集处，就是黄河乡所在地，名叫热江坎多。

数公里幅面的宽谷中，三条河交错蜿蜒，有些时候归束为几条流水，更多的地方，纵横交错的河流间，是看不出流向的湖星罗棋布。

稍高出河岸的阶地上的黄河乡，也就是几排不规则分布的红瓦白墙的平房，也有几座两层楼房。周围还有些牧民们过冬的土坯房。院墙也是本色的土坯垒成。墙头有草，针茅一类，在风中摇晃。

这样的地方，真是远在天边。

乡长读过我两本书，是个身材瘦长的眼镜中年。

副乡长递给我三页刚打印出来的A4纸，该乡的基本情况介绍。

黄河乡位于玛多县东南部，总面积707.23万亩，可利用草场面积508.83万亩。平均海拔4500米，年平均气温 -4°C，全年无绝对无霜期。全乡行政区划为阿映、热曲、江旁、塘格玛、白玛纳、斗江、果洛新村，共7个村，985户，3006人。牧民兼任的生态管护员879名。乡政府干部职工46名，其中正式在编干部26名，其余是临聘、对口支援、见习和借调人员。据我目测，该乡所在地，加上当地百姓，人口数恐怕不会超过500人吧。

这个乡的归属也多次变迁，初建时属下游的达日县。1958年划归刚建立的玛多县。1963年设黄河公社，1984年改设黄河乡。全乡原为6个村。第7个村，果洛新村，是为安置黄河源区退牧还草的生态移民而新建。

黄河由西北向东南穿越全境，径流200公里，流域内湖

玛多县黄河乡

泊众多。

全乡以畜牧为主业，畜种有藏系绵羊、牦牛等。野生动物资源丰富：野牛、藏野驴、羚羊、黄羊、石羊、盘羊、白唇鹿、棕熊、狼、红狐、猞猁、雪豹、獾猪、野猫、旱獭等。

候鸟也众多，每年五月来归，产蛋育雏，十月飞去。

20世纪70年代末，编成的《青海省果洛地区天然草场考察报告》中记载，黄河乡植物种类140种，其中牧草类30～40种。药用植物约120种，主要有马先蒿、卤陈、麻黄、雪莲、马勃、茛菪、秦艽、大黄、车前草、黄芪、龙胆草、委陵菜、马尿泡等。

我随手拍下几种稀疏分布的开花植物：紫菀、蒲公英、黄芪。分别是紫花、黄花和浅黄花。

我们去往一座新建的两层建筑。草原宽广，不需要为节约用地而建筑楼房。风大，也是不盖楼房的另一个原因。

这是三江源自然保护区刚落成的保护站。走廊中陈列的许多照片，是要保护的走兽与飞禽，比如天鹅与雪豹。还有两种美丽的开花植物：总状绿绒蒿和大花红景天。

打开一个房间，陈列着各种观测设备，主要是野外自动观测的红外相机。外面走廊上照片里的动物，有些就是这些相机拍摄到的。还有各种手写的观测记录。每一页都预先制成表格，经过培训的管护员，只需照单填写。隔壁是一间教室，有幻灯机、投影仪，是定期集中培训生态管护员时用的。

生态保护，不只是保护一方山水，保护中国母亲河的源头，也是改造人的工作。几十年前，这片土地上的族群，还分散成若干游牧部落，逐水草而居，几无有效的治理结构。现在，这些牧民却要兼任如此具有科学内容的工作，执行网格化的严格管理。可见生态保护的同时，也是造就新人，养成社会意识的工作。

又一个房间，我看见一摞空白的生态管护员培训证书。拿到这个证书，管护员才能正式上岗。还有勋章式样的生态管护纪念章，这该是用于那些合格或优秀的生态管护员的表彰了。

从保护站出来，我们登上乡政府背靠的那座山丘。

对看惯大山的我来说，这确实只能算是一个小山丘。但此地的高原人，却郑重其事地把这种高出宽谷一两百米、两三百米的没有尖顶的丘，都郑重其事地叫作山。

向西指，十来公里外，江日尕玛山。

向东望，数十公里远，隐约高出谷地的，斗格同宝山。

再往东，视线尽头，地势微微起伏，隐约一线处，白美热赞山。

我们顺着植被稀疏的缓坡攀去的，叫阿依地。

这片缓坡，是一片经过治理的退化草甸。豆科的黄花决明，叶片泛着灰白，比其他牧草显得肥嫩许多，一丛丛密集生长，正在努力蔓延成片，不知哪一天，哪一年，才能完全覆盖地面。

土层裸露处，露出许多互相串连的小洞，那是鼠兔的功劳。鼠兔，是草原治理的一个难题。草势兴旺时，它们在地下打洞，有疏松板结的土壤之功。草甸退化了，它们这般打洞，从地下啃食已经很稀疏的草根，却又加速草原的荒漠化。生物链比较平衡时，控制鼠兔数量靠凶猛的猛禽，比如鹰，比如隼；也靠食肉的走兽，比如狐狸和狼。

从古到今，人类基因中就潜伏着狩猎的原始冲动。也是生存需要。

猎杀狐狸，可以得到美观而又保暖的毛皮。

狩猎狼，可以保护自家的牛羊。

猎杀飞鹰，更显示出一个男子汉的英武之气。

但如此一来，鼠兔天敌减少，数量便失去了控制。人又发明了毒药。于是，牧民们便有了一项新工作，在鼠兔和其他鼠类，其他动物的洞穴前散布含药的毒饵。鼠兔有毒的尸体再杀死没有猎杀殆尽的食肉的飞禽与走兽，而鼠兔们借上天赐予的进化功能，很快产生抗药性，人类并不能将其毒杀殆尽。如此形成一种恶性循环的生态灾难。草场光秃，变成一片片黑土滩。这种局面，是在近十年才随着对生态灾难成因的认识的提升，开始得到扭转。

交出了昂贵学费，付出沉重代价，人才认识到，任何鸟兽，任何植物，都是完整生态链上一个不可或缺的环节，保护鸟兽，不再滥捕滥猎野生动物。

早在20世纪初叶，眼见工业化时代，人类对自然的破坏力进一步增强，美国人奥尔多·利奥波德在他的《沙乡年鉴》一书中首次呼吁，人类需要一种"新的伦理"，"一种处理人与土地，以及人与在土地上生长的动物和植物之间的伦理观。"

这种伦理观把已有的人与人之间、人与社会之间的伦理关系扩展到土壤、水、植物和动物。也就是说，曾作为万物之灵君临世界的人，必须无条件退回到与众生平等的位置，有意识地担当起生命共同体中的公民角色，进而在彼此竞争与合作中获得可持续发展。

这种新伦理观，充分体现了一种生态良知，要求人类必须始终为土地的健康与活力承担责任。在复杂而庞大的生物群落中，唯有人类才能自觉地担当起保护自然资源的角色和维持完整食物链的重任，并由此实现人与土地持久的共存与和谐。

这种伦理观，当然得到了广泛响应，同时也得到了丰富与发展。

保护植被，不再超出草原的载畜量追求过度的产出。野生动物开始归来。消失的绿草，用人工播种的方式促使其归来。

我看到，植被正在恢复的黑土滩上，好多鼠洞已经空了，不再有数量众多的啮齿动物频繁出入，而是被云雀占据，作为巢穴。

看到人，云雀并不钻进洞中躲藏，而是直直飞上天空，猛烈扇动翅膀，发出尖厉的鸣叫。这是在抗议我们这些不速之客闯入它们的世界。

9. 有鹰巢的阿依地

爬上了山头。

一个顶部平坦的山头。

山头上是草甸，浅草密集，根须深扎纠缠的草甸。上千年，或许更长时间才形成的草甸。踩上去，脚下有微微弹性，像一张厚实的羊毛地毯。

站在山丘顶部俯瞰，视野更加开阔。眼界里依然是宽谷中交织的河网，依然是草地间的大小不一形状各异的湖泊，依然是宽谷尽头的起伏不大、平缓浑茫的远山。

这个山头叫阿依地。

草甸中央，一个四方的两米多高的插箭台。

台上插着一束象征性的箭杆与箭头。用杉树干或柏树干切削，再分段染色制成。

在青藏高原的任何一个地方，某个山顶，都能遇到这样的插箭台。那十多枝箭集成一束，箭头直指天空，四周还有彩色的经幡在风中飘拂。这箭是献给山神的。而四周飞散的纸片，藏语叫龙达，意译是风马。每一张纸片上都印有藏文的经咒，中央却是一匹驮着宝物的骏马。这马与箭，都同献给山神。各地的山神各有各名，各地的山神管辖着不同的地界。但所做的事情却都一样，要骑着献祭的骏马巡视他庇护的凡间山河，要用献祭的利箭射杀可能给地方、给凡间百姓制造灾祸的妖魔鬼怪。

这都和其他地方的插箭台没有两样。

但在台顶上，那成簇的箭杆中央，却有一个鹰巢！

动物的毛，鸟的羽、枯草，筑成的一个鹰巢。

鹰巢边缘，那些筑巢的材料，草与羽毛，在风中轻轻摇晃。这时，我似乎听见了一声鹰叫。再听，是鹰的声音。但不是成年的雄鹰展翅巡航时，迎风发出的啸叫。那声音很短促，而且温柔，一声又一声，就来自那巢中。

我退远一点儿，看见了巢中蹲踞着两只雏鹰。

也许是我们这群人弄出的动静惊扰到了它们。它们才发出了那鸣叫。此时，两只雏鹰都从巢中探出头来，转动着脖颈，目光明亮，四处张望。它们看到的是人的身影。它们栖

格萨尔赛马称王出发地，插箭台顶上鹰巢中的两只雏鹰

身的祭坛之下，断断少不了敬神的人来来往往。那些人可能不像我们这般安静，他们会做漫长的祈祷，会大声呼唤神的名字，会燃火煨桑，会在风中向空中抛撒成百上千片的风马。比起那些敬神的人，我们确实安静多了。

两只习惯看见人的雏鹰也安静下来，在阳光下张开还很短小的，只长着浅浅深灰茸毛，还没有长出坚硬飞羽的翅膀，享受阳光。这时，天空中盘旋着不止一只飞鹰。这其中一定有一只是它们的母亲，一定也有一只是它们的父亲。这种眼光锐利的猛禽一定早就注意到有人向它们的巢穴靠近。我期待，它们的母亲，或者父亲，会盘旋而下，回到巢前，护卫它们的幼子。但没有，它们和其他鹰一起，在天空中平展开翅膀，缓缓盘旋。看来，它早已知道，人不会捣毁它的巢穴，不会毁伤它两个幼子的生命。时代不一样了，人与动物，已经达成了新的契约。它唯一要做的，是捕获一只小动物回来，喂养它们，用丰富的营养促成强健生命尽快成长。

一只人造建筑上的鹰巢，巢中两只见人并不惊惶的雏鹰，无意中却成为人与自然关系重建与改善的见证。这个世界，是人的世界，也是所有生命共生共荣的世界。

我再次走回到祭坛前，站到它朝东的正面。发现上面镶嵌着一面石刻的熟悉神像。它是藏族神话史诗，也是世界上最长史诗《格萨尔王传》的主人公格萨尔。

此时，我脑子里冒出一句话："果洛的格萨尔！"

这是十多年前，我漫游果洛大地时写下的一篇散文的题目。这是黄河上游，果洛大地上无处不在的神。我在这里又遇见了。

在这里，在这座叫作阿依地的小山顶上。插箭台面东的石墙上，镶嵌了一面金属牌子，上面刻写：格萨尔赛马称王出发地。这不是随便写上去的，是远在北京，一个官方的格萨尔史诗研究机构认定颁发的。

话到此处，便有些人神不分，历史与神话相互混淆了。

我问，何时赛的马？

答，很早以前了。历史有系年，神话就只需说很早以前。

我问，就是从这里？

答，从这里。

问，哪里是终点。远在扎陵湖西，地方叫格日杂恰。

距这里多远？

往西北方，大约300公里远。

跑多长时间？

不清楚，可能要一天。在善于驱驰的古代，这也不是没有可能。

牵涉神话，事情就变得扑朔迷离。史实与神话相互掺杂，哪是史实，哪是神话，就更难分辨，但在果洛这个文化区域，很多时候，神话也是当真实历史看的。

这个故事大概的轮廓是这样。

相传，很久以前，这片土地上妖魔横行，黎民百姓遭受无尽苦难。大慈大悲的观世音菩萨为了减少凡间苦难，派天神之子下凡降妖除魔，降临草原，做黑头藏人的君王——格萨尔王。

格萨尔王住在天界的时候，名字叫作推巴噶瓦。父亲是白梵天王。推巴噶瓦下到凡间，担负着消灭恶人魔军，在天地间播撒福善种子的重任。这位神子降临人间，刚刚诞生，开口就能说话，抬腿就能走路。

天神之子一到凡间，便领受了人性的卑劣。他有一个嫉妒心极强的叔叔，名叫晁同，不惜以种种恶劣手段与年幼的侄儿争夺王位。格萨尔五岁时，便与母亲为躲避叔叔的迫害，迁徙远方，经历了种种磨难。十二岁时，晁同提出举行部落赛马大会确定岭国王位。晁同坚信自己的儿子东赞会赢得比赛，因为他家有岭国最好的骏马。格萨尔却只有一匹名不见经传的野马。但是天神护佑，在比赛中，格萨尔竟以非凡的勇气和智慧取得了胜利，登上岭国至高无上的雄狮金座。迎娶森姜珠姆为妃，统领岭国上中下三部。

以此为起点，格萨尔王率领他的三十员大将和众多部众，抑强扶弱，征服四方妖魔，攻占十八大宗，二十一小宗，即古代的部落联盟和小邦国家，建立了不朽的丰功伟绩。黄河上游草原因此留下了他和三十员大将以及王后与诸妃众多的传奇与遗迹。

历史上真有过这样一个英雄人物吗？

应该有过。

强盛一时的吐蕃王朝崩溃后，青藏高原上群雄并起，或割据一方，或相互吞并的混乱时代里，应该有过一位雄踞一方的部落首领，一位兼并众小邦的大邦之王。

可是，这个英雄当时的事功并没有在历史文本中被确切记录下来。虽然，彼时的藏族社会已经有了完备的文字系统。格萨尔的事迹是以口头文学韵散间杂的方式传诵千年。

一部《格萨尔》神话史诗的传唱史，就是漫长历史长河中所有歌者与听者参与创造的历史。这个不固定的文本，在每一次传唱中被夸饰，被戏剧化。在这个不断变动、不断丰富的口传文本中，那些并起的群雄中另外一些人的事迹也渐渐汇聚到一个人身上。包括吐蕃国王，如松赞干布的身影，也影影绰绰在这个故事里得以浮现。

这个故事文本刚刚产生的时候，佛教对青藏文化的覆盖还不如后世那么深入与全面。而当这株故事树日渐枝繁叶茂，佛教的观念也不断渗入，以至于很多版本成为宗教义理的通俗宣喻本。一千多年过去了，这个文本从一部草原部落史，一部小王国英雄传记变成了一部藏文化的百科全书：地理、历史、风俗、自然观念、情感、神灵的谱系，无所不包。

可是,在许多人,从普通人到当地的文化人意识中,很多时候,这部神话还是一部真实的历史。黄河上游的果洛大地,正是这种文化意识非常强烈的地区之一。随便到一个地方,都有与史诗相关的遗迹显现。

昨天,我们在扎陵湖乡的行程中就遇到一处。

那是临湖的一处高丘。丘顶上有倾圮已久的残墙,显然是一处防卫性很强的曾经的城堡。中间还堆积着以前建筑的石头。石头年代久远,长满了苔藓。

陪同的朋友说,这是格萨尔王妃森姜珠姆父亲的城堡,是她嫁给格萨尔王之前,生活成长的地方。现在,在那废墟的中央,也是丘岗的最高处,新修了一座方形的塔,上面包裹交缠了那么多经幡与哈达,几乎将塔身全部掩盖。塔的下方,还有一尊珠姆的塑像。黑衣金面,右手举着的,不知是马鞭还是权杖,也全部涂金,在稀薄的阳光下亮光闪闪。

那地方海拔4500米,面朝扎陵湖的丘顶平坦广阔。据说,有人曾经在废墟中发现过战刀、箭头和一口铜锅。我问,是正式考古发掘吗?答曰不是,就是好奇的人发现的。从远处眺望,城堡范围更加清晰可辨。但是,若要问这城堡是在什么时候存在,时间系年马上就模糊不清了。说,据当地老人们讲,很久以前,这个小山丘上有一座四四方方的城堡,城堡内有一座金碧辉煌的宫殿,这就是格萨尔王妃的父亲，这一带最大的富豪嘉洛·东巴坚参的家。

据说，这里的地形地貌与《格萨尔王传·霍岭大战》中的记载非常吻合。

根据是这一篇章中珠姆对自己家乡的描述："当我降生人世间后，住在箭路牙罄口，碧波汹涌扎陵湖，嘎巴嘉让与天齐，金碧辉煌达孜宫，这福禄十全院，便是珠姆我的家。"

也是据当地老人们讲，那时的扎陵湖、鄂陵湖和与这两湖邻近的卓陵湖，分别是三个部落游牧地。其中一个部落叫嘉洛，部落首领叫东巴坚参，他率领部众游牧到扎陵湖畔后，建立了这座城堡为中心基业，牛羊、人口繁盛，嘉洛·东巴坚参的声誉响彻四方。

有一个传说夸耀东巴坚参之富。

说这富甲一方的部落首领家有千匹骏马，好似天上的星星点缀在扎陵湖畔。说在古代，每九百匹骏马中就会产生一匹与古代神兽麒麟仿佛的独角马。那时，这样的神马就在他家的马群中出现了。人称"嘉洛九百独角马"。它具有神的灵气、人的感情、龙的福运，成为一个家族兴旺的独特标志。

今天，这匹传说中的独角神马，被塑成一座高大的塑像，竖立在玛多县城的中心广场上。

森姜珠姆就出生在这个富丽堂皇的宫殿。珠姆是佛教诸神中白度母的化身,是大慈大悲的观音菩萨了解到人间疾苦,为了拯救遭受苦难煎熬的黑头藏民,令她降临人间,与格萨尔结为伉俪,共同造福人间。

森姜珠姆种姓高贵,才貌出众,神话史诗的说唱中,对珠姆的外表是这样形容的:

眼神灵动如蝶飞,双目黑亮像泉水。
眉儿弯弯似远山,牙齿晶莹如白玉。
双唇好比玛瑙红,肌肤嫩白月光起。
身似修竹面如月,头上青丝垂松石。
说起话来最动听,步摇犹如舞仙女。

传说中的珠姆是完美的化身,擅长一切妇女的技艺,所想所为没有一点儿缺陷。即便一身打扮也体现了一切福、一切美、一切善,令人陶醉,令人艳羡:

右面的头发梳向右面,左边的头发梳向左边。
脖子戴有松耳石项链,身佩镶嵌宝石的佛龛。
手腕戴有宝石的镯子,手指戴着闪亮的戒指。
身上水獭皮镶边的藏袍,盘绕层叠像九层宫殿。
锦缎靴绣着三层彩虹,犹如度母站立在湖边。

因这些绸缎珍宝的装饰，珠姆显得更加妩媚动人。光明的太阳比起她来显得暗淡，神仙见了也会动心，艳丽的莲花也会被夺去光彩，死神见了也会怜惜她的美貌。

赛马还未举行，珠姆就已经心属格萨尔了，在暗中帮助格萨尔了。这既是天神的旨意，也是珠姆的倾心良善。

赛马即将举行，但格萨尔却还没有一匹良驹。故事中的格萨尔对前来相助的珠姆说："我成就事业的神驹赤兔马，现在还在万马群中，除了你和妈妈噶妃外，别人无法认识它，也更无法捉住它。"

格萨尔所说的这匹马也不是一匹凡马。也是从上界下到凡间来襄助格萨尔成就事业、造福人间的。这匹赤兔马是马头明王的化身，尾巴和鬃毛像松耳石一样碧绿，全身毛色像红色的宝石，每根毛梢上都闪烁着彩虹霞光。总之，它不是普通的凡马，它是马中之王，是千里神驹。于是，珠姆和母亲出发去寻找那与众不同的神驹。经过数日艰难跋涉，终于在圣地蒙兰拉卡发现了这匹神驹。珠姆用神索套住它的时候，众神向凡间抛撒鲜花，用彩虹搭起了神帐。

于是，神驹赤兔马和格萨尔终于在黄河上游，扎陵湖边的草原上相遇了。

在一个吉祥的日子，格萨尔牵着赤兔马来到了东巴坚参的宫殿前。

他向珠姆问道："我心爱的珠姆，你先前不是说马有鞍鞴，人有马鞭，以及要对这两样东西进行祝愿祈祷吗？现在该是你兑现诺言的时候了。"

这时，珠姆的父亲东巴坚参已在宫殿中设好了如意黄金宝座，上面铺上了绸缎的垫子，碗里斟满香甜的美酒，案上摆满丰盛的美食，欢迎格萨尔的到来。珠姆奉上了鞍鞴和马鞭，并对二者给予了最真诚的祝愿。也是在这一天，东巴坚参将他的城堡和财富交给了格萨尔，使他成了这个城堡的主人。

然后，格萨尔骑着装备齐全的赤兔马去往阿依地，沿水青草碧的黄河长驱数百里，赛马称王。遥远的历史记忆，与饱含情感的想象在这里相遇，创造了新的历史传奇。

这确实是基于一种非常强烈的情感，更是一种相当独特的文化观。

在这片大地上行走，随时随地都可能与传说遭逢。一个湖，是珠姆曾经出浴的地方；一片因矿物成分呈现红色的岩石，是格萨尔诛杀某个妖魔时溅出的血迹；一片平旷中耸起的一个阶地、一个高台，是格萨尔点将阅兵之处。传说中事迹活灵活现，但唯一的缺失，是没有故事发生的具体时间，都是"很久以前"。作为一种特别的文化现象，在这里多费些笔墨，以后可能就少写或不写了。

10. 巴颜喀拉山

离开黄河乡,出野马滩。再上到高速公路,没有向北回玛多县。

继续一路向南,去巴颜喀拉山。这一路行来,这道青黛色的绵长山脉,若隐若现,始终浮动在南方天际,这形成了一个强烈的吸引,我不想等待,看地图只有几十公里行程,便马上驱车前往。

心情急切,但这段高速公路却限速80公里。与始终相傍的214国道上行驶的车辆,差不多是同样的速度。

其实,这路想快也快不了。因为一段段路面波浪状不断起伏。上升,又下降,下降,又上升。车行高原,加上缺氧导致的恍惚之感,如小船行在波浪之上。同车有人因此晕车,并发出疑问,为什么不把路面弄平?我说,这路面弄不平,因为我们进入了冻土地带。

这一片高原,雄踞中国西部。

由于地处大陆腹心,海拔高,气温低,地表和地表下数米,水、泥土、破碎的岩石混合在一起,形成冻土地带。

地表及地表下的物质,和水一起,冬季冻结,夏季融解。也就是说,这里的土地,在冬天坚硬,夏天却变得柔软。冰冻强烈时,冰冻使得部分地表隆起。当气温升高,特别是地表下冰冻融化时,地面又会向下塌陷。这样的地质条件，对于需要长程穿越，且需要始终保持平坦的道路来讲，几乎是灾难性的。这起伏的路面，就是冻土不断冻结，又不断融解、不断作用的结果。今天的公路能够保持这种样貌，虽有起伏，但还能保持路面的完整，已经是工程学上取得巨大进展后的情形了。

地质学上说，冻土是一种对温度极为敏感的土体介质，含有丰富的地下冰。因此，具有很强的流变性，其长期强度远低于瞬时强度。由于冻土的这些特性，在冻土地带修筑道路就面临两大难题，就是冻胀和融沉。我们穿行这条公路时正是高原上短暂的夏天。此时，路面下冻土中的冰变成了水，和着融解的泥土。坐在车上，似乎也能感到看不见的下面，瞬间的鼓涌与沉陷。高速路高出地面一米左右，筑成不含水的砂石路基，正是为了抵抗这种冻胀与融沉。

如此这般，如此富有弹性的柏油路面直向天边。

就这样来到了巴颜喀拉山。我却不觉得已经登上了巴颜喀拉山。

面前是一座浑圆的山。那只是这平旷高原上的又一处比高原平面高不了多少的隆起。车停下，抬头见一块蓝色路牌，上面清楚地写着：巴颜喀拉山，海拔4824米。

不能不信，这就是巴颜喀拉。

东西向，把黄河上游与长江上游分开在南北两侧的巴颜喀拉山。

欧亚大陆与南亚次大陆于6000多万年前发生碰撞时开始隆起的巴颜喀拉山。

印度板块与欧亚大陆板块的碰撞，使原先处于古特提斯洋底的岩层破碎、错动、上升，形成了今天的高原与群山。那时，年轻的山峁拔耸峙，地面也太过崎岖。太高太崎岖了，大概也不适合造物的本意。于是，在漫长的地质史上，又受到自然之力的摧折。在以百万年为单位的漫长冰期中，厚达数公里的冰川压顶，使高崚者崩解。厚厚的冰帽把太耸峙的岩石碾成碎屑，由消退后的洪水从高往低搬运，使山变得低矮一些，把太深的裂谷填得平整一些。此后还有冬春交替，雨雪冰霜，融化又冻结，冻结又融化，再加上强风无休无止地打磨，石变成砂，砂变成泥。夷平作用，削高填低。高原终于变成了眼下这浅缓起伏的形态。

眼下，我就身处这正被夷平的高原面上，景象与此前想象中的高峻雄伟大为不同。

山口两边，相对的两座山头最多高出路面两百米左右，因为严重的风化剥蚀，看不见悬崖断壁，只是最顶上有几簇岩石尖峰。风化的砾石变成流石滩，布满平缓的山坡。迎面吹来的风却很大。地上四散着湿漉漉的、难以起飞的风马纸片，坡上斜挂被风撕扯的经幡。

我走下路基，一道浅浅的沟谷，也是一处溪水的发源地。

因夷平作用而披满碎石的巴颜喀拉山下，在草地上简单午餐，东西向的公路连接西宁和玉树，饭后，我将上山去看流石滩上的植物

黑色花的苔草和白色花的灯芯草笼罩着一个个隆起的冻土墩。环绕这些土墩，是一连串大小不一的水洼。这是一片狭长的沼泽，向着山脚的宽谷倾斜而下。水洼里的水汇聚起来，成为一道浅浅的溪流。

横切过这条溪流，爬到对面的流石滩上。每向上一步，脚下堆积的风化的砾石都要让人下滑半步。好在我不是要去攀登那座看起来可能有五千米海拔，裸露着青色岩石的山顶。我只是想看看流石滩上那些顽强美丽的草本植物。

第一种，最美丽的，是被英国植物猎手威尔逊称为喜马拉雅蓝罂粟的绿绒蒿。威尔逊发现，这些植物是在往东几百上千公里远的横断山中，在四川省的西北部。我在这里，也发现了这种美丽的植物，种名叫作多刺绿绒蒿。在那些一直向下滑落的因风化而破碎的砾石间，它们稀疏分布，扎根在薄薄的砂土中，狭长的叶子上有刺，抽出的花茎上包裹着茸毛，其间也突出一枚枚尖刺，茎端是一朵硕大的、蓝如梦幻的花朵，比头顶的天空蓝，比远处的湖水更蓝。我用相机拍摄的这一丛，一共升起五支花茎，举着五朵花，每一朵花都是五片蓝色花瓣捧出一簇金黄的雄蕊，一丝一丝的雄蕊有几百根之多，每一根雄蕊，都头顶着一个花粉包，也就是众多的雄性精子，在风中震颤着，围绕着中央那枚圆柱状的，顶端凸起鲜明十字纹路的子房，漫柔舞蹈。风在吹，植株在摇晃，花瓣在摇晃，雄蕊们在震颤。风很凛冽，停留稍久一点

流石滩上的多刺绿绒蒿

流石滩上的苞叶雪莲

儿，就迅速带走身上的热量。为了不被冻僵，也必须不停攀爬。走到另一丛同样的花前。这一丛蓝色精灵，花朵的中心却依然进行热烈的生殖活动。热烈不是形容，有生物学家测量过盛花期的绿绒蒿，花蕊簇拥的中心，温度确实要比周围气温高出一些。金色的雄蕊们热烈簇拥，雌性的子房却端坐不动，她的任务更重，短暂交欢，接受众多精子的轰炸后，她受孕，身体膨胀，吸取光热，汲取营养，子房演变成饱满的蒴果。等种子成熟，果皮干枯，在冬天来到前炸裂，把众多的种子撒布到石缝中，积雪下，等待下一个姗姗来迟的春天。

还有用贴地的姿态把纤细的植株紧挨成团来抗拒低温的山地虎耳草，在正午的阳光下，它们开出了那么多那么明亮的黄色小花。

某种红景天。某种风毛菊。因为过了花期，难以分辨具体的种。

然后，一切都消失了。只有石头，破碎的石头。脚踩上去就向下流动的石头。这是生命的上限。我转身下山。

回到山口的公路上，拿出地图。这里不仅是长江与黄河的上源的分水岭，也是行政区域的分界处。往南下山，玉树州。眼下，我们站在山口偏北这边，还是在果洛州玛多县。视线往东，顺着一道山梁渐行渐远，却是四川省石渠县，我想起那里最靠近巴颜喀拉的那个乡，叫长沙贡玛。

其实，巴颜喀拉山也有高峻雄伟处，在往东几百公里处的横断山前。

巴颜喀拉，不是一座或几座山峰，而是一个庞大山系。一条西北—东南走向的山脉。西与可可西里山相接，东抵松潘高原和邛崃山。整条山脉长780公里。

这条山脉的名字，也包含着历史上高原上不同民族迁移流动的信息。

"巴颜喀拉"是蒙古语，意思是"富饶的青黛色的山"。那应该是在元朝建立前，蒙古人初入青藏高原的13世纪初叶了。

比蒙古人更早占据这片雄荒大野的是藏族人，是在吐蕃强盛崛起的公元7—8世纪。再之前，古羌人、苏毗人、白兰人、多弥人、吐谷浑人，把这山叫作什么，已经不得而知了。这山也有藏语名字：职权玛尼木占木松，即祖山之意。古代中国的汉语典籍里称此山为昆山，又称昆仑丘，或小昆仑。《山海经》就记载："昆仑墟在西北，河水出其东北隅。"古人的理解没有错，巴颜喀拉确实就是昆仑山向南的分支。

从山上下来，已经是下午两点了。

还有时间多走一些地方。

于是，我们离开高速公路，从一条宽谷口进去，沿着砂石路面的乡道往西。

巴颜喀拉，深色的岩石骨架的山体一直在左边蜿蜒。沟谷深陷时，山体消失不见。我们穿行在溪流迂曲，小湖众多的沼泽湿地。不一会儿，公路又爬到盆地中隆起的高旷处，山脉再次浮现。一路缓缓起伏，向西边蜿蜒。

向导说，他这段时间都在南边山上扎营，观察野生动物。是县里通知他下山来为我当向导。他的帐篷都还留在那边山里。

我问他观察些什么，他说，棕熊、野牦牛和雪豹。他说，这些动物喜欢待在离人远一点的地方。我问他管护员的微信群里有什么新消息。他说，这个地方，没有手机信号。

又下到一处宽广的沼泽地带，却还望得见左边的山脉。一片有几公里宽的草甸，微微倾斜在沼泽和山脉之间。几顶黑色帐篷，周围有牛群游弋。向导兴奋起来，他指着一顶帐篷说，那是村长家的。

汽车离开砂土公路，沿着牧民们留在草甸上的隐约车印，一直开到那顶帐篷跟前。

帐篷里闻声迎出来两个十来岁的男孩和他们发辫盘在头顶的母亲。

草原上的人习惯了遥远，所以，隔我们还有三四十步远便拉着长音说话。这也是为了克服空间上的距离。

客人从哪里来？

从县上来!

客人辛苦了!

不辛苦!

请客人进帐用茶!

走到帐篷前,才被告知,帐篷的男主人,也就是这个村的村长,不在,去乡里办事去了。

看惯了定居农业景象的人,在这里会感到惊讶。有村长,说明这里有一个村。但在这里,视线所及,几十上百平方公里的范围内,并没有哪怕一座固定的土木或砖石建筑。只在距这一顶帐篷一两公里,三四公里远的范围内,有几顶同样的黑色帐篷。帐篷前停着一辆皮卡,或者摩托,四周的草原上散布着各家的牦牛群。

我们被迎进帐篷。

帐篷里,浅草地面,和泥土混同,已经被压紧变干,成了临时居所的坚实地面。上面铺开揉制过的羊皮或小牛皮,毛面朝上。有了这个,不管是家人还是客人,就都可以席地而坐了。我们围着帐篷中间那一架铁炉子坐下来。按照规矩,客人坐在炉子的上首,或者说右手边,左边是主人的位置。炉中牛粪火散发着暖意,面前的碗中斟上了热腾腾的奶茶。帐篷的左右两边,整齐地码放着被褥、粮食和新提炼的酥油。上首雕花的矮柜上,安置一座佛龛,佛前的灯盏里,长明灯火苗静静燃烧。

我们喝茶，与女主人谈话。

无非是牛羊、收成，还有野生动物出没的情况。特别是雪豹、狼、熊，这些会对牧民牛羊造成杀伤的凶猛的食肉动物出没的情况。这些年，生态保护的观念越来越深入人心，野生动物的数量不断增加。牧民们饲养的牛羊便无时不处于它们的威胁之中。女主人说，就在昨晚，附近一家人的羊，就被两只棕熊袭击了。村长就是去乡里报告这家牧民的损失。政府会对受损的牧民有所补偿。

有人问，野生动物在哪里？我们怎么没有看见？

两个羞怯的男孩动作起来，掀开帐篷门，指向左边青黛色的巴颜喀拉山，说，吃饱了，它们就回山上。饿了，就又下来了。还说，狼在下面，雪豹在最高的上面。还说，狼和熊出山多，雪豹很少下来，因为岩石山上有很多野羊：盘羊、岩羊和羚羊。

女主人一边拉着长声和我们说话，一边动作麻利地架锅烧水，在盆中和面，锅中水开了，便往沸水里揪面片，再切些新鲜牛肉，也投入锅里，加油、盐、辣椒，和从草原上采来的野葱花。葱花是淡黄色和紫色的。我认出来，紫色花的是甘青韭，淡黄色花的是镰叶韭。

一人一碗热腾腾的揪面片下肚，身上便出了微汗。

我钻出帐篷，旁边低矮犬舍中钻出一只藏獒，对我露出警惕的表情。跟在我身后的两个孩子，对藏獒大声说话，告诉它我是家里的来客。这猛犬嘴里便发出咿咿唔唔的一串声音，重新伏下身子，趴在了犬舍前。

两匹马脚上套着绊绳。为的是它们不会走得离帐篷太远。一匹马举头远望，若有所思的样子。一匹马掀动着鼻翼，呼呼有声，低头啃食贴地的茸茸青草，听得见它扯起青草根茎和错动牙齿嚼食这些根茎的声音。这声音听上去有些惊心。牧民们养殖的牲畜中，羊与马已经减少很多。其中一个原因，就是马与羊啃食青草时，除了草叶，还会把草连根拔起啃食。而牦牛，则只是啃食草叶。牛是更利于草重生、利于环保的家畜。

牛粪。一团团牛粪摊晾在草地上，这是从四周的草原上收集来的，晒干后就成了燃料。帐篷迎风的那一面，晒干的牛粪饼已经垒成了一道矮墙。

就是这样，在特殊的自然环境，这里的人们把消耗降到最低，绝大部分消耗，都参与到自然的循环。如此，我们才能如此持久地拥有这样一片高阔旷远的绿水青山。

11. 黑土滩

告别那顶帐篷，重新上路。

遇到了一条河，这条河大致向着东北方向。这说明它是要去与黄河汇聚。

在这片荒野中,一天中要遇到太多的河,河流纵横纡曲,简直就是一个河道的迷魂阵,我已经记不下那么多条水流的名字了。总之,我们又下降到古代冰川造成,又由这条河流成千累万年荡涤淤积的宽谷中。在一道水泥桥上停下,看河水沉缓,往东往北。两岸是宽平的阶地,南边的岩石山脉已不可见。这里也是神话传说中格萨尔赛马称王时,岭国的骏马和骑手当年行经之处。

空间因阔大而模糊,时间因久远而模糊。

我们横切过这道宽谷,又经历了一场突然而至的雨。有十多分钟时间,车窗外,雨丝被太阳照亮,闪闪发光。

重新上到高处时,雨停了,阳光耀眼。远处的巴颜喀拉重新浮现,这个地标让人对地理空间始终有大致的把握。再次停在了两道宽谷之间的最高处。再次回望南方的山脉。太阳偏西了,太阳光像一道道倾斜的瀑布。

两边,都是下降的缓坡。南边,草绿水美。而北边这一片,则是裸露的黑土滩,从山丘顶,一直铺展到谷底。直到河边平整沼泽地中,才有浅浅的绿色浮现。

这就是草原退化造成的所谓黑土滩了。

看上去,确实触目惊心。

沿着穿过这片黑土滩公路往下走,我要抵近观察一片黑土滩。

刚才那场豪雨，让裸露的黑土吸足了水分，变成了泥沼。才踏入其中几步，脚就陷了进去，黏稠的泥浆泛起。这才注意到，这片黑土滩地表非常匀整，明显经过了人工整理。想起前几天沿黄河西进时，远远看到过拖拉机在退化的草场上作业，翻耕平整板结的土地，播种草籽。想必这里也经过同样的作业，试图对荒漠化的草场进行人工修复。不知道这片有几百亩面积的草滩播种了些什么牧草。客观地说，效果并不理想。

这里牧草的主打品种，植物学上叫建群种的草，多是短茎深根的莎草科、苔草科和禾本科。它们适合此区域自然条件，也适合牛羊采食。如蒿草、针茅、羊茅、早熟禾与重穗披碱草等。人工播下的应该也是这类草本植物的种子。但在这片被雨水冲刷出道道沟槽的裸露的黑土中，这些草一株都没有见到。耕作只是让裸露的黑土更容易在风雨中流失——降水时被流水冲走，风大时，化为干燥的扬尘被刮走。也许，那些播撒的种子也与那些黑色的腐殖土遭逢了同样的命运，去了不需要它们的地方。

裸露的土地上稀疏地长出了另外一些草本植物。

最大株的是茎秆粗壮，有着复伞形花序的棱子芹。它的叶子掌状深裂，正在花期。每一朵硕大的伞形花，起码由百十来朵小花攒聚而成，每一株上错落着好几朵这样的伞形花。这花不但颇有观赏价值，而且结实众多，每一棵植株都能结出上千粒种子。我想，当这些种子撒布在这片荒漠，来年，如果都能萌发生长，那也可以为裸露剥蚀的黑土遮风挡雨。这种草气味浓重，纤维粗糙，牛马不食，饲养价值为零，但至少具有生态价值。既然它们未经播种，就在这里落地生根，生命力如此强健，这种情景应该会出现。

我一直从山梁上走到了谷底，这一公里多的路上，都是被雨水泡得松软的黑土，其间不见一株牧草，稀疏生长的都是草原退化时才会出现的恶草，和牧民认为的毒草：马尿泡、某种虎耳草和独一味。在河滩上，唯一能够连缀成片的是花序呈塔状的白苞叶筋骨草。这种草已经不生长在黑土之中，而是生长在黑土几乎消失殆尽的砂砾之中了。单从审美上讲，这种花很漂亮，但在这里，看见它们连片开放，我的心中却涌起悲戚之感。

黑土滩，属于一种严重退化的草原类型。有专家也不耐烦用术语了，直截了当地说：黑土滩就是草原退化到什么植被都不长了。

黑土滩，是草原生态恶化的最严重结果，也是治理恢复草原生态最大的难点。

生态学家说，草原退化为黑土滩，是一个长期而复杂的过程，是各种因素的叠加。

首要因素当然是人。过度放牧是黑土滩形成的主要原因。

每一片草原，都有一个可以供给多少头牛羊采食的上限。合适的限度，叫载畜量。统计方法是一亩草场，适合多少个羊单位，或多少个牛单位在这里采食。牛单位、羊单位是术语，换成大白话，就是一亩地在一年春夏长出的草，够多少只羊多少头牛食用。超出这个限度，在牧草生长季过度放牧，会引起牧草草丛高度下降，结种率降低，繁殖率也随之降低，会造成牧草日渐稀疏，以至最终消失。

牧草减少，为高原鼠兔等小动物造成有利栖息环境。它们大量繁殖，在牛羊都难以觅食的情形下，加入，啃食草根，挖掘草皮，导致草原土壤裸露。

草原生态不好时，本来起好作用的风与水，就来起坏作用了。原来，风吹拂草，帮助它们传播花粉，散播草种，促进繁殖。原来，雨水下来，或冬天冻结在表土中的冰融解，使土地松软温润，滋养草的生长。草地退化后，风把裸露的有机土吹走，降水把土冲走。这种不好的作用，叫风蚀和水蚀。它们助力裸露地表的扩张。

当然，更大时间尺度上的气候变化也是黑土滩形成的重要原因。自20世纪六七十年代以来，黄河上源地区的降水量普遍减少，气温还明显增高，蒸发量远超降水量，造成地表土壤含水量降低。

这一路上，我注意到，随着气温升高，更可怕的是冻土层的融解。这些高寒地带的草原，一直以来，春夏季的蒸发量，都是大于降水量的。但全球平均气温低时，这些地带气温更低，冷季的水都成为固体存蓄下来。但随着全球变暖进程加剧，这一地区地表积蓄的冰雪融化，雪线升高，更导致地下的冻土融化。那情景真的触目惊心。而这惊心的景象不需要专门寻觅，随时可见，随处可见。

本来，地下冻土有限融解，在那些丘岗上，暖季释放水分时，正是牧草生长期，这些水便和降雨一起滋养地表草皮，冷季到来，地表与地下水再次封冻储存。如此周而复始，达成水量的平衡。但随着全球性的气温升高，冻土地带融冻越来越深，直到从不融解的永冻层也开始融化。这造成了地下含水层降低。大地再封冻时，草皮下已经无水可冻了。第二年，第三年，那些草皮下已经没有冻土融解，上面的草皮还在，下面却已经沙化。成千上万年结成的草皮开始崩解。先开裂，完整连结的表面破碎成块状，然后，顺着或陡或缓的坡度向下滑坠。在滑坠过程中继续崩解，直到彻底破碎。

好多年来，人们都在说冰川消融。其实，比起地面的冰川来，冻土下流失的才是更多的水资源，才是草原退化毁败的首要原因。多年来，对造成灾难的首要原因避开不提，老是说牲畜过载，老是说鼠类危害，是不是有些避重就轻了？如果没有考虑大范围的地球气候变暖，导致的冻土融解，治理措施是否真正有效，就有待观察了。

再上车时，因为这一天路途崎岖漫长，显示油耗的报警灯亮起红色。司机担心，加上自己情绪低落，便不再停留了。

司机一直为剩下的油能不能跑完剩下的路程而焦虑。我打开导航，但这条土路，在导航图中显示为无名路，所以，也不会显示到县城还有多少里程。终于，路灯已经亮起的县城出现在视野之中，一段下坡路，油耗尽，但车顺着下坡一直滑行到加油站。

晚上，又到县里有绿植的玻璃建筑里吃饭。

填满肚子，切一盘牛肉，加花生米，喝自带的四川酒，和县里干部聊黑土滩治理。之前说到，在扎陵湖乡，移走了一个村的牧民和他们的牛羊。在黄河乡，有一个果洛新村，接纳的也全是生态移民。根本就是要让出空间治理草原退化，要腾出时间，使治理后的草原，恢复生态功能。这也是包括黄河源在内的三江源区各县政府的一项重中之重的工作。

草原退化的严重程度前所未有，政府治理退化草原的决心也前所未有，治理难度更是前所未有。因为，从草原退化成因的科学认识，到治理的措施与途径，一切都在探索与积累经验的过程中。

据我观察，海拔稍低，也就是海拔三千多、四千米的地方，治理较易。超出四千米的高度，植被恢复就难。最重要的一个问题就是，更高海拔地带，地下冻土的融解，应该引起更多关注。今天下午，或前些天所见，冻土融解造成的恶果，都在四千五六百米的高程上。

冻土融解，责任不在当地人身上。许多气象学家说，全球变暖，是因为人类活动碳排放增加。当然，每个人都应该节制，都应该让行为低碳。

但是，漫长的地质史告诉我们，地球不时都在变冷或变暖。我们又来到了一个变暖期吗？如今，还没有人回答。这是长程。

主流科学家们说的还是短程：气温上升，是因为人类活动。

长程连短程，可能才能做出最科学的回答。

长程连短程，日暮乡关。

12. 莫格德哇

明天就要离开了，年轻的县长给了我一个建议。他说，老师绕点儿路，去看看莫格德哇。

从随身地图上找到了莫格德哇，上面的公路没有准确行程，按图上比例目测，可能绕行100多公里，还要经过一个狭长大湖。不绕行的话，从高速北行80多公里，就到以前曾到过一回,三天前才又经过一回的花石峡镇。再北行,便出了果洛州,是青海省海南州的兴海县了。

我问莫格德哇是个什么所在,县长叹口气说,一时也说不清楚,去了就知道了。

临时修改行程,决定绕行去莫格德哇。

早起,小雨中,又去曾经有过古渡的黄河边,有点儿与玛多告别的意思。

算起来,从若尔盖县唐克镇的黄河第一湾开始,入果洛州,经久治、达日、玛沁几县溯黄河而上,已经在黄河源盘桓了一周多时间。

出发,驶回西去鄂陵湖和扎陵湖的公路。几公里后,道路分岔,右转向北,一条未铺装柏油的土石路。汽车摇晃着碾过一个个雨后映着天光的明亮水洼。天在快速转晴,灰度不同的雨云在天际线上迅疾奔走,被东升的太阳镶上耀眼的金边。

鹰敛翅于傍路的电线杆顶,在后视镜里越来越远。夏牧场稀疏的帐篷顶上飘着淡蓝的炊烟。两只牧羊犬冲着我们疾驰的车吠叫。这是黄河源区最寻常的景象。

路蜿蜒向前,一边是浑圆的山丘,一边是低洼的沼泽。视野里山峦起伏,映着天光的溪流在宽谷中随意蜿蜒。远远看见了一片黄色花,亮丽耀眼,在低处的沼泽中央。我以为是水毛茛，便叫车停下。踩着松软的沼泽，水从脚下的草丛间不断泛起。走到花前，却发现是非常熟悉的长花马先蒿。它们挺着娇嫩的长梗，顶上的花朵前端伸出如鸟的长喙，模仿出水禽伸长脖子四处张望的姿态。虽然不是期待中的水毛茛，但我还是兴味盎然，一边观察那些涉水的鸟，一边看这些模仿了水鸟形象与姿态的成丛连片的嫩黄的花朵。花照亮水，水映着花。

在松软的沼泽中行走一阵，想着就是这些水潴积汇流，最终形成从西向东奔腾着贯穿中国的大河，心中不禁生出些激荡的情绪。我手提相机行走在这河源区的沼泽之中，踩过这么柔软的草与泥与水，真的是地阔天低，思接万里。

我此时身处在孕育黄河的西部高地的宽谷中间，绵延起伏于北面的山脉叫布青山。

太阳突破了云层的遮蔽，瞬息之间，所有水洼都在闪烁，映射耀眼的阳光。

不只是水，所有的青草也都在闪闪发光：禾本科的草，嵩草属的草。去沼泽更深处。抬起脚，刚踩倒的嵩草韧劲十足，迅速挺起了腰身。踏陷的地面也立即回弹，迅速抹平了我刚踩出的脚迹。云雀起起落落，对着闯入者聒噪不已。

想起洪堡在南美做地理探寻时说过："任何地方的自然都用同一种声音向人类诉说，我的灵魂对此并不陌生。"

走出这片沼泽时，我回身向鸟微笑，向花微笑。

继续上路,山谷变深,山脉耸起,裸露出赭红色的岩石,纹理或竖或斜,层次分明。

在山口停车瞭望时,我伸手触摸这些岩石。赭红色调的砂砾岩,构成却很丰富。这些岩石是已经成为碎屑的岩石被重新压实而成,互相之间,紧紧黏连。有些岩石上,有水草的印迹。曾经的岩层破碎,沉在多少千万年前的水底,重新凝结,所以里面有螺有蚌和其他水生物的化石,其间还夹杂着多孔的黑色火山石。这些岩石来自远古的水底,伴随喜马拉雅造山运动渐渐隆起,在海拔四千多五千米的地方,裸露在了蓝色的天空下面。

山下,避风的山湾里,倚靠着黑色帐篷或低矮的土坯房构成的稀疏村落。黄河源地区,地理尺度大,这个稀疏,不是相距十里八里,而是间距二三十公里。

近期的考古发掘证实,早在旧石器时代,这些宽谷中就有游牧部落生存其间。只因未立文字,时间邈远,曾经的游牧部落面目不清,古籍中概以诸羌名之。后来,在七八世纪时,被东向的吐蕃一统天下,被藏传佛教文化层层覆盖,就更难考究其确切的踪迹了。

车下到另一道宽谷中,依然是溪河漫流,到低洼处,便潴积成湖,满溢了,便继续蜿蜒向前。宽谷更宽时,陪同指着前方三角形的,高出谷地两百多米的一座孤山,对我说:

莫格德哇。

离开公路,在草滩上,车摇摇晃晃,用了十多分钟行到那座山前。

一座孤山。山背后,隔着河谷,错落着岩石裸露的赭红山脉。现在,一道蜿蜒的水流在我们的右边,左边是这一带最大片的平地。不像是自然形成,似乎是人工平整过的,足有两三平方公里。围绕着这块平地,有很长的残墙痕迹隐约凸起。这道长墙围出了什么?一座曾经的城池?长墙范围内却不见任何建筑的痕迹。里面什么都没有,只有比其他草滩上更茂盛、更碧绿的青草。有些残墙根上,一丛丛叶片巨大的掌叶大黄挺着一人高半人高的粗壮花茎,数千粒蓼科植物特有的密集小花组成高耸的塔状花序。此时,花期已近尾声,被风摇动时,细小的籽实密集地向着地面坠落、散开。

走到孤山脚前,面前立着一块高大的碑。碑前的浅草地上,委陵菜开着五片花瓣的稀疏黄花。间或还有一两株有着头盔状花瓣的蓝色花的露蕊乌头。

碑上面用藏汉两种文字写着这地方的名字:莫格德哇。

莫格德哇?什么意思?我问。

答,莫格是地名,德哇是中心。

问,那就是莫格地方的中心?

答,不是。应该是说莫格这个地方曾是个中心。

问，什么的中心？

答，就是不知道是什么的中心。

至少在一千多年前，比唐代还早的以前，在这偏远荒寒之地，应该有过一座城，是个中心，但是哪个族群所建，史籍无载。那时，在当地，不同族群来来去去，兴起又湮灭；湮灭，又兴起。民间传说中也没有关于此地的遥远记忆。忽然听见有含混的嗓音念诵藏传佛教的祈诵经文。此行除了当地陪同，没有人会念，但他正站在旁边为我四处指点。指点隐约蜿蜒的墙，指点碑，指点那座耸峙在面前的金字塔形的孤山。发现了一个装置，巴掌大一块太阳能板，用莲叶状的绸布做了镶边，背后是发音装置。阳光照耀，太阳能板转换了能量，发音装置便自动开始念诵经文。嗓音低沉，吐字含糊，与其说是祝祷，不如说会让人听成来自那些踪迹渺茫的古人留在时空中的遥远回声。

乌云又迅疾地布满了天空，天阴欲雨。这是高原上最正常的气候现象。早晨的阳光造成强烈的蒸发，蒸发的水汽在空中遇冷气流凝结成云雾，用短暂的降雨把一部分水还给这片浩莽旷原。

我不在意这倏忽而至的雨，知道头顶上的这些云彩并不含有多少水分，最多十多分钟就会止息。我在意的是，莫格德哇，某个族群在一千多年前曾经的中心，就留下这么一片平地，和一道残墙。

说是不止,还有墓葬群,就在面前这座孤山上。

我当即就要上山。陪同说,不从这里上山,从后面。车又启行,摇摇晃晃在无路的草滩,绕行到了山的背面。

从背后看上去,山形一变,不是正面看去的金字塔形了,而是一道分成若干台阶的斜升山脊。两个大台阶,若干小台阶,一路升上山顶,下面的部分,如一只象鼻探入了绕山漫流的河水。

此地海拔 4000 米出头,大家一鼓作气,攀向高度百余米的第一个台阶。四处都有岩石出露。岩石间是牛羊,或者野兽踩出的隐约路径:盘曲、斜升。岩石间有稀薄的土,顽强的草扎根生长。丛生的蒿草都很柔韧,可供攀引。还有开花的草本植物,现在却无暇顾及,一心想看到已湮灭于历史深处的无名族群的古墓。

上到了第一个台阶。

没有看到古墓,只看到密集分布的一个又一个深坑。深坑里外,一块块红色砂岩堆积裸露,坑壁坑底,也都是累累乱石。这些深坑就是曾经的古人墓,早已被盗掘一空了。一个接一个三四米五六米见方的深坑裸露在蓝天下。山上,风很强劲,凌空有声。面前的墓葬却空空如也,沉默无言。一个深坑紧接着一个深坑。除了偶尔见到一块破碎的陶片,连曾经有过的木制棺椁的碎片都未留下一星半点儿。可见这些墓被盗掘得多么干净。

莫格德哇布满盗洞的小山

在高海拔地带，不超过5000米高度，我向来不觉得呼吸困难。现在，海拔四千三四百米，我却感到喘不上气，有窒息之感。找一块平整点儿的岩石坐下。我确定屁股下是一块天然出露的岩石，而不是从墓地里翻掘出来的。我伸手抚摸面前出自墓葬的石头。石头风化得厉害，手指滑过时，能感觉到有棱角的尖利砂粒粘在了指尖。下意识用力，是想让尖利的砂粒扎破手指引起一点儿真切的痛感吗？但砂粒在指尖粉碎了。

世界无声，山峙水环。

看见了一只狐狸。不是幻觉，是一只沙狐，从什么地方钻出来，站在一块突出的裸岩上，逆光勾勒出它毛茸茸的身体轮廓，一圈银光。也是因为逆光，我看不清它脸上的表情。世界又有了声音，白云飘在蓝天深处。云雀在飞，在鸣叫。那只狐狸跃下了山岗。

继续向上攀登，向第二个台阶。沿途被盗掘的墓坑依然密集，但坑洞在变小。最宽阔的台阶上墓坑大，上方的墓坑小，体现的也是一种秩序，一种等级。据说，文物保护部门清点过这些盗洞，却没有找到任何有价值的遗留物，只有一个被盗掘的墓葬的统计数字，似乎是一百多个。

就这样直上峰顶。也是盗坑满目。

山顶有一堆石头，那是后来的人垒砌的。蒙古语叫敖包，藏语叫拉则。是奉祀山神之所在。石堆上两根竖立的柏木柱上挂着经幡，被风撕扯，被雨雪侵蚀的残片颜色黯淡。山神佑护大地众生的职责中，大概不包括对前人墓葬的保护，所以，在二十多年三十年前，如此规模的墓葬才被盗掘得这样空空如也。

黄河源广阔的区域，在秦汉，以至更早以前，是诸羌活动的地域。有些遥远的部族或国名，称苏毗、白兰、迷桑，称多迷，称党项。后来，鲜卑族的吐谷浑来，雅砻族的吐蕃人来。蒙古人再来。我坐在山顶，却只见荒原依然，除了藏族人还在此游牧，其他族群尽皆不见。视野里山河无尽，没有一棵树，只有草绵延，无边无沿。也不知道要过多少年，这些草才能将这满山盗洞，这人类造成的丑陋创伤尽数遮掩。

草，植物学的定义，是对高等植物中除树木、庄稼以外的茎秆柔软植物的统称。中国古籍里有我更喜欢的说法："生曰草。"

人的历史湮灭无迹处，草生生不息。

现在，我的身边，我的四周，就有十数种草，在这座岩石裸露的山上四处寻隙生长，其中几种正在开花：棘豆、风毛菊、香青。这样的时候，我总是会不自觉地俯身观察它们。

一丛镰叶韭。是的，一种韭。叶片肥厚狭长，镰刀一样弯曲，因此得名。我品尝它的叶子，有韭类辛辣的味道。这丛镰叶韭一共开出了五朵浅黄色的花。更准确地说，是许多小花密集攒聚构成的五个直径两三厘米的花球。我伏地拍摄的时候，从广角镜头里，看见了远景中的河与山。河水西来，如这里的任何一条河流，恣意地在平旷的宽谷中漫流成许多条，交织又分离，分离又相汇，犹如妇人松散的发辫。地理学上因此有一个专门的名词：辫状河流。

自由流淌的河流是美的，能流动时，就成溪成河，不能流动时，就汇集成洼，成泊，成湖。眼前这条河就这样，一直漫流到我们所在的这座山脚下，被山脚的岩壁阻挡后，又慢慢转出一个自然的弧形，继续向东流淌，继续在太阳下闪闪发光。

我望着河水，嗅着镰叶韭强烈的花香。

我见过牧民们在野外大块煮肉时，揪一大把野韭的花球投入翻沸的肉汤中。也曾和他们一起盘腿坐在草地上，以刀为箸，大吃五六分熟的鲜肉，满口皆是肉香与韭香。此时我想的是，那些生活于一千多年甚至更早前的墓葬中人，也是用同样的方法烹煮享用肥美的牛羊吧。

不用起身，只需要稍微移动视线，又看见了羽状叶的豆科的草。在这样的高度上，部分植物改变了生长策略，不是挺身向上，而是为了规避风寒，贴着地匍匐生长。开蓝花的是黑蕊棘豆，开黄花的就叫黄花棘豆。现在，它们仍在开花，而一多半的花已经凋谢，生成了正在成熟的饱满豆荚。

莫格德哇山上的镰叶韭

还有长在石缝中的一两枝隐蕊蝇子草。它们把花蕊藏起来，包裹在球状的闭合花瓣中，目的也是一样，不使娇嫩的生殖系统受到风寒的伤害。

拍摄它们。

细细地拍摄它们。镜头中，它们呈现形状各个不同的叶与花，呈现不可思议的色彩，呈现演化之力造就的精巧构造。

拍摄时屏气久了，在本就缺氧的地方免不了头晕眼花。我仰身躺在山坡上大口呼吸。眼前蓝空由虚幻而变成真切，静默如渊，其深如海。

以前，古生物学家认为草在地球上的出现不会早于6500万年前的白垩纪。但近年的研究表明，草早在8000万年前就已经出现在地球上了。之前，称霸地球的植食性恐龙是以蕨类植物为主食。恐龙灭绝后，哺乳动物才有了巨大的生存空间。以开花结籽为标志的两性方式繁殖的草，大部分哺乳动物赖以生存的草，才真正绿满天涯。哺乳动物的进化造成了人类的出现。人类出现的历史短暂，从东非大裂谷发现的第一枚人类头骨算起，不过两百多万年。从人类学会制作石器、陶器的文明算起，时间就更加短暂。即便如此，我们的历史也有很多空白，很多遗忘。比如，眼下这些被盗掘殆尽的墓葬的主人是谁，我们就一无所知。这些坟墓被大规模盗掘的年代不很确切，但很近，"应该是在上世纪八九十年代"。上世纪八九十年代,穷怕了的中国人大量涌入黄河源长江源,疯狂采挖黄金、疯狂猎杀藏羚羊野牦牛等野生动物,还加上对前人墓葬的疯狂盗掘。

下山是从山的正面。

我们又来到了石墙环绕的空阔地面。阳光强烈,太阳能支持的放音装置仍在不倦地念诵祷文。残墙遗迹仍然沉默无语。我转到碑的后边,并用相机拍下碑文:

"莫格德哇遗址初步分析为唐代吐蕃墓葬,也有学者认为是古代白兰国的遗迹,是我省重点文物保护单位。古墓遗址面积约2000平方米,墓址地面显露出少部分残墙、封土堆、壕沟等,地面散落着碎小玛瑙、陶片等。"

就这么多吗?就这么多。

在山上,残墙未见,封土堆未见,见过一点儿壕沟的残迹。这是否是说,这碑立起来后,此处还继续遭到盗掘?

怀着复杂的心绪继续上路。基本上是沿着河流的走向。

当然公路不会像河去绕那么多的弯。我们离开河流,越过了一道山脊。

从山口下去,已经是另外一个世界。依然是宽谷,但越往北走,便显得更干燥一些。

这一地区,一位俄国探险家普尔热瓦尔斯基,曾在一百多年前的冬天走过。读过他的书:《蒙古与唐古特地区:1870—1873年中国高原纪行》。他的行程从蒙古高原穿河西走廊越青海湖进柴达木盆地，再越过布尔汗布达山进入黄河源头的广阔地区。此时，布青山已经在南边，我们来到了布尔汗达山系跟前。

与普氏当年的由北向南的行程相反，我们是从南往北。

这里已经不属于黄河流域。这里的河是流往柴达木盆地的，与其他发源于青海高地的河汇流后，一起奔向北边的柴达木盆地，然后，消失于茫茫戈壁之中。地理学上，这样的河流叫作内流河。因地得名，就叫作柴达木河。

行经过这里的普尔热瓦尔斯基写道："总的来说，山脉的南坡比北坡略为肥沃：这里的溪流更多，周围有些水草，形成类似草滩的样貌。"

"再往南，是黄河与长江源头地区的分水岭，巴颜喀拉山。"

这一周多时间，我都在溯黄河而上，位置就在这些山系之间。普氏还说到了一个大湖，托索湖。他写道："托索湖就在这两者之间。"

我不知道，眼前出现的那个蓝得深沉的浩渺大湖就是托索湖。因为路牌上标着的名字是冬格措纳湖。好在随身带着讨要来的《玛多县志》，稍一翻阅即知道，托索，是蒙古语。自元到清，蒙古人在这里频繁活动的漫长年代里，曾经给这片高原上的江河湖山重新命名。后来，藏族的游牧部落回返故地，又带来了藏语的名字：冬格措纳。语言不同，意

去往冬格措纳湖

思却一样，黑色海。

湖边横亘着裸露的赭红岩山，地理学上称这样的岩石是湖相沉积。几千万年前，这里是大片古湖。如今这些历经冰川打磨和风雨侵蚀的奇峰造型千奇百怪。走近山体，还是构成复杂的砾岩，破碎了又在水底重新凝结的那一种。岩体中依然保留着水下生物的痕迹——红色砾石中有贝类化石的钙质泅成的种种白色图案。

冬格措纳湖水色深沉。

湖岸上开着耐旱的黄花。那是一大片平铺在砂石间的甘青铁线莲。

铁线莲是藤蔓植物，靠在其他树上攀援上升到高处。甘青铁线莲是其中唯一超过树木生长线的品种。常见它们匍匐在砂地上，覆盖了一片裸露的地表。它们总是在努力把花茎抬高，为把倒扣的钟形的黄色花朵举得更高一点儿。

更细的砂地中，补血草开着黄花，成丛成团。

水中的花也是黄色的，那是密集的水毛茛成片铺展在水面，在波浪推动下微微鼓涌。其间有水鸟游荡。棕头鸥和赤麻鸭，它们优游在水面，即便带着两百的变焦镜头，想要拍几张清晰的照片却不能够，你稍靠近一点儿，它们也不惊飞，只是从容地游向湖的更深处，始终和人保持一定距离。

甘青铁线莲。这种植物喜欢借枝登高，但在高海拔地带，无树可攀，只好尽量抬高一点儿身子，张望湖面

花石峡镇

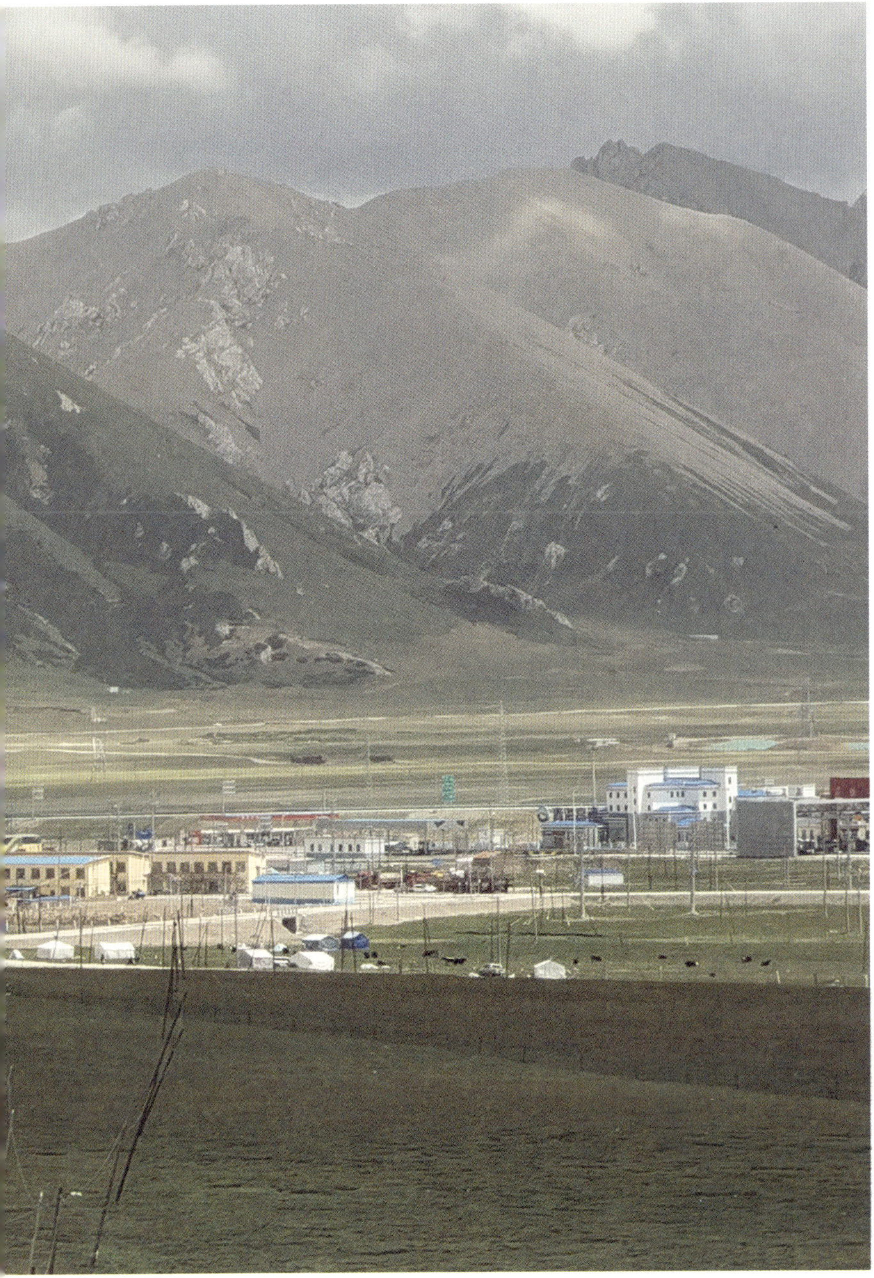

沿长湖行走半个多小时,就回到西宁至玉树的高速公路上了。

再十多分钟,下高速,我们就已经坐在花石峡镇政府的食堂,享受一碗清凉酥滑的牦牛酸奶了。

花石峡镇,海拔4500米,面积八千多平方公里,人口四千多不到五千。莫格德哇,就在其辖境之内。

饭间,我又提起莫格德哇。因为这个地方是该镇所辖,我想听听当地人的意见。镇上干部,一些人倾向于那些墓葬是吐蕃人遗迹,一些人倾向是白兰。但都是推测而已,都没有证据。我也没有证据,心里却响着两个字:白兰,白兰。

我这么想,不是有什么学术理由。杜佑《通典》说:"白兰,羌之别种,周时兴焉。"我的理由就是,这样一个古老的族群,不应该只是典籍中间或出现一下的缥缈名字,总该在这个世界上留下一点儿真实的遗存吧。即便今天作为当地主体居民的藏族而言,其先民也不全是越唐古拉山而来的雅砻族群,身体中应该也有被吐蕃征服的包括白兰人在内的众多族群的复杂基因吧。

《新唐书》中说:"又有白兰羌,吐蕃谓之丁零。左属党项,右与多弥接。胜兵万人,勇战斗,善作兵,俗与党项同。"

《新唐书》还载:"龙朔后,白兰、春桑及白狗羌为吐蕃所臣,藉其兵为前驱。"龙朔是唐高宗年号,前后用了三年，即公元661—663年。那时吐蕃胜兵所向，在今青海境内先后击破前述诸国后，又在663年破更强大的吐谷浑。《新唐书》也有载："吐谷浑自晋永嘉时有国，至龙朔三年吐蕃取其地，凡三百五十年。"

饭毕，和三天来伴我河源行的陪同分手。他回玛多县，80公里行程。明天，他要上巴颜喀拉山继续跟踪野生动物。

我们向北，出果洛州，经兴海，去同德县，270公里。

果洛再见。

玛多再见。

花石峡再见。

第二回 同德，黄河东来

1. 鄂拉山下大非川

一路疾驰,地势北倾,海拔从4000多米往3000多米迅速下降。

草原宽阔,中途,面前耸起一座山,叫鄂拉山。

鄂拉是一座山,耸立在面前,最高处5305米。

想上山口看看,但高速路没有盘山而上,而是迅速穿越一孔四公里多长的隧道。隧道就叫鄂拉山隧道。

鄂拉山,同时也是一道山脉。长150公里,宽20～30公里。

准确地说,在我们面前耸立的这座山峰,只是这道山脉的一部分。和巴颜喀拉山一样,都属于昆仑山脉。巴颜喀拉是东延的南支。鄂拉山脉则是其东延的北支,只是规模没有巴颜喀拉那样庞大。整条山脉起于柴达木盆地边缘,止于东部的阿尼玛卿山前。资料上说,该区自然垂直带谱较明显,3500～3800米为中生性草甸草原—亚高山草甸,3800～4100米为亚高山中生性草甸,是良好的山地牧场。一眼望去,山坡上牧草的密度和覆盖度都比黄河源区好了许多。

如果上山，就可以从山口俯瞰大片草原。有个骑行过这一带的朋友，知道我正从隧道里穿过此山，便发来一张照片，当年骑行时拍的，山口上的标志牌，上面写着山口的海拔高度：4499 米。

鄂拉山口也是唐蕃古道的必经之地。

唐代史书载有唐蕃古道在鄂拉山中驿站的名字：那录驿与莫离驿。这两个驿站的确切所在，有考察队找过，有了大概方位，但似乎最终没有明确具体位置。

这条古道，唐朝两位和亲公主，文成公主与金城公主走过，友好使者走过。唐蕃数十万铁骑也曾在此血腥征逐过。

公元 670 年，吐蕃破白兰、吐谷浑后不过几年，便与唐王朝直接对峙争雄了。唐朝名将薛仁贵率二十万大军远征，先胜后败，在此全军覆没，造成唐与吐蕃间攻守易势。

这片古战场名叫大非川，就在鄂拉山下的大草原上。那时，四围而来的吐蕃大军中，定有不少是已经臣服的白兰和吐谷浑勇士吧。

《旧唐书·高宗本纪》中说："薛仁贵、郭待封至大非川，为吐蕃大将论钦陵所袭，大败，仁贵等并坐除名。吐谷浑全国尽没……"

莽原无言，视野中，裸露的岩石山消失不见。草掩没一切，只有起伏的丘岗，只有漫布的牧帐和一群群牦牛。

出了隧道，就已经从山脉的南面到了北面。

海拔不断降低，荒原上的草越来越青碧茂盛。

视野里出现了树。立在低洼处的溪流边，在阳光下荫影团团。有柳，有沙棘，有圆柏。黄河源地区平均海拔在4000米以上，不适合树木生长。所以，在玛多县的几天里，都没有见到过树。还是在县城那座阳光房里，坐在盆栽的绿树间，听县上的人说故事。说以前在玛多县长期工作的人，下到兴海，突然见到草原上出现了树，有些已经有两三年没见过树的人，会抱着树木放声痛哭。我也有好些天没看见过树了。也想去树荫下小坐片刻，喝一口保温壶中的热茶，吃点儿东西。当然，我也只是如此一想，并没有叫车停下。前路还长。

我们离开玛多县城时，就已暂时与黄河分别。

黄河从玛多县一路东去，沿阿尼玛卿山南，经玛沁、达日、甘德、久治等县，入甘肃省玛曲县和四川省若尔盖县，在那里的大草原上，转出一个大弯，沿阿尼玛卿山脉北麓转身西流，是为黄河第一湾。这一次溯河之旅，我就是从那里出发的。

过了兴海，下午某个时候，我们就将与这掉头向西的黄河，在阿尼玛卿山北的什么地方，迎面碰上。具体在什么地方，我不知道。

当年的古战场，如今草色弥天，牛羊蔽野。

车过兴海县，没有停留。此行黄河源，时间有限，只好跳跃式地选取一些认为有典型性的地方。

再行数十公里，就到了同德县地界。

草原似乎到了尽头，向东面，向北面，地势猛然下降。河流深切，深峡出现在面前：厚积的赭红色土和黄土层层累积，陡立如壁。狭窄处，山峰夹峙；宽阔处，深切的黄河和支流造成了宜于农耕的台地。有引水渠道，沿渠生长着茂盛的杨树与柳树。阶梯状沿山而起的庄稼地里，小麦和青稞正近熟黄。

2. 时间深处的宗日

又见到黄河了！

在同德县巴沟乡。

水流比从玛多县东向流出时浩大深沉了许多，河水也变成了与两岸的厚土同样的赤铜色。不是自西向东，而是自东向西，在深峡中沉缓流淌。

在这里，黄河在群山中冲出了深峡，来到盆地中，在地势开敞处，造出一级级平整的，同时又依次升高的台地。台地上是大片条状的耕地，是白杨掩映的村庄。一座座提灌

在同德峡中遇见由东西返的黄河

站，一条条管道把黄河水抽取到几百米上千米的高处，一口口蓄水池，庄稼饥渴时，开闸，一条条灌渠中，水奔向麦子、青稞和豆类，奔向村庄四周的梨树与杏树。

下午五点多了，阳光还很强烈。

正在熟黄的麦地和青稞地沿台地梯级上升，从河边向山腰。每一层台地上，都是曾经的黄河水面所在的地方。我站在某一级台地上，黄河已经深切下去两三百米，深陷在下方，滞重的水泥裹挟着泥沙。

穿过大片麦地，穿过很多杨树和一个农耕的村庄，我们来到了一处考古工地。

靠着泥坯房和砖房的村庄，考古发掘现场就在梯级分布的麦田中间。一队考古专家正在拿着刷子和小铲，在一座房屋遗址上小心翼翼地工作。

二十多年来，考古人就在这片黄河台地上的原野上不断发掘，终于呈现出古籍中所称赐支之地的一种先民文化遗存。以发掘地命名，称之为宗日文化。

考古现场在一块黄河台地上的麦田里，在若干块正在熟黄的麦地中间。表面的熟土被细心移开。再揭开几十厘米厚的土层，一座房屋的地基显现出来：柱洞，早前的夯土层。还敞开着一座躺着一具完整人骨的墓葬。

三位专家依次为我做了现场讲解。

讲发掘的意义与成果。讲为什么冲沟能证明彼时的水文

宗日考古现场边的麦地

情况。讲这种居址发现对考据先民文化的重要性。讲灰坑，讲灰坑里的发现，讲如何用这些坑中弃物完成宗日人日常生产生活状态的拼图。更讲清楚了这种发自本土的宗日文化，在上千年的演进中，保持本土特性外，又如何与外来的马家窑文化和齐家文化共存共荣，并如何受到渗透与影响。

宗日遗址北依目杨龙瓦和塔拉龙山，南临黄河。

黄河淤积和自然降水冲刷来的黄土，造成了约15平方公里的河谷台地，海拔高度2800～3000米，阳光充足，是黄河上游少见的一片沃土。靠着黄河这份天赐般的地理营造，早在5300年至4000年前的新石器时代，一群在这片台地上活动了1300多年的古人类，创造出了这种文化。

专家为我讲剖开的土层。

第一层：现代耕土层，厚15～30厘米。

第二层：灰黑色土层，厚10～35厘米。这一层属于史前堆积，含有陶片和兽骨。并有细石器、骨器出土。中有灰坑，其中含有烧结土块、石块及灰土，并有少量陶片和兽骨。

第三层：黄褐色土层，厚20～40厘米，时间更加久远，夹杂有木炭及烧结土颗粒，文化遗物少见。说明最早期的古人类处于蒙昧，会用火，但鲜少创造。

第三层以下为生土层。也就是说，那些土层累积时，古人类还没有到来。

分布于全世界不同地区的古人类，都在其文明进入新石器时代后不约而同地发明了陶。那是人类智慧初开时，最石破天惊的创造。把一捧黏土，和水，抟而成形，再用火煅烧，使之成为中空的坚固器具。用于盛装粮食和液体的水，甚至还有最初的酒浆。

这是人类首次创造出了一种自然界中不存在的东西。这是天雨花，鬼夜哭，兽远循的伟大时刻。从此，人就在自然世界的基础上，按照自己的需求与愿望，创造一个新世界了。

恩格斯在《家庭、私有制和国家的起源》一书中，对陶器最初的出现做过这样的推测："在许多地方，也许在一切地方，陶器的制造都是由于在编制的或木制的容器上涂上黏土使之能够耐火而产生的。在这样做时，人们不久便发现，成型的黏土不要内部的容器，也可以用于这个目的。"

这段译文不够晓畅，但意思很明白。就是说，古人类先是把和了水的黏土涂抹在一些树枝之类的编织物表面。比如墙上的一片篱笆，或者是柔韧的茅草编织一个可以盛放野果的容器。他们发现，糊上泥土后器物竟然更加坚固紧密。某一天，将泥糊的东西不经意放入火中时，发现其变得更加坚固了。某一天，这一现象就像一道闪电，劈开了某一个先民混沌的脑海，将其照亮。这人发现，可以用水和了黏土，捏塑出以前没有、人却需要的某种容器的形状。再用火，高温使之煅烧成器。

摩尔根在《古代社会》中也有与恩格斯类似的说法："人们将黏土涂于可以燃烧的容器上以防火，其后，他们发现只是黏土一种就可以达到这种目的。因此，制陶术便出现于世界之上了。"

陶器的发明并不是某一个地区或某一个部落古代先民的专利品，它是人类在长期的生活实践中，世界上任何一个古代农业部落和人群，都在其进化的历程中，将其创造出来。可能是互相影响，更可能是不约而同的独立创造。在宗日，出土的陶器便将这两个特点都充分体现出来。既有马家窑文化和齐家文化的，更有属于宗日自己作为一个独立系统的。

再讲灰坑。

宗日遗址的灰坑大致可分三类。

一种是筒状灰坑，平面呈圆形，直壁，平底。开口于第二层下。

一种是袋状灰坑，平面呈圆形，壁斜外伸使灰坑呈口小底大的袋状，平底。开口也在第二层下。

这两类灰坑竖壁光滑，底面平整，推测是烧制陶器的窑穴。

还有一种形状不规则的灰坑，面积较大，坑底凹凸不平。推测是倾倒生活垃圾的地方。这些灰坑中填有灰土、烧结土块及石块，富含陶片、兽骨、石器、骨器等物。

居所遗迹就在我面前。地面部分当然已荡然无存，仅存柱洞。柱洞小者直径约20厘米，残深约40厘米；大者直径60厘米，深120厘米，底下以大石块作为柱础。

宗日遗址于1982年第二次全国文物普查时首次发现，起初命名为兔儿滩遗址。以后，经过多次发掘，发现遗址分布范围远远超过原先普查所划定的范围，遂将黄河北岸，在班多、团结、卡力岗三个行政村陆续发现的遗址合并，更名为宗日遗址。其中发现的石器、陶器、玉器和骨器，代表了黄河上游新石器时代新的文化类型。在青藏高原史前文化中占有不可替代的重要地位。

在宗日遗址还发现过祭祀遗迹。

其一是墓上祭祀，墓葬上的地面有烧结土、草木灰、石块、陶片、兽骨等，这是针对单个墓葬的祭祀所留下的遗迹。

其二是祭祀坑，散布在墓地边缘，十多个相邻，坑多呈圆形，直径80厘米，深30厘米左右，壁和底有烧烤痕迹，填以炭灰、陶片、兽骨和石块，这应是针对许多墓葬进行祭祀所留下的遗迹。

除了在发掘现场所见的这一处墓葬，遗址上还有集中的墓葬区。位于遗址的东二台地上。那里墓葬分布较集中，排列有序，墓穴多为西北—东南向。墓穴开挖较深，到了生土层下。至2020年，共清理出墓葬15座，其中14座属于新石器时代的宗日文化，另一座却属于后起的青铜时代的卡约文化。

历经数十年的陆续发掘，宗日遗址出土了大量彩陶、磨制穿孔石刀、双刃骨梗刀、墨绘人像骨片和绿松石饰物等。

宗日遗址陶器从质地上分，有夹砂陶和泥质陶两类。夹砂陶数量最多，占总数的85%左右。所谓夹砂，顾名思义，就是在制作陶器时，往陶土中掺入一定数量的砂粒。这样做能使陶器耐受高温。陶胎含砂能提高陶器耐热急变的性能，不但能在高温焙烧时不变形，制成的陶器再次受热也不碎裂，可作为炊器使用，用来烹煮食物。宗日出土的夹砂陶是一个完整、具有自己特色、独立于泥质陶之外的器物群，考古学家们将其称之为宗日式陶器。而那些泥质陶器，因为与更广泛分布的马家窑文化陶器没有什么区别，就直接被称为马家窑文化陶器。这是两个不同文化传统的器物群体，各自有着自己的结构与演化轨迹。

宗日式陶器的种类，有夹砂瓮、单耳罐、夹砂碗三种，分别作为贮藏器、炊煮器、盛食器。

宗日文化夹砂陶器成型方法是泥条盘筑法和轮制成型法，用黑色施彩，呈现图案。相对于马家窑文化陶器的灰褐色和红褐色，宗日的夹砂陶色彩明显偏淡，还有一定比例的乳白色，这是其他文化中没有发现过的。

宗日陶器上的纹样精美，却并不复杂，主要有折线纹和鸟纹。折线纹主要在小型壶类器物上。鸟纹在比较大型的贮藏器上。至于单耳罐这样的炊煮器，彩绘并不普遍，口沿部位内彩出现较多，几乎都是倒三角纹；肩部也有部分施彩，形同夹砂瓮型上的鸟纹。夹砂碗内彩为主，外彩主要在上部，图案基本都是倒三角纹或者折尖竖条纹。依此可以判定，这里彼时繁衍的是一个具有高度审美能力，同时也更注重器物实用功能的族群。

这一切，都说明这个生活在黄河阶地上的族群，其文明所达到的高度。

人类学和考古学一致认为，陶器的产生是和农业经济的发展联系在一起的。一般说来，先有农作物的栽培与收获，然后才出现陶器。当人类进入新石器时代，特别是农业的发生和发展，为人类提供了可靠而稳定的谷物，从而开始定居生活。收获的谷物都是颗粒状的淀粉物质，不像猎获的野兽，骨肉便于在火上烧烤。同时，春种秋收的农业，四季轮回，大量的收获需要储藏。于是，这些定居、农耕的人群对于烹煮、盛放和储存食物及汲水器皿的需要越来越迫切。从而促使他们创造发明了世上从未有过的人造物质——陶。陶器的产生和发展，是人类经200万年进化而产生的划时代的智慧结晶。

传统中国的文字史中，对黄河上源的记载，非常有限。《尚书·禹贡》有"导河积石，至于龙门"的说法。今人普遍认为，这个积石山，就是上游黄河由西向东，再由东往西，绕行了大半圈的阿尼玛卿山。站在宗日，黄河造成的土层深厚的阶地上，阿尼玛卿山，就在东南方向。这里是彼时中国地理认识的边徼之地，通常被以为是一片蛮荒。但早在中国文字产生以前，在黄河中下游的那些人群的认知之外，这片上游黄河边的高地之上，就有族群开始了辉煌的创造。

这些早期人类文明，在当代，依靠考古发掘，才得以呈现。

而在此之前，对这片土地与文化的认知还是非常匮乏的。读一本民国年间编撰的县志。这个县在流经同德县的黄河下流数百公里处，叫贵德县。县志关于地理的描述中还说，"河迳其北，为入中国之始。"那时，尚不知再往上游数百里，还会有考古发掘出来在当时如此先进的文化。

有此一行，黄河源区的文化，在我心目中，已经是一派生机勃勃，而不再像只读文字史那样，留下的印象，只是一片高远蛮荒。

四天后，转到西宁稍事休整。得空去青海省博物馆看了马家窑和宗日陶器中号称国宝的两件实物。

在宗日考古现场，专家给我看的是图片。

那是两只陶盆。泥胎橙红，用黑色描绘出纹饰和鲜明的人物形象。

一只叫舞蹈纹盆。盆内上部，靠近沿口，两组人牵手联臂舞蹈，一组11人，一组13人，体态修长，大头和宽臀略有夸张，使得形象生动而富于节律。

另一只叫双人抬物彩陶盆。也在盆腹内部，靠近沿口处，一圈纵列的鲜明纹饰中，两个立人面对面合力抬起一个圆物，并用弯曲的腰身表现出了物的重量。沿盆一周，一共四组。专家说，那舞蹈可能是娱神，那这抬物图就是劳动了。

最令人称奇的，是宗日出土的一组骨制餐具：刀、叉、勺，活脱脱的西餐三件套。在筷子文化的中国，另起一端，似乎间接说明那时肉食占比高，和处理食材的方法。

我在同德黄河边遇到的这支联合考古队，由青海省考古所、河北师范大学和南京大学协同组建。我为宗日文化的细心发掘与考证欣喜，眼前却浮现上午所见被盗掘殆尽，以至于连墓主的族属都难以确定的莫格德哇。心中又响起悲声：白兰，白兰。当今之世，总有别有用心的人，或者被所谓民族情感蒙蔽的人，总把某一族群的血缘描绘得过于单一以表纯粹。但人类学的常识告诉我们，任何民族与文化的形成，从血缘到文化基因，都并不是如此简单。

越是生生不息的族群与文化，越是基因驳杂。

宗日人是我们的祖先，白兰人也是我们的祖先。

可不同族群的文化遗存再见天日时，命运却如此天差地别。我也不相信莫格德哇所有的东西都被盗掘殆尽，如果对

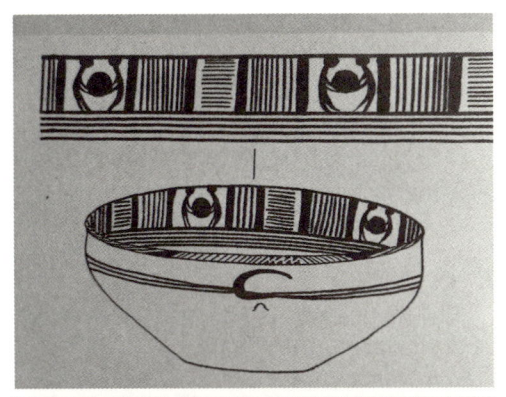

宗日出土的陶盆上的双人抬物图案

宗日出土的陶盆上的舞蹈纹图案

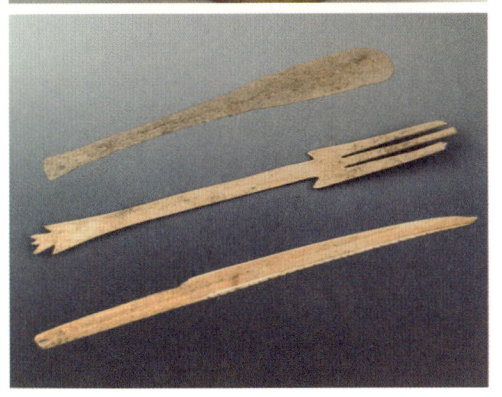

宗日人的骨制刀、叉、勺三件套

那些墓葬再做科学发掘，一定还有许多文明的线索，更不要说山下残墙包围着的地方了。

3. 夜饮黄河边

这一天最后的行程是下了台地，去黄河边上。

黄河从玛多县西去绕阿尼玛卿山大半圈，流程上千公里，此时又从东而来，在同德县境和我再次相会。与其分别，仅仅是一个白天。

那里立着一块刻了字的天然石头，上书"黄河第二湾"。

站在专门辟出的观景台上，面向东方，流量丰沛了几倍的黄河迎面而来，水面宽阔，流动沉缓，穿过黄土深峡中的宽阔滩地，穿过滩地上茂盛的柽柳林，映着西下的夕阳，闪烁着铜的光亮，其实也是陶的光，土的光。

土借了水，闪闪发光。

陡峭的黄土河岸上，是延续了几千年的灌溉农业，渠道中清水流淌，杨柳遮荫，风拂麦浪。迤逦远山的顶部，是牛羊四布的草原。

从岸上下到河滩，植被景观大变，都是中国西北部耐旱的砂生植物。

结满红果的白刺。

花期已过的砂生槐。

还有一丛丛茎已木质化的中亚紫菀,盛开着淡紫色的繁密花朵。

更多的是成林的柽柳。

柽柳,本是西北荒漠中的常见植物,想不到在这黄河滩上,一株株、一丛丛长得如此繁茂。印象中柽柳是灌木,在这里却长成了高大的乔木,没有挺拔的白杨高,却比杨树粗壮许多。这些老柽柳分枝众多,每一株都制造出一大片荫凉。同德县来迎的人说,好多树岁数都在千年以上。还介绍说,当年黄河上修梯级电站,这片河滩本要被淹没。就为保护这些特别的柽柳,而改了坝高,这些植物才得以继续生存繁衍。

面河的杨树和柽柳下搭着好些帐篷,是农耕村庄里的人们出了土屋,在庄稼收获前的农闲时间,以家族或村庄为单位出来露营欢聚。这是全中国已经定居农耕的藏族人一种普遍的习俗。总要在当地最美好的季节,走出石头和泥坯垒成的居所,来到野外,在帐幕中歌舞饮宴,想必是血液中精神上游牧基因的顽强苏醒吧。

黄河、柽柳林,成了旅游资源。这个村子原名是班多。在旅游宣传册上,已经写成"柽柳度假村"了。

主人安排我们在一顶面河的帐篷里,面对夕阳映照的黄河晚餐。

手抓羊肉、牛肉包子、黄河鱼、乳酪、青稞酒。

征得主人同意,我请了几位考古专家从工地上下来,共享肉酪,共饮酒,共话先民文化。

酒喝多了。我开始固执,强人所难,不让他们再说越来越熟悉的宗日文化,也不要谈我的书。我要谈白兰。

考古学家态度谨严,有一分证据说一分话。迄今为止,曾经的白兰国仍只是古籍里一点草蛇灰线。

夜深酒尽时,面对沉沉西流的黄河,我眼前始终还浮现着莫格德哇那座山上墓葬尽毁的凄凉景象,我还在叨咕:白兰,白兰。

第二天,同行人学我的醉态。我只能解嘲,说那是被白兰附体了,在布青山下的莫格德哇。

其实,考古学家的目光早就越过积石山,关注到"入中国"以前的黄河源区的古文化遗存了。

早在1980年代,青海考古队就在拉乙亥乡境内,也是这样的黄河阶地上发现了6处不同于任何地方的文化遗存。仅其中一处,就发现石器、骨器和装饰品近1500件。那是旧石器时代向新石器时代过渡的一种文化形态。石器中,一种研磨器的出现,说明那些人已经在加工谷物,表明至少在那时,农业的萌芽已经出现。这些遗址的年代,碳-14测定的结果,在大约5000年前。

这个地方,距宗日遗址不远。

从同德，从若尔盖湿地掉头东来的黄河，在这里再次转向。这一次，是掉头向北，从这里流向贵南县，这一弯称为黄河第二湾。

从地图上看，黄河的大转弯一个比一个大，第三个大弯就是宁夏、内蒙古和山西三省区间那个大河套了。这第二湾上，考古发现的史前人类活动，文明的孳生，超过了早期写作中国史的那些史家的想象。

一个星期以来，一直在海拔4000米以上的地方，猛然下到黄河深切的峡谷中，海拔一下降低到两千多米，周围植物茂盛，精神陡增。便在面对黄河的帐篷里，放任了自己，喝酒谈话，兴尽时，夜已深沉，峡谷的黄河映着微微天光，深流静缓。我感觉河正穿过身体，神经与血管中都硌着红黄色的泥与沙。

4. 河流汇聚的松多

离开黄河，起身去同德县城。

哪里离得开黄河，不过是离开了北上的主河道，顺着一条叫尼曲的小河逆流而上。还是在黄河广大的流域，在它北岸的一条支流上。

天高，云淡，星空低垂。河转弯，公路转弯，有时，小山伸出来一段象鼻子，直抵河岸，像在饮水的样子。大部分时候，小山一丘丘坐在远处，河谷中，一个又一个村庄，依稀的灯火闪过。

县城到了，尕巴松多。

一夜好睡，早起坐在窗前，翻看县志。也抬眼看窗外的县城。城不大，近处参差着楼房，远处起伏着丘状的草山。山脚下，长着些杨树和柏树。天阴着，欲雨似晴的样子。

县志上说，同德县，隶属于青海省海南藏族自治州，地处该州东南部，县域东与黄南藏族自治州泽库县、河南蒙古族自治县接壤，南与果洛藏族自治州玛沁县隔河相望，西与兴海县相邻，北与贵南县毗邻。行政区域总面积4652.8平方公里，人口6万。与黄河源区的草原县相比，地变狭，人增多。

黄河自东向西以半环状绕县域半周。

县城所在地尕巴松多镇，海拔3060米。

在水流纵横的青藏高原上行走，不止一次遇到含有松多这两个藏语字汇的地名。松，是数量词，三。多，说玛多时已经说过，源头之意。松多就是指河流汇合的地方。两条河从上游不同方向来，是二。在宽阔谷地中汇合后，变成一条更壮大的河流，继续流淌，向着更大的河流奔赴，是三。

尕巴松多，正是巴曲与尕干两条河流的交汇之处。河流的台地，正好托起一个新兴的县城，两条河汇合而再继续奔流，在宗日地方注入黄河。

同德县城，周围的地理、植被，相对充足的氧气让我觉得已经隔黄河源区很远了。但县志上说，同德县仍然有相当地方，被列入三江源自然保护区，涉及3个乡镇25个村，2886户，1.59万人口。藏族人口占比很高。

我站在窗前，看县城外绵延的平缓丘岗，青草碧绿，下面是河流切割的陡壁，土层深厚，那也是累积的时间。眼前，却是历史并不太久的县城。楼房错落耸立，让人感觉，历史是在这几十年间才重新发动的。

其实，这片土地早就有不同的族群相继兴起，又衰亡。

见诸考古发掘的，是留下新旧石器的人。留下马家窑文化彩陶的人。在宗日留下村落和墓葬遗址，留下耕作遗迹的人。

然后，是在史迹中留下名字的族群。

秦汉之际，这片土地上最活跃的族群是称为诸羌的古羌。因为与华夏族的冲突与交融而在《汉书》等史籍中留下了身影。那时的同德县，是赐支羌所居。

魏晋南北朝时期，鲜卑人从遥远的北方来了，在河湟流域立吐谷浑国，存世数百年。至隋，与重新统一了华夏的隋冲突并交融。隋灭后，这个过程继续。吐谷浑有了两个强邻，大唐和吐蕃。两个大国，在吐谷浑土地上交锋，和亲盟誓，更多时候，是短暂的和平后互相征伐，终至吐谷浑灭国。国灭了，族呢，一部分人迁移，一部分或融于吐蕃，或融于华夏。安史之乱后，唐朝盛世不再，无力如初唐盛唐那样时时西顾，这里的人群又换成了新的族群吐蕃。不全是雅鲁藏布江流域来的吐蕃，是融合了吐谷浑，和更多诸羌族群的吐蕃。我的祖先，便是诸羌中的一支，称为嘉良羌，在靠近黄河九曲的横断山中，开元年间，是唐朝保宁都护府所在地，安史之乱后，便又成了吐蕃属地。

杜甫诗《黄河》，就曾记录过那时的争战景象：

黄河北岸海西军，椎鼓鸣钟天下闻。
铁马长鸣不知数，胡人高鼻动成群。

如此拉锯式的争战，同德县志里也有记载。天宝十三年，公元754年，唐陇右节度使攻复九曲黄河之地，设浇河郡，同德即为浇河郡辖地。吐蕃重新攻占后，设独山军。同德为独山军控制范围。史料中说："吐蕃本以河为境，以公主故，乃桥河筑城，置独山、九曲二军，距积石二百里。"

从此，这里就是藏族的世居地了。

到清朝，有蒙古族和硕特部在青海的大规模进入。再一次改变了青藏高原上的族群结构。

到民国二十四年，即1935年，同德县正式成立。此后，政权更迭，同德设县也快有百年了。

5. 黄河北岸河北乡

早餐时,主人问在同德的这一天时间,希望看到什么?

寺院?我摇头。

寺院到处都有,在高原上形成一个个鲜明地标。看明清以来的历史,这一地区治乱,与中央王朝的向背,往往都与寺院的势力与影响紧密相关。现在是治世,心向佛法的人就让他们安静地修行吧。我此一行,更多关注这里的地理、生态与人的生产生活。界中界外,两不相扰。我说,还是看山水,看老百姓的生产生活吧。

于是,出县城往东南去。

溯一条小河,当然是黄河的某一条支流,地势越升越高。也就三四十公里距离吧。就已出了黄河下切的深峡,上黄河岸边的一道台地,又一道阶地。上一座小山,下去,再上一座小山。我们又上到了高处,回到了高旷的草原地带。

这是同德县的东南部:河北乡。

这一带地方,差不多是同德县的最高处。县志上说,该县地理东南高,因为隔黄河靠着阿尼玛卿山;西北低,因为倾向共和盆地,倾向更西更北的青海湖区。整个中国的地理是西高东低,而现在身处的这个小范围地理,却与这个大势完全相反。作为一个中国人,身体内部的方位感应似乎早已顺应了"地倾东南"的地理走向。面对开敞低延的地势时会自然以为正面向东方。

车在一处高地上停下,地势猛然下沉处,却是西北方向。太阳升起的方向却在身后,我再一次确认,我们是站在黄河北岸。黄河在深峡中继续向着西北方向蜿蜒。我的背后,是更高的隆起,绿草覆盖的一座座丘陵状的浅山。其间,裂谷深陷的不可见处,黄河流淌。而我们所在的这些高地上,平面上道道皱褶,溪流四布,都在向峡谷深处汇集。

在向南伸出的宽广台地上,一个不大的集镇出现。那就是河北乡。

挖掘机在作业,为从镇子背后直插下去的那条公路加大宽度。

镇子很安静。即便有不少人,带着他们各自的表情,在镇上来来往往,却似乎都没有什么声息。天空太高远,周围的地理太壮阔,使得人间的声音、人间的悲欢在这广阔中激荡不起一点儿波澜。

我们坐车穿过镇子,犹如穿过一个梦境。如在天边,就在天边。

临街有几间超市,门前摆着彩色的塑料制品,盆、桶,水管。里面的货架上有酒和饮料。还有一两家裁缝铺。学校、卫生院、畜医站。地势宽敞,各单位都用墙围出一个院子。院子中长着蓼属的植物叶子宽大,还有一丛丛的牛蒡。

应该有上千人口,在这个镇子上生产生活,但还是很安静,因为四周宽阔的雄荒大野,长河昊天。

穿过镇子,来到它的边缘,脚下是悬垂而下的高高崖壁。土黄色的,或赭红色的。昨晚下过雨。水的滋润使这些崖壁的颜色比干枯缺水时显得更鲜艳。

很快,河北乡,那个镇子就落在了身后,翻过一座圆顶的山丘,那个镇子就彻底消失了。

没有深入,只是一掠而过的印象。

6. 石藏,丹霞与祁连柏

地势继续变化。

高处还是高的——那些平顶的覆满青草的丘岗。低处却越来越低,那是河水与溪流深切出来的峡谷,越来越幽深了。

越往前走,面前错落出露的赭红色崖壁越来越多,越来越高峻。

乔木出现了。是柏树:祁连圆柏。生长在平旷处的笔直粗壮;扎根在峭壁上的岩石缝隙里,枝叶斜向一个方向,如准备振翅腾飞的一只大鸟。

上午十点,我们停在了一座平顶的山丘上。

那是一个生机勃勃的世界。青草,紧密而又茂盛,茁壮

深峡中一棵苍老的祁连圆柏

又肥嫩，覆盖了地表。

是原生草甸的样子，不止一种草，针茅，还有披碱草、鹅观草。草地上有牧人和牛群踏出的隐约小径。小径上的牧草矮下去，板实的地面长出了委陵菜、车前、蒲公英。还有黄芪，因为不在花期，辨别不了是哪一种黄芪。走过平展的丘顶，草上的露水打湿了鞋面。这些露水，这些茎上、叶上垂着晶亮清凉露水的牧草让人心生欢喜。这样的草地，让人想一直走下去。不用担心它脆弱，不用担心它退化消失。就这样，一直走出去几百米，直到地势陡降处，斜坡上长着灌木：满身带刺的鬼箭锦鸡儿，不带刺的窄叶鲜卑花。鲜卑花，我不知道这种植物命名的缘由，命名者是不是有纪念一个曾经生存于这个世界的鲜卑族群的意思。的确，已经消失的那个族群，有几百年时间，这个建立了吐谷浑国的族群，在此游牧，狩猎。征战时，确实在这些绿草茂盛的荒原上纵横出没。

靠近这些灌丛的根部，苔藓和青草间，低矮的粉色的报春花已然开放。

再往下，坡更陡，再下降，就变成敧生了株株祁连圆柏的悬崖，有风，卷着轻雾从峡中起来。

祁连圆柏是中国的特有种，主要分布地，就是青海省和甘肃省。

深峡曲折幽深。看见一段公路，蜿蜒在峡底，载重卡车无声行驶。

对面，是陡峻的红色崖壁。水蚀的道道缝隙中，是更多柏树的扎根处。这些树都尽力把枝叶伸向可以接受阳光沐浴、进行光合作用的方向，因此造成了各种奇异的如鹰展翅飞翔的姿态。

我们将下到峡谷底部去。

盘山而下时，又听到了格萨尔传说。一片好牧场，是格萨尔的养马处。红色岩壁间不时出现一两个幽深洞穴，是格萨尔藏宝处，或者是他打开了别人的宝藏处。这是藏文化顽强得有些固执的力量。不忘本根是好的，但我希望不要因此阻碍了新文化的生长。那就是基于科学的文化。

比如眼下，就应该用科学的眼光来打量山河。

眼前这些红色岩壁很古老，它们生成的时候，地球还不知道，会有一种叫人类的智慧生物将会出现。地球只是遵循造物主创造宇宙的规则在塑造自己。那些岩石，有地球生命史上的几千万年的岁月沉淀其间。那时，这些高耸的地表还是一片汪洋。水中的有机物、无机物缓慢沉积，崖壁上那些横向的纹理，正是沉积了千万年的岁月。

这种地貌，地质学上叫红层，也称丹霞。

有手机信号了，在车上现场百度。百度百科说，在我国，这种红层地貌，主要是指中生代以来三叠系、侏罗系和白垩系，以及新生代古近系的湖相或河相沉积。眼前，累积的是地球史上沧海桑田间数千万年乃至上亿年的时间。

峡谷的底部，浑浊的河水沉缓流动，从深山里带下来众多的泥砂。在平缓的峡口，河水呈喇叭状散开，泥砂沉积，呈扇面堆积，造出一个又一个洪积扇。《同德县志》在讲土壤时，讲到一种新积土，即是指此。定义是新近的河流冲积物或洪积物上发育的土壤。此种新土面积不到全县面积的百分之一，却在短时间内，以肉眼可见的速度，造成新的地貌。

继续往峡谷深处去，越往河的下游，往年的新积土上开始出现植物，草和柳，从星星点点，到全面覆盖，不过十几分钟，六七公里车程。峡谷的最深处，水流已经掩映在高山柳林中，变成一股白浪翻腾的清澈湍流了。

停车，跨河过桥，一派生机勃勃的景象。什么鸟在林中连续不断地大声鸣叫。似乎是某种噪鹛，但它藏身于密林中间，真身不见，不敢确定。

这是同德县正着手开发的石藏景区。

高山柳林下，溪流奔涌，音声清亮。这是我踏入上游黄河以来见过的植物生长最蓬勃的湿地。高海拔地带的湿地，就是草的世界。这里却灌木丛生，是树的世界。头顶的天空，被开张的树冠切割，不时现出一块幽深的蓝色，呈现出各种不规则的图案。柳树之间，绿草不再匍匐贴地，它们都

黄河深切，露出红层沉积岩，这种地貌又称为丹霞

伸直茎秆，开枝散叶，长到齐膝高了。草玉梅放出白花，水杨梅放出黄花。还遇到一个等待游客的营地，播放着欢快的藏风流行歌。除了我们一行人，游客还没有到来，营地空空荡荡。

出了河边的柳林，坡地出现，地面变得干燥些了。圆柏突然就高挺在面前。几株圆柏之间，另一种密集丛生的灌木出现，是正在盛花期的金露梅和银露梅。这两种有着各自命名的灌木，从茎，从枝，从叶片，直到绢质的花朵的形态，看起来都一模一样，但开出的花，却是两种不同的颜色。顾名思义，金露梅是黄色，银露梅是白色。

还有花瓣细碎的唐松草也在开花。白色的花，金黄的蕊。

顺着缓坡往上走，地势越来越开敞，阳光落下来，金露梅和银露梅越来越多，越来越密集，构成了一个安静而又热烈的小世界。安静是无声。热烈是花朵覆满枝头，香气充溢山谷。其间，一棵棵老年期中年期的圆柏颜色墨绿，耸立在花海中间。圆柏们身躯通直，只在十米十几米高的地方，才伸展开遒劲的横枝，似乎是起意不肯遮蔽了的阳光，为了照顾树下的美丽灌丛，让她们把全部花朵尽情开放。

柏树也有香，但很收敛含蓄，隐约暗香。不似金露梅和银露梅，这满枝繁花的两姐妹的香气这般招摇张扬。阅尽岁月即含蓄，初历世事即张扬。都很美好，我就立在一棵圆柏下，看着灿烂的花丛，接受生命不同光谱的辉映，在黄河上游的一条支流，又一条支流，又一条支流的岸上。

几只羽色黑亮的渡鸦，停在不远的树上。

我背靠的这棵柏树，据说是这里的树王。多少岁了？1000多岁了。反正我仰头望它的顶时，帽子掉了，也没有望到。因为半腰以上的开张枝叶，把它宝塔般的尖顶遮蔽了。几个人张开手臂，手拉手合力拥抱了这棵柏树之王。树身上有洞，大家想，有没有动物曾经把这个深洞做过居所，比如熊。然后，再退到远一点儿的坡上观望整棵树。不由得想起一首诗，美国诗人惠特曼的作品《我在路易斯安那看见一棵栎树在生长》：

我在路易斯安那看见一棵栎树在生长，
它独自屹立着，树枝上垂着苔藓。
没有任何伴侣，它在那儿长着，迸发出暗绿色的欢乐树叶。
它的气度粗鲁、刚直、健壮……

这是树的雄姿。

青藏高原上也有栎树，但纬度还得再偏南一些。这里耸立着的是祁连圆柏。栎树是阔叶树，圆柏是针叶。相同的是它们遒劲舒张的枝，相同的还有上面悬垂的松萝。苔藓，当然，树身上还生长着苔藓。

在这里，树王站立在峡谷中央，也可以说是独自屹立。另外那些比它年纪小的，几百岁的、几十岁的圆柏似乎是刻意一般与其保持了一定距离。

众树所在之处，是典型的红层地貌。

陡崖从峡谷两边壁立而起。是红色砂岩。水平的纹理横向铺展，凝固了在水底沉积时颇为规律的起伏，是数千万年前风吹波浪的形态。让人想到那也是一个动荡不已的世界。

是造山运动使得它们不断抬升，从海平面以下，不断上升。在抬升的过程中，这些陆地曾在不同的气候带停留，在热带，在亚热带。如果我们像一个地质学家拿着一把地质锤四处敲打，就会在这些层叠的岩石中发现不同气候带生成的动植物化石。但我没有搜集癖，除了科学家研究的需要，我愿意地质演进中生成的东西都留在原处，给将来的研究者留下更多线索与证据。我只是伸手抚摸这些红色岩石，一些风化的砂粒留在了我指尖。把这些砂粒放在舌尖，尝到了某种味道，某种矿物质的味道，微微的酸，稍稍的咸。

目前，整个高原，还在继续抬升，由于南亚次大陆仍在向北漂移，和欧亚大陆相撞后仍然继续向北。那片大陆钻到了这片大陆的下面，所以，我们脚下的陆块还在继续往高处生长。这是整体的宏观景象。而在局部，在这里，在黄河上游，北岸的某条支流的支流上，这里的峡谷却在深陷。因为雨雪水点点滴滴的侵蚀，因为水流的切割，这些峡谷正日益幽深。一面面陡崖的纹理，既是当年在水底沉积的记录，升高的记录，同时也留下了被水切割，被风，被冰川打磨的清晰或模糊的印迹。

行走在这道底部宽敞的深峡，两面都是壁立的大片红岩。岩上，岩下，岩的顶部，崖壁上布满大大小小的洞穴。小的，适合筑一个鸟巢；大的，可以容一个人在其中躲避风雨。这些洞穴，是风的杰作。此时无风，只有阳光静静落下。但这里的天气，时常有风，有大风刮过。风会携带着许多尘砂。风最擅长的就是寻找缝隙，寻找破绽，一旦找到，就携带尘砂寻隙而来，深入打磨。于是，便形成了这满壁深浅不一的洞穴。

这些洞穴，适合飞鸟筑巢。所以天上有鹰，它们的身影在比这些悬崖更高的天空中盘旋。低处有野鸽，在崖上起起落落。而在比这更北的祁连山北，从敦煌，到天梯山，到麦积山，人类从3世纪开始，曾经用近千年的时间，增扩这些石窟，用于塑造与供奉佛菩萨像。或者开扩一个洞窟，把自己封闭其中，静坐禅修。这一带的黄河两岸，虽也是佛教盛行的地带，信徒们倾心营造的却是金顶灿烂的寺院，但借僻静洞窟静坐禅修的传统也一直绵延。

我看见了悬崖半腰，天然形成一道一两尺宽的台堼，人可以通行。

看见那路时，恰好就看见一个身着黄衣的僧人的身影，横过险道，在离地面最高处，躬身进了一个洞穴。

这洞窟也是佛教石窟的一种，叫禅修洞。

我站到对面坡上高一点儿的地方。看清了那洞穴外立了一道遮挡风，遮挡雨与雪的石墙，墙体刷了白土。地质学家把这种白土叫作垩。洞窟专家把用白土装饰墙与窟的方式叫垩饰。

那个修行者进去了就没有再出来。我也没有攀上岩壁去打搅别人静修的打算。

继续往峡谷深处去。沟谷升到高处，向另一方降下去，中间还转了一个弯，迎面耸立着一座座红色岩石的孤峰，呈城堡状、老人状、武夫状……大多数也不模仿什么，只是自成奇形怪状，构成的风景，非复人间。

时间有限，不能深入。我们回身，半小时后，又回到了公路上，继续驱车前行。溯小河上行。红岩消失，圆柏消失。

真的是走马观花，此处只是石藏丹霞地质公园的一个部分。这个地质公园总面积318平方公里。作为一个地貌类地质公园，一共有三个部分。我们到达一个部分。经过了一个部分。另一个以雪山主打的部分，就只好省略了。反正此一行，还要看到更多的雪山。

7. 牛奶河，尕干

又上到了一道牧草青碧的平缓山梁。

又一道几十公里长的峡谷在眼前展开。

这是一道典型的 U 型谷，两边山脉，起伏平缓，中间宽谷底部平坦。不是准确丈量，而是大概的目测，宽阔处三四公里，狭窄处一两公里。一条河，从高往低，一路接纳大小不等的溪流，犹如一棵大树分枝众多。

从高处俯瞰，正好看清这棵河流树，渐渐丰满粗壮的整个身躯。梢在高山，根却扎入了黄河。这株河流树在阳光的辉耀下，从干到枝，都如白银打造一般。河流转弯处，一个个新月形的牛轭湖，光芒闪烁，像水晶，如银箔。

这种宽谷的形成，要拜第四纪冰期时冰川的功劳。冰川的重压与打磨，使山脉平缓，丘岗浑圆，这宽阔平坦谷地的造成，更要拜当时数公里厚的冰川向前缓慢推进时的开辟之功。

地球历史上，多次冷暖交替。温暖期，阳光与降水充沛，生命爆发。寒冷期到来，冰川从高纬度向低纬度地区蔓延，温带地区大面积被冰川覆盖，造成大面积生物灭绝。

最近的一个冰期是第四纪大冰期。

第四纪是个时间概念，包括更新世和全新世。开始于大约 260 万年前。这一时期，生物界已进化到现代面貌。其中哺乳动物中灵长目完成了从猿到人的进化。

仿佛是为了考验这些新的生命，也似乎是为了催促它们的进化，地球在这一时期变得异常寒冷，使高纬度地区和山地广泛发育冰盖或冰川。这是一段漫长的时间，于两百多万年前开始，直到距今两万年左右，冰川才融化退却。在这之前，漫长时间，这些地方，都被厚厚的冰川覆盖。它们沉缓流动，向下向前，无声地改造地貌。1万至2万年前，当冰川终退去时，大地裸露出来重见天日时，之前的嶙峋崎岖，已经换上了宽展平缓的容颜。也是在那之后，人类才得以从没有冰的低处上来，上到了这片高原。

青草连天，牛羊成群，3000多米的海拔高度，如今是夏季游牧的好地方。

这条河流的名字叫作尕干，陪同的朋友说，因为这宽谷水草如此丰美，当地藏族人民把这条河流称为牛奶河。

我们往谷中去。一路随处停留。为一条溪，为一片沼泽，为一丛花，为一群水鸟。

更为一个新的村落。

这些年，政府帮助以帐幕为家、游牧草原的牧民，修建起一个个定居点。全新的聚落中，学校出现，我喜闻窗明几净的教室里传来书声琅琅。卫生院所出现。我喜见穿着白大褂的医生护士在开满波斯菊的院中往来。喜欢看见信从天命安排的牧人走进去，治病问诊，以科学的眼光重新打量自己的身体，继而思索命运。

佛教信仰中，来世比今生重要，但并不意味着当世就可以放弃。

商业网点在新村中出现。售卖啤酒、方便面，出售纸笔、牙刷和洗衣粉。这一切，正在改变人们的生活，重塑人们的生活。新生活塑造新的人、新的生产生活方式、新的观念、新的作为。表面的变化下蕴含更深刻的人的改变。这样寻常的景象，出现在这片高原，出现在这些僻远宁静的地方，并不寻常。

我当然不懂得一些以文化多样性为借口，奉文化原教旨为圣意的人，为何要为现代生活生产方式出现而愤怒，而悲叹。我当然不懂得，那些自称的文化人、自诩的知识分子，为何以单一族群的眼光打量一切，视众生福祉而不见，而自溺于狭隘文化观的泥潭。

一个供外来旅游者居住、饮食、体验的帐篷营地出现。

碧绿的草地上正歌舞蹁跹。

我们在划定的停车区泊了车，沿绿草地上的木板栈道步行进入。在一座白色帐幕中享受一顿丰盛的午餐。一碗酸奶，一杯茶。菜式藏汉结合，拍碎凉拌的黄瓜，土名人参果的委陵菜多淀粉的细小块茎，用酥油和白糖拌和。白水煮的手抓羊排，牛肉馅的包子。我们进餐时，帐篷外的草地上，游人正在当地老乡的协助下，尝试跨上马背，尝试自己手提缰绳，小心翼翼，驱马向前。

　　一个面熟的人前来敬酒。他说，我们见过。记起见他是在一个学术会上。他是一位大学老师，只是记不起名字了。也记不起是在西宁还是兰州见的面了。当时，一帮不同文化观的人在一个会上讨论文化，特别是藏文化，我想谈前景，另一些人执拗地要谈如何保有固有的老特征，情形并不融洽。这个朋友是沉默的大多数中的一位。此时，他端了酒来敬我。说，来这里做点事情。话说多了也没有什么意思。好啊！做点儿对老百姓精神面貌和生活水平提高有帮助的事情，好啊。中午吃得晚，下午还有地理上的长路，不该饮酒，但为此，我们连饮了三杯。

　　带着酒意，我出帐篷，独自爬上营地后的山坡。踏过柔软的草地。禾本科的、豆科的，都是优质牧草。还有蓼科、珠芽蓼和圆穗蓼，它们正在节节拔高，性子急的刚开出白色和粉红色的穗状花。更多的植株在等待开花。它们在秋天结出细小而众多的籽实，是牛、羊和马在秋天长膘的营养物。还有棘豆开出了黄花，黄芪开出了紫花。土肥草壮，那些美丽却不给牛羊提供丰富营养的草本植物，在这里没有多少生长空间。

　　不同种类的草，也是一种标识。可以让人知道草场向好或者变劣的动态转变。

　　爬上山梁，顶上平坦。草地下裸露出一些岩石，上面附生着多彩的一枚枚铜钱般的苔藓。这些岩石在漫长冰期里被冰川磨平了棱角，山下谷中，河床上一块块砾石，就是被当年的冰川从这里带到谷底去的。他们是一样的质地，一样的深灰色，其间有星星点点，有某种矿物金属的光点。河流蜿蜒向前，越来越宽，河岸边一条公路蜿蜒，串联起一个个村庄。在高原上，这算是人烟稠密之地了。

尕干河就如此向着黄河峡谷流去，襟带着一个个村庄，一片片牧场。

重新起程回同德县城。

行不多远，一个热闹的场景出现。路边停着好些摩托车，和两三辆小货车。几十号人聚集在羊栏里。一片欢声笑语。夏天将到，绵羊们都穿着厚绒衣裳，该是它们脱下冬装的时候了。想起一首澳大利亚民歌《羊毛剪子咔嚓响》。

是剪羊毛的时节了。

分散游牧的人们喜爱聚集。节日，要聚集。一些生产性的活动，比如剪羊毛，也要聚集。各家各户，近一点的，把羊群赶来；远一点的，用小卡车拉来。互帮互助，放翻羊，挥动剪刀，"咔嚓""咔嚓"……剪完这家人的羊，再剪另外一家。其间，歌声笑声不断。现在，剪羊毛还添了一种新工具，电推子，贴着羊皮推进，嗡嗡作响。羊毛成卷地落下。脱完毛的羊，站立起来，在凉风中摇晃几下身子，从颈项到尾巴，留下道道整齐的剪子印，松快地跑去了栏外。又有几

剪羊毛

只未脱毛的羊被摁倒。

收购羊毛的货车就停在路边,成捆的羊毛马上过磅,装车,数钱。去厂里淘洗,分梳,纺线,染色,编织。再回来,就变成了地毯、毛衣、手套、围巾和帽子。剪完羊毛,还有牛毛,也是牧民的经济来源之一。

也是热烈亲切的人间。

经过一座又一座牧人帐幕,经过一个又一个崭新的还显得有点儿突兀的村庄。早晚都挤下许多牛奶的村庄,打制酥油的村庄,酿制酸奶与干酪的村庄。

公路攀上最高的山口,两旁裸露的岩石出现。

夕阳西下。

根据民间信仰,这些山峰都有神灵居住,但我要做的只是停车回望,山下的人间,宽谷中的人间。

虽然,还要再回同德县城尕巴松多镇。但在那里,仅是过夜休息。为明天的行程储备能量。我心里已经在说,再见同德。宗日阶地上的古代遗迹,再见!阶地下黄河的高岸与宽阔阶地,再见!突出于黄河岸上的河北乡,再见!圆柏成林、金露梅开遍的,红色深谷的石藏丹霞,再见!尕干的牛奶河,再见!

第三回 共和盆地今昔

1. 胡乃亥的黄河

清风徐徐的早晨，离开同德。

黄河的高岸上，白杨一行行立在道路两旁。高岸下滩地有时狭窄，有时宽广。宽广处，依然是绿树环绕的平整农田，和密集的村庄。有村庄处，都弥漫升腾着蓝色炊烟。一切都依水而生，赖水而活：植物、动物、人，都是这样。

当河岸再升高，离河远了，山上也没有溪流小河下来。不要一点儿过渡，绿色立即消失，四处都是裸露的厚土和岩石，一切都变成干枯的灰白。裸露的地面上沟壑纵横，那是降雨时，无法存留的水冲刷的结果，也是猛烈的风不停刮削的结果。河谷深陷，远来的暖湿气流却被高山抬升，造成了河谷两边陡峻崎岖的干旱地带。

黄河西流，向共和盆地，峡谷越来越深，那几乎寸草不生的干旱带就越发明显。河水也带上了越来越深的土色，流动也变得凝重了许多。

正在前往的共和盆地，处于昆仑余脉与祁连山过渡地带。以海南州共和县为中心，面积上万平方公里，一个古老的湖盆。黄河折返西向后，在盆地中形成了一个优美的半圆，流程 400 公里。流域面积占黄河源区总面积的 10.5%。然而这个相对海拔较低的盆地，降水量稀少，经常狂风劲吹，沙漠化相当严重，成为中国西北地区沙尘暴的一大策源地。

在盆地边缘，一座新落成不久的大桥引我们渡过黄河。

这座大桥长一公里多，因地得名，叫作胡乃亥。

过桥停了车，我重返桥面。

风很大，吹得人迈不开步，喘不过气来。但我还是想到桥中央去看看。风大概知道人的强烈意愿，愿意成全，于是变得小了一些。还是得小心，风灌进冲锋衣，后背鼓成了一个臌胀气囊，似要将人升到空中，飘向河面。顶风走到大桥中央，俯在栏杆上，黄河从背后流来，经桥下流往前方。

河右岸裸露灈灈童山。左手，河流的弯曲部，河中泥土淤积出的一块数百上千亩的平展台地。上面田陌规整，灌渠纵横，熟黄的麦田与碧绿的菜畦相间。靠近桥和公路，是上百户人家的村庄。从上方望下去，低矮的平顶房屋，围墙圈出一个个方正小院，墙里墙外，有果树的团团绿荫。中国人勤劳坚韧，即便是在这苦寒地带，只要有一方土地，有阳光照耀，有水浇灌，就能营造出一片美丽的家园。这些老百姓，就在这一派荒凉中，胼手胝足，营造出了一片美丽安宁的绿洲。读青海沿黄河一带农业耕作区的地方志，常见详细

共和盆地中胡乃亥的黄河

共和盆地中的农耕的村庄

记载各处川流池泉，当地人对于生命之水的珍重可见一斑。

从桥上下来，公路径直穿越，把原本连成一气的台地分成了两半。

眼下，路左的那一半台地是一个大工地。一字排开的挖掘机在平整地面。数十辆载重汽车穿梭运送土石，把临河稍低的地面填高。然后，前置钢铁巨碾的压路机开上去，把那些浮土碾压平实。

不远处的下游，黄河上正在修建一座水电站。平整这块滩地，是为安置淹没区的百姓，住房之外，还要解决他们的生计。规划中有农产品深加工园区，和利用当地资源的工业园区。这是各地政府常见的农村劳动力转移和促进当地发展的举措。

我的目光被更远处的景象吸引开了。那是一条河，一条所携泥砂颜色更深沉的河正在汇入黄河。两股浊流，一红一黄并流一阵最终融为一体，切向更远的深峡。

我被告知，这条河是共和盆地中黄河的最大支流。河的名字有些奇怪：大河坝。是说这条河有特别的造成农耕台地之功吗？名字约定俗成，也就不去较真了。

大河坝全长165公里。上游是三条河，发源于青草连天的高山之上，分别叫作水塔拉河、青根河和黄清河，顾名思义，可见上游的净洁清澈。当三河合流，在深厚的砂砾土和黄土中蜿蜒深切，便日渐浊重了。年深日久，河水久久为功，迂回曲折，竟造成了一条颇为典型的深切峡谷。最宽处达二十多公里，在两岸造成阔狭不同的台地。清中期以来，人烟辏集，成村成庄，种植适合高原生长的小麦、青稞、油菜和土豆，成为兴海县主要的产粮区之一。当地村民说，半个世纪前，这条河水质清澈，河中游鱼历历可数。

是气候变化，使这条河流域开始灾难频发。

在这降水量稀少的地带，灾难的原因竟是因为降水量增加。

以前雨水少的时候，庄稼靠来自高原的河水灌溉。谷地两岸层积数百米厚砂砾层岿然不动。降水量一增加，如此地貌经不起雨水浸蚀冲刷，高壁崩解，泥石流频发，冲毁田园村庄。仅其中一个叫桑当的村子，被泥石流毁掉的良田，就有几百亩之多。泥石流毁掉的还有把农田、村庄和干旱荒野分隔开来的防风防沙林带。

本来，此河流域是全兴海县海拔最低，土地最肥沃，农产品最丰富的地方，但因暴雨泥石流失去家园而外迁，另寻栖身之地的农民竟达到 800 余户。对更多的人来说，却是故土难离，生计艰难。

降雨增多，是大的气候周期性变化。这些年降雨带逐渐北移，对干旱缺水的地方来说本是好消息。但在山体裸露、不适于植被生长覆盖的黄河上游这些谷地，却又造成新的灾难。

就这天早上，车上的收音机播报消息，也是在青海省，也是在黄河支流的湟水和大通河上，因为降水量超过往年，便造成黄土山丘与高岸崩塌，泥石流冲毁村庄田园，还有多人的生命陨灭。人与自然相依相止，靠的是过往经验，而自然本身充满未知的变化，人对此，还缺少必要的认知与应对方法。

在大河坝流域，目前阻止灾害的办法，无非是政府投入大笔资金，在一条条平常干涸、雨水大时便泥石流奔涌的山沟里筑起一道道混凝土的拦洪坝。每条深沟中的水泥坝都不止一道两道，而是从上到下，七八九道。层层拦阻，才保住了谷中农人的生计与家园。

大河坝这个小流域，呈现出生态问题中比较特殊的一面。不是雨水太多，而是地表大面积失去了蓄水能力。

2. 沙珠玉治沙史

其实，号称中华水塔的青藏高原，大面积的，降水量小于蒸发量，高海拔地带，植物休眠的漫长冬季，在高山，在盆地，将降水用积雪、冰川和冻土的形态固化，储存，在万物复苏的春夏融化，输出。

当海拔降低一些，平坦的草原旷野上，储存不了那么多水分，干燥的西北风还会带走一些水分，春夏季节，便没有那么丰富的融冻水补充，渴求天降雨水，但老天说，这个地方，没有那么多你们想要的雨水。

紧接着，我们到达的共和盆地底部中央的共和县沙珠玉乡，就处于这样的地带上。

这地方，过去是牧地。古羌人，吐谷浑人，吐蕃人，明清之际，又来了蒙古人。和藏族人拉锯争夺这片牧地，最终，蒙古人势力衰微，退往北方。藏族部落才又回归游牧。清同治九年，公元1870年起，当政者鼓励农垦，又有湟中、湟源等地农民徙居，开垦农作，此地逐渐成为共和县的主要农业区之一。

新中国成立后，此地才有沙珠玉乡的建置。

沙珠玉乡，海南州共和县西部，东邻州府恰卜恰镇，面积543.07平方公里。据2018年统计数据，户籍人口7773人，下辖10个行政村。珠玉村是乡政府所在地。

到了乡上，乡干部递来的几页油印材料上说：沙珠玉乡以广阔的干旱荒漠草原为主，间有大片的沙漠，是共和县的主要沙漠区，海拔2862～2910米。大陆性高原气候，年平均气温2.4℃，年平均降水量246毫米，无霜期75天。农作物生长期仅为150～180天，牧草生长期为170～200天。冰雹、干旱、风沙等灾害性天气多见。全年大风日数51天，水源缺乏，沙化、水土流失现象严重。

这样的地方其实不宜农垦，但此地开荒种地已经有150年历史了。

乡干部都是三十多四十来岁的干练青年。引我穿过乡政府所在的安静小镇。路边、院前，都是粗壮的杨树、榆树和柳树。

小镇还辟出一块空地，栽了树和草，有点儿公园的意思。

空地中央有一座突起的小丘，上面盖了一座亭子。登上去，举目四望，周围一片平旷，乡政府所在地就在这片略微凹陷的平旷中央，被一行行纵横交错的茂密绿树环绕。中间是三四层楼高的红瓦顶的不同单位的用房，再往外，是农户的居所，是田地。

沿渠水和道路排列的绿树，把视线引向地平线上。远处，坡度增大的地方，看见了沙漠，上面铺满方格状的沙障。

在传闻中，这里是风沙弥天，干渴荒凉。

年轻的乡干部说，这都是自20世纪50年代起，投入巨大人力物力不断治理的结果，去陈列馆看看，就知道以前这里是什么样了。

我从亭子里出来，走下缓坡，小路两边，长得最健旺的，是丛丛枝叶繁密的柠条。

应该写写柠条。

沙珠玉治沙的重要植物：柠条

它是豆科锦鸡儿属的一种。因其耐旱还耐高温，根系发达的特性，被广泛用于治沙工程。柠条真是天赐的治沙植物。查《青海植物志》，柠条在沙地干到极值，含水率只有0.3%的情况下仍能存活。在当沙地含水率达到1.9%~3.04%的情况下就能健旺生长。

乡政府提供的材料上也说，柠条是最早用于当地治沙，且效应最显著的植物。具体的做法是，沙地上扎成固沙的草方格后，便把柠条种植在方格中间。只要有一点点水分，它们就能顽强生长。眼下，这些长在沙地上的丛丛柠条，长得有半人多高。花期已过，密集的枝条上挂满了饱满的荚果。当这些荚果成熟，炸裂开来，众多的种子落入沙地，也会自行萌芽生长。植物志上说，柠条的花期5月，果期6月。高原春晚，这时，大多数植物刚刚开花，或者正准备开花。

眼下，攀附在柠条丛上的铁线莲就正在开花。丛丛柠条间，中亚紫菀开出了密集的花朵。带刺的丝路蓟含苞欲放。

我们去往记录沙珠玉治沙历程的陈列馆。六七十年前的老照片，旧文件把我们带到曾经风沙弥天的年代。

最引我注意的是墙上的编年体大事记。

1956年，风、霜、旱灾非常严重，48%的草只能长到正常高度的四分之一。牲畜营养不良，群众听天由命。

1960年，大风吹动公路西侧的沙丘，向东推进21米，迫使公路改道。

1963年，上卡力村沙尘暴，造成全村大部农户被迫迁移。该村于1940年，已经因风沙进袭，有过一次整村迁移。

1966年，沙珠玉乡的沙尘暴创历史之最的55天。死亡牛羊等家畜一万多头只，占全乡存栏牲畜的10%以上。

1970年，沙珠玉遭遇10级以上大风，300余亩农田被风沙掩埋，1000余亩严重减产。

1975年，从4月28日到5月1日，一场风速每秒40米的大风连刮6天，吹毁耕地1777.9亩。

《共和县志》记载，据1961年至1980年20年的气象资料，以沙珠玉乡为核心区，风沙灾害重灾9年，轻灾7年，无灾仅4年。其间，沙漠区向东扩张40余公里，沙漠面积由110万亩扩大到159万亩。

这是共和盆地气候的一个显著特征，叫风旱同季。

这种水源稀缺的地方，也怕水。偶遇降水猛增，同样造成严重灾害。这在陈列馆墙上，沙珠玉地方的灾害编年史上也有明确记录。

1967年5月，沙珠玉河暴发洪水，流量并不大，每秒160立方米，却淹没土地3000多亩，冲走艰难栽下的护岸树一万多株。

如此沙进人退，结果肯定是此地全部沙漠化，人被彻底逐出这片家园。

生态恶化到如此地步，在生存线上的人，依然挣扎得十分顽强。

在沙珠玉,基于那时人定胜天的理念,抗沙治沙的努力一直在持续,过程堪称悲壮伟大。在这个过程中,积累下来的经验,还是如何植树种草,防止土地沙化,阻止沙漠逼近。

1958年,建立了沙珠玉试验治沙林场。这个过程同样艰难,一份打给上级领导部门的报告总结说,林场建立五年,干部群众吃住在沙区,观察沙丘移动规律,监测土地水分,共营造防风固沙林100余亩,最终成活的不到10亩。本欲战胜大自然,其间各种经验教训、各种实践,最终变成从地理到气象,科学认识大自然的过程。

从地质条件讲,共和盆地的底部,全是第四纪冰期时,冰川从四周高地搬运来的沉积物,缺少黏土,砂质成分占到90%以上。因为高山阻挡,湿润的东南风进不来,干燥的西北风却长驱直入。更重要的还是人为因素,人口增加,过度开垦,超载放牧,原本的砂生植物,作为燃料,作为药材,被毁灭性采挖。

人类必须学会尊重自然规律建设家园,学会在改造自然的同时要深刻认识大自然的基本规律。

1962年,沙珠玉建立青海省首个治沙试验站,认识、摸索出一个又一个有效的治沙方法。

先进行观察研究:

——当地沙生植物物候观察研究；

——风蚀与风积现象观察研究；

——风沙移动规律观察研究。

再采取相应举措：

——人工沙障治沙；

——淤泥固沙；

——外地耐沙耐旱抗风植物的引进试验；

——沙区飞机播种试验；

——更重要的水库与灌溉系统建设。

这些措施写在墙上，就是如此简明的文字。其实，每一条后面，都是干部群众和科研人员汗水、泪水与心血的凝聚，是60多年间几代人前仆后继，山水林田湖草沙综合治理，属于人畜的生存空间不断改善，属于自然的还给自然，退耕还林，退牧还草，才终于逆转了生态持续恶化的过程。

"风沙埋农田，籽种露地面，沙丘压庄园，风过苗枯干。"

这是当年的苦涩民谣。

如今，却叫作："林在田边，粮在树旁，农林结合，林茂粮丰。"

目前的沙珠玉乡，耕地25575亩，草场89万亩，其中禁牧封育66万亩，公益林17万亩。尚有沙漠化土地18万亩，只占全乡面积的百分之十几了。

这当然是人类以科学态度，防沙治沙的结果。但也不能否认，生态的好转也有老天帮忙。这就是气候变化周期中，中国大陆，降雨带持续北移，降水增加。

今天的沙珠玉，盆地中央树木连绵成林，农田和村庄，要走近了，才从林木中显现。远处边缘，是草地，再远处，可以望见网格状的沙障，一个个方格中，也有绿色在扩张。

3. 三塔拉，光伏电站与羊

还是在共和盆地，还是在共和县，又一个乡，比沙珠玉高旷了许多的铁盖乡。

也是以风沙肆虐、沙进人退而闻名于世的地方。

这个地方叫塔拉滩。

塔拉，蒙古语意为草滩。平均海拔2900米。滩大，海拔高度顺盆地边缘不断升高，分三个层级，依序排列，叫一塔拉、二塔拉、三塔拉。

每上一层海拔就升高百米。西北风从高处，拾级而下，带着寒意，干燥而猛烈，带来沙，推动沙。多少年，除了少数牧人和猎人出没，广袤无垠的塔拉滩荒无人烟。不仅生长不了树，连草的生长也日益艰难。

也有民谣唱过那荒凉景象："地上不长草，风吹石头跑。

一年一场风,从春刮到冬。"

曾经,三塔拉荒漠化的面积以每年1.8万亩的速度不断扩张。

曾经的塔拉滩,由于风沙的侵蚀,整个阶地上广布荒漠和沙丘。当人们提及这里时,知道的人摆手、摇头、叹息。这里风沙大,植被的成活率低,不适宜种植树木。

这是历史。在车上,当地朋友——玛多的,同德的,这回是共和县的,向我介绍过往的状况。

回顾历史的时候,车正在穿过一个巨大的工业园区。公路笔直,两边植被茂盛,路肩上绿草成茵,再往后,是一列列挺拔的树木:青杨、新疆杨、青海云杉、刺柏。一丛丛珍珠梅含苞待放,它们的盛花期应该在即将到来的七月,但其中性急的几株,已经在枝头上绽开了珍珠颗粒般的一束束白花,闪烁着海洋中贝类所产的,珍珠上那种莹洁的光色。

绿化面积有多大?我查到的材料说,300多平方公里。

道路和绿化带区隔出的一个个巨大方格背后,是整齐排列的一面面黑绿色的太阳能板。它们正在吸收阳光,悄无声息地,将光热转换成电流。太阳能板的矩阵更加广大,也是查来的数据,说700多万块太阳能板铺展开去,占地面积达到了50多平方公里。是目前我国面积最大、发电量也非常可观的光伏发电站。

登上园区的中心高塔,四望皆是成阵的太阳能光伏板,

塔拉滩上一望无际的太阳能光伏板矩阵

在任意一个方向上都铺展到天际线的尽头。硅板墨绿而渊深，静谧地接纳阳光，将其转换成造福人间的巨大能量。细听，电流穿过导线有细微发声。嗡嗡声有如蜂鸟振翅，或蜜蜂飞翔。

在整齐的硅板方阵中，发现了牧人，还有羊群！

电站前来导引的人说，这是光伏电站带来生态改善，是意外的收获。

我们走入一角方阵，架空一米多高的光伏板下，草棵茂盛，草叶嫩绿。

由于大片光伏板覆盖了地表，居然对当地天气发生了两个良好作用。一者，成阵成列的太阳能板，和支撑这些板材的金属架发挥阻拦效应，降低了风速。二者，太阳能板的覆盖遮住了过去直射地面的阳光，降低了水分蒸发，对植被起到了庇护作用。有一组数据，光伏园区风速减小50%以上，水分蒸发量减少了30%以上，使得原本干旱饥渴的土地水涵养量增加，流动的沙尘固化，青草在太阳能板的遮蔽下，成片生长，生机勃勃。如此一来，严重的土地荒漠化得到了有效遏制。

园区初建时，植被覆盖率不到10%。目前的数据是：植被覆盖率在园区达到80%以上。

本为利用荒原上充足的太阳能获取绿色能源，意外收获了良好的生态效应。草长得太多太高，反过来遮蔽太阳能板吸收阳光，影响到光伏发电效应，成为幸福的烦恼。

很快，电力公司就找到了解决方案。方法很简单，把当地牧民们的羊群请进来，让羊吃掉那些长得有些疯狂的草。这是又一个意外之喜，太阳能板之下，太阳能板阵列之间，成为生机盎然的牧场。羊群成了园区的除草机，羊的排泄物，又增加了土壤的肥力。生态效应叠加。

作为清洁能源。光伏发电有广阔前景，以目前的规模，其经济效益就已占据了海南全州经济总量的半壁江山。更不要说附带产生的巨大生态效益了。

草肥肉美，从此，青海省出了一种新名字的羊：光伏羊。

那天中午，我们就在一家农家乐，一座长着老榆树和杨树，墙边蔓着瓜秧的农家小院中，品尝到了细嫩鲜美的光伏羊肉。就着大蒜瓣，吃肋条煮的手把肉，吃腿肉炒出来的葱爆肉。胃口大开，心情大好。

一顿不够，晚上在海南州府恰卜恰镇，又向主人要求再吃光伏羊。

为答谢主人的热情引领与招待，也为了使沿途接迎的主人不违反"八项规定"，我从成都出发时，特别在车上装了两箱川酒，便去取了两瓶五粮液来，不然也对不起这些贡献了好肉的光伏羊。

主人也热情，说，那就再加一道菜。菜上来，不是牛羊肉,是鱼肉,新鲜的三文鱼。行路多且远,嘴自然是馋,却担心吃来自遥远海上的生鲜,接待超标,给主人带来麻烦。主人说,土鱼而已,但吃不妨。那也不放心,缩回已伸出的筷子问,怎么鲑鱼成了土鱼。说,明天老师去龙羊峡,见到黄河水库区的网箱就明白了。原来,高原水冷,黄河上梯级电站筑库蓄水,正适合冷水鱼类生长。招商引来资本和技术,在库中建起了鲑鱼养殖场。洋鱼已经是土鱼了,产量越来越大,正在走向全国市场。这才动了筷子。再后来,在超市遇到三文鱼,就不再想到挪威和智利这样遥远的国度了,而会想到黄河上游,想到青海。

4. 龙羊峡上建设歌

去龙羊峡。

黄河干流上第一个水库,也是第一个发电站。

经过一些山地,沟壑深切,陡壁缓坡上尽是雨浸风蚀的痕迹。

经过几个利用黄河水灌溉的村庄。

村庄和周围的绿色田野,四周的防风防沙林,构成一个个令人心安的绿色岛屿。更大的范围,是裸露的泥土和岩石。然后,在地势剧烈下降、河流深切的地方,龙羊峡电站的水库出现在眼前。狭长的库区中，大片的水面在微微鼓荡。

从发源地一路东向的黄河，在阿尼玛卿山脉尽头，又掉头向西数百公里，直抵共和盆地西部边缘，转一个大弯，就从龙羊峡这里，再次掉头向东，不再西返。

我们这一面，有人烟田野。对面，就只是表情肃然的、裸露着泥与岩的山。

库区尾部，一个小镇出现。

那是龙羊峡电站的厂区和职工的生活区。进厂的路上绿树成荫，下车，路面湿润而清凉。这是荒原上一座更大的绿岛。

一个女工程师已在等候。为我们一行导引解说。

展室墙上，老照片、文字、地图，将龙羊峡的过往与今天，一并呈现。

龙羊峡，黄河穿流其间，河谷两岸，两边是起伏的茶纳山，中间是一片宽阔平坦、肥沃丰腴的盆地，正好成为一个巨大的天然库区。到了峡口附近，缓流的黄河猛然深切，两岸峭壁陡立，30多公里长的深峡，两岸相对高差两三百米，最高处达800米。两岸距离，宽不足100米，最狭窄处，仅有30米。深峡中，黄河水咆哮湍急。正是修建水电站得天独厚的地方。

原来，这里的原野，历经百万年，几十万年，未曾经历巨大变化的河山，高处平坦，低处深陷崎岖。人类出现，万年千年，也不过是游牧，然后农耕，生产力低下，靠天吃饭。

那时，这个龙羊峡镇所在的地方，没有辏集的人烟。黄河寂寞流淌，北岸是共和县曲沟乡，南岸是另一个县，贵南县的沙沟乡。关于气候也有民谣说："荒山少见绿，一日春夏秋。"

1976年，共和国的水电大军在建成黄河上的刘家峡水库后溯河而上，转战到这里。高峰时期，这里聚集了十万人的水电建设大军。水电站建成，投入运行后，这个兴起的镇子就没有那么多人口了。

龙羊峡水电站建设有自己的清晰的编年史。

1976年破土动工；

1979年11月实现工程截流；

1982年6月开始浇筑主坝；

1986年10月15日导流洞下闸蓄水；

4台发电机组分别于1987年10月4日、1987年12月8日、1988年7月5日、1989年6月14日相继投产，年发电量23.6亿千瓦时。

龙羊峡大坝高178米，底宽80米，顶宽15米，主坝长396米。主坝之外，左右两岸还筑有附坝，大坝全长1140米。它可以将黄河上游13万平方公里的年流量全部拦住，

龙羊峡大坝

高峡出平湖

在这里形成一座面积为 380 平方公里，总库容量为 240 亿立方米的人工水库。

参观过程中，我有点儿超乎寻常的激动。因为，1976年，16 岁的我，初中毕业后回乡务农，作为从农村抽调的民工，进入水电站建设工地。两个月后，又因为有点儿文化而被培训成一名拖拉机手。只不过那座电站不在黄河，而在长江上游的大渡河上，那座电站也没有龙羊峡这样的规模。但我参与过一座水电站建设的多半流程。为引水渠开辟基础。冬天往大坝合龙处输送水泥与钢材。所以，工程师为我们讲解的一切，都显得熟悉而亲切。我甚至想，如果我没有在次年的冬天，参加刚刚恢复的高考，没有离开工地入学，那我这一生，会参加多少座水电站的建设。也是因为这个缘由，我一直和一些从事水电站建设的工程技术人员，保持着亲切的关系。也经常到那些朋友们工作的、越来越宏伟的水电建筑工地去观察，去体验。

今天，中国的水电工程水平和当年相比，不知提升了多少个层次，从技术到理念。

一个新的理念已经产生并付诸实践，那就是，绿色能源综合利用，追求生态与经济的双重效益，更合理更有效地开发与配置资源。

2013 年，国家电投集团黄河上游水电开发公司提出了水光互补的概念。

具体做法，就是把龙羊峡水电站和塔拉滩光伏电站连成一体，水能光能互补。到2015年6月，装机总容量850兆瓦的水光互补光伏电站全部建成，并网发电。

所以如此，因为光伏发电有一个短板，白天起作用，晚上不做功；晴天起作用，阴天不做功。水电出力也不够稳定持续，水量丰沛时功力强劲，枯水期时功力就衰减。与污染严重的火力发电相比，水力和太阳能发电有不够稳定的缺点。当光伏电站和水电站并网，两者互相补充调剂，电力供应就变得持续稳定了。晴朗的白昼，由光伏发电供电，水电站以蓄水的方式储能；阴天或夜晚，光伏电站发电能力下降，水电站开闸运行，补齐光伏发电减少造成的电力缺口。

关于这个互补系统，工程师有一套术语，光伏发电下降时，水电站通过水轮机组的快速调节，将间歇、波动、随机功率锯齿型起伏的光伏电源，调整为均衡、优质、安全、友好的平滑稳定电源。两种电源组合的电量，利用龙羊峡水电站现成的输送通道传入电网，实现统一调节、互相补充的电力动态优化组合，使输出功率呈现出平稳状态，提高了电网输出线路的利用率和经济性。

还有一组先前的数据，截至2018年7月底，龙羊峡水光互补光伏电站累计发电量56.05亿千瓦时，完成设计值的103%；利用小时数达1797小时，高于设计值5.15%。相当于节约标准煤约61万吨，减少二氧化碳排放约152万吨、二氧化硫排放约 4.58 万吨、氮氧化物排放约 2.29 万吨，创造了良好的生态环境效益。

在码头上跨上游船，穿上救生衣。轮机启动，船迎着太阳升起的方向从宽阔的湖面上向东平稳行驶，黄河入湖处，水还一片浊黄，越往湖深处去，泥沙沉淀，水色越来越清亮。水中出现两岸越来越清晰的倒影。

许多旅游设施分布在湖岸。昔日的不毛之地，为国家建设提供着源源不竭的动力。同时，也成为一处旅游热点。

船上有一份旅游指南。

龙羊峡景区位于青海省海南藏族自治州共和县与贵南县交界的龙羊峡谷入口处。从西（宁）倒（淌河）一级公路至日月山，再转至日月山至龙羊峡公路即可抵达。距省会西宁市 147 公里，州府恰卜恰镇 65 公里。属峡谷自然风景和工业旅游型景区。

此处，上距黄河源头 1684 公里，下距黄河入海口 3778 公里，平均海拔 2700 米，是我国海拔最高的人工湖。湖区年平均气温 7.5℃，最高水温 16.5℃。

部分湖区还开发为绿色环保的水产养殖地，引进饲养虹鳟鱼、池沼公鱼等鱼类。昨晚，在州府恰卜恰，已经品尝过湖中产的三文鱼了。

其实，在这些翻天覆地的巨变中，更重要的还是人的改变。

是改天换地过程中，对人的锤炼与改变。

这样的环境中，容不得人躺平。人必须以默默无闻的劳作、以艰辛的付出，在求得环境改善的同时，完成自身的建设与发展。

那些在风沙雨雪中，奋斗经年，流血流汗，为共和国建设，为西部地区发展默默奉献，外来的建设者，献了青春献子孙的建设者，他们内在的精神世界肯定是进取而强健的。

那些在新时代新风气中耳濡目染，打破了封闭与保守，接受了新思想新观念，接受了先进文明生产生活方式的当地人，经受了文明新风熏染的当地人，和过去时代里的前辈人是不一样的。

"苟日新，日日新，又日新。"

跟上时代前进步伐的人，与因循守旧者是大不一样的。

在遥远的黄河峡谷深处，我遇到了这样的人群。他们神情沉静，目光坚定，对自己，对未来都怀抱美好的希望。生命共同体，人类命运共同体，他们的未来就是我的未来，他们的希望正是我的希望。

鲁迅先生说："无穷的远方，无数的人们，都与我有关。"

是的，今天的中国，所有现实的改变，所有人的眼光，心胸的变化，新精神的成长，都与我相关。我也是一个农夫，一个牧人，一个工程师，一个推土机手，一名教师，一个社区干部,我也是这片土地的儿子,这片土地上所有人都是我的同胞,因为我们共同拥有这片河山!

这里是黄河,用几千里的流淌与滋养将中国人紧密串联的黄河。

5. 动能不竭的共和盆地

共和盆地,在农牧时代,因为少雨,因为风沙,是一个先天贫瘠的地带。人的索取稍多一点儿,脆弱的生态平衡就被打破,环境不断恶化。

但在工业时代,城镇化时代,数字化时代,一切都在悄然发生改变。劣势变优势,水与光,提供源源不断的能源,其巨大的开发价值就显现出来。

原来,这地广人稀的荒漠,却是一块非凡的能源宝地。

盆地表面,风、光、水,转换为源源不绝的动能。

盆地下面,还有巨量待开发的能源宝藏:干热岩。

干热岩,埋于地下数千米深处,是内部不存在流体或仅有少量流体的高温岩体。一般温度高于180℃。地质学上讲,这种岩体绝大部分为中生代以来的中酸性侵入岩,也可以是中新生代的变质岩,甚至是巨厚的块状沉积岩。

干热岩的工业前景是转换利用其内部蕴含的热量。

据近些年调查，共和盆地地下干热岩资源巨大。

目前，地勘工作者已在共和盆地成功钻获多口干热岩井，具有埋藏浅、温度高、分布广泛的特点，这是我国首次发现大规模可开发利用的干热岩资源。公开发布的勘探资料说，这些钻孔涉及的干热岩面积达150平方公里以上。

在初步摸清资源储量的基础上，干热岩能源提取的技术研究与实验同步展开，并取得了重大突破。

通俗地说，干热岩能量的获得要用水作为转换媒介。

其开发方法，从地表往干热岩中打注入井，封闭井孔后向井中注入高压水，在岩体致密无裂隙的情况下，这些水会使岩体垂直产生许多裂缝。随着低温水的不断注入，裂缝不断增加、扩大，并相互连通，最终形成一个人工干热岩热储构造，使水温升高至200～300℃。沸腾的水引到地面用于发电。降温之后的水又回灌到地下，循环利用。一种未来的清洁能源。

早在十年前，我国科学工作者还创新出一种重力热管技术，用于干热岩的开发。把一根热管深入到干热岩层，热管壁用一种导热速度极快的材料，热管内灌装沸点很低的氨水。管子接触到炽热的井壁之后，其中的氨水很快变成氨蒸气，在重力作用下返回地面，做功发电。重力热管技术，只需要打一口井，不用压裂岩石，也不用消耗其他能源，是一种更安全、更节能的技术。

干热岩发电可大幅降低温室效应和酸雨对环境的不利影响。生产过程不受季节、气候制约,干热岩发电的成本仅为风力发电的一半,只有太阳能发电的十分之一。

因此,我们可以预期,曾经因荒凉,而被人视为畏途的共和盆地,在国家建设需要越来越强劲动能的时候,将迎来一个更加繁荣的黄金时代。

第四回 峡中黄河

1. 黄河深峡

该离开了。

离开龙羊峡库区，公路盘旋着沿陡峭的山壁上升，一直上到高原的顶部，海拔3000多米的东面。

这里，地势微微东倾，正好迎住湿润的东南来风，使得降水比其他地方充沛一些。标志当然是视线所及处，高原面上青碧连天的牧草。草甸上还四处点缀着茂密的灌木丛。不是柽柳之类的耐旱植物，而是喜欢湿润和草甸土的绣线菊和窄叶鲜卑花，还有岩生忍冬。

未及知道这片广大湿润的草甸叫什么名字。

穿过草甸的公路有点儿长，有点儿空旷单调。我睡着了，因此没有看见随时会从路边一闪而过的路牌。

全中国公路两旁的路牌都一样。绿色的标志地名如果变成棕色，则表示那个地方是一个旅游景点。我并不十分热衷去某一个景点。我喜欢所有土地，所有河山。只要让我看见想看见的什么，或者未曾预想，却突然发现未曾有过的发现的一切地方。

等我醒来，那片广阔的草甸已经消失了。

车行驶在坡度很大的盘山路上。车在下山，正在扎进黄河切出的深峡。

现在，我们还在深峡的高处，土石间还有植被，茎秆有点儿木质化的成丛高草，多刺的灌木丛。那些乱蓬蓬的枝叶间，野蔷薇和铁线莲正在开花。野蔷薇是白花和红花。铁线莲是黄花。天仙子叶片宽大，托出一朵朵布满斑点的紫色花。

到峡谷半腰，植被消失了。四周都是壁立的黄土。这些泥壁，质感与颜色都很僵，很板，似乎不含有一点点有机质。使它们稍有表情的是风蚀的痕迹，是降水冲刷的痕迹。有些壁脚，堆积着崩塌下来的土块，依然颜色僵死。

这是高处的湿润季风下降不到的地带，也是谷中水汽蒸腾不到的地带。在这样的地带，我宁愿看到岩石，岩石至少具有某种纹理。在水下沉积的纹理，在地质运动中扭曲错动的纹理。至少可以从那些纹理中感受到时间，感受到地球塑造自身的力量。

且喜红色的土壁与岩石出现，丹霞地貌，色彩深浅变幻，纹理巧夺天工，即便那是一个沉寂凝固了数千万年数百万年的世界，那些纹理与色彩，也记录了一个曾经生命勃发、生气勃勃的过往。

一面蓝色路牌迎面扑来，上面标示着距下一个目的地的准确里程。

那是我数度到达过的地方：贵德。

一个至少从两汉以来，名字就不断闪现在史书中的地方，一个有温泉的县城，一个河边有着白杨林带，河岸上竖立着形制古老的水车的地方。

只不过，以前去贵德，都不是从这个方向。

是从西宁翻越拉脊山，穿过深红浅红的丹霞沟谷。

现在，我们也行在这深红浅红交替的深谷中了。

谷底，因为一路又接纳了众多支流，黄河水势比在同德，比在龙羊峡段，更加深沉浩荡。山谷狭窄的地方，河水湍急奔涌，波浪起伏。山谷一开敞，河床变宽变平，静水深流，立即变成一派平和的模样。两岸的平展台地，沃土深厚，树木成林成带，掩映村庄田野。绿水、绿树、绿色庄稼地的田野。有人类学家说，人类本能地喜欢绿色，不仅是因为平和中满含希望，更在于生命，包括人的生命起源的水是绿色，生命起始发育处的植物界也以绿为基色。这种喜爱不用附加任何意义，这是由基因决定的。

这些绿，合音而奏，构成生命壮大宏丽的交响乐。

下到河谷底部了，公路顺黄河延伸，距河水时近时远。这里，已经是多个民族共居的地带。绿树背后，闪过佛寺的金顶，闪过清真寺顶上的银色新月。

某一乡的小镇旁，出现了许多蓝色顶子的活动板房，周围停着施工机械。打听一下，和猜测的一样，是新进驻的工程队，正在黄河上建设新的梯级水电站。

夕阳西下时，又一个两山逼近，河道收窄处，停车向西，向黄河所来的方向瞭望。不懈的水流，以肉眼不可见的速度，锲而不舍地把峡谷加深拓宽，在深厚堆积的土层和层层叠叠的岩石中间。

黄河从2000多公里外，我还未能抵达的源头蜿蜒而下，从草原上的涓涓细流，壮大为这深峡中的滚滚波涛。

从地理成因上讲，情形并不真是这样。

2. 黄河生成史

十多年前，汶川大地震时，我与一个叫范晓的地质学家有过几面之缘。他讲地震，讲地理地质构造，给我留下深刻印象。从此，便爱找他的文章来看。这一回，行前，就专门查看了他讲黄河生成史的文章。

河流发育成长的基本方式，原来不是从上往下，而是溯源侵蚀，也就是由下游向上游逐渐侵蚀扩展。下游的河水侵入到高地下方，软化掏空，使之崩陷，再向下搬运，如此循环不休，向上游发展。

在此之前，我和绝大多数人一样，想当然地认为，既然

黄河努力在众山之中造出一块块宜于农耕的平地

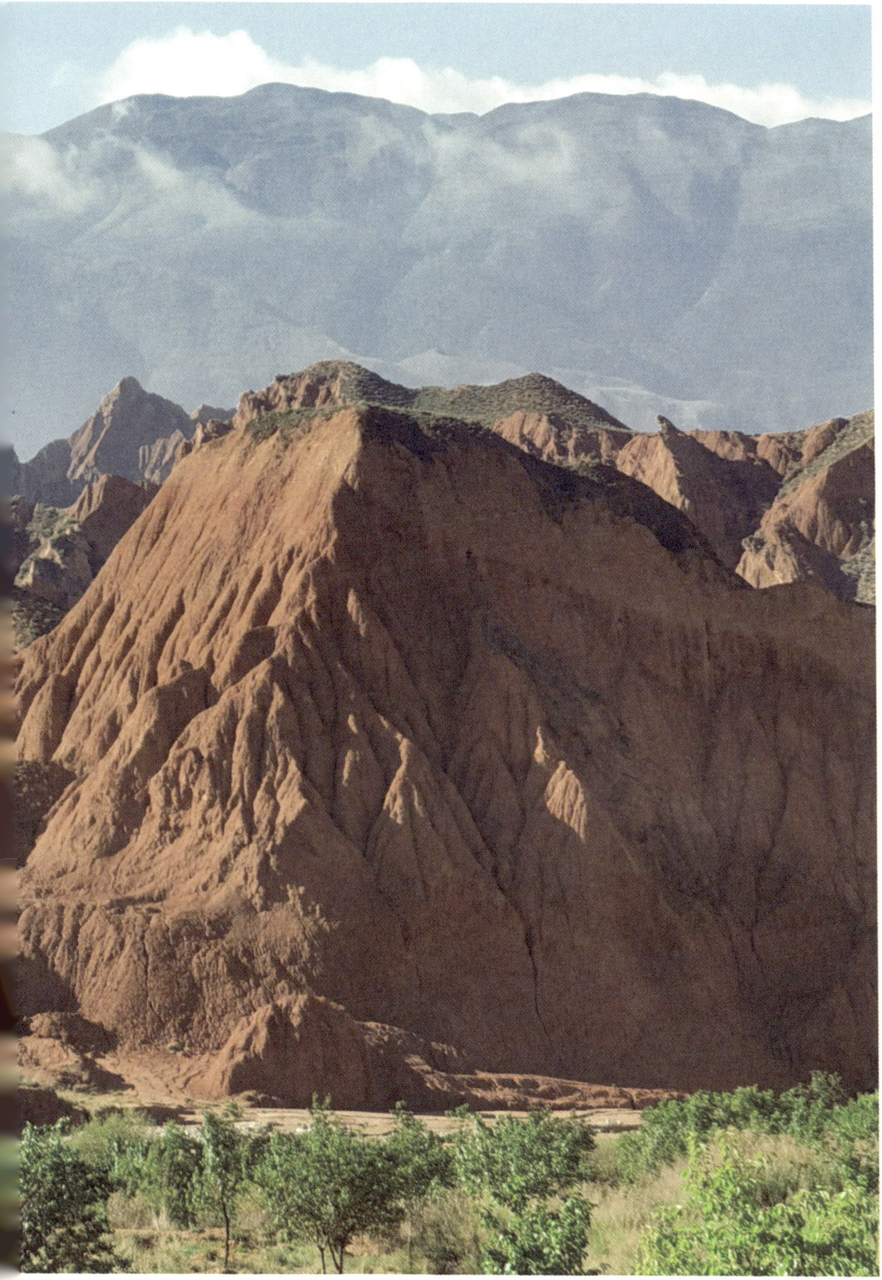

今天黄河发源于青藏高原,那水往低处流,其形成过程就是一个从上往下深切、冲破群山阻隔的过程。原来,其过程却恰恰相反。

经新中国地质专家长期考察研究,已经清晰描述出一部历时100多万年的黄河生成史。

100多万年,对人类来说,是漫长的时间。但相对地球历史,相对青藏高原几千万年隆起升高的漫长时间,却相对短暂。

黄河的幼年期,还徘徊于青藏高原之外,远不具有今天从世界屋脊蜿蜒而下,盘曲迂回,奔流入海的盛大气势。

一般说来,黄河上游与中下游的分野,正在黄土高原与青藏高原的分界线上。这个界线,大致在临夏盆地与积石峡之间。由积石峡向西至龙羊峡,黄河恰好穿越了青藏高原东北缘的界山——祁连山向东南方向延伸的拉脊山一线。临夏盆地海拔在1750~1800米,龙羊峡西侧的共和盆地海拔大致在2600~3300米之间。

由积石峡至龙羊峡,黄河落差在千米左右,形成了深切谷地以及被多段峡谷分隔的循化、尖扎、贵德等山间盆地。这也正是黄河由黄土高原攀上青藏高原的大台阶,这个台阶上端最长、最险峻的龙羊峡,正是黄河进入青藏高原的最后一道门坎,过了龙羊峡西口,便是青藏高原东北部的开阔地带了。

地质学家已经完成了黄河向青藏高原上游推进的时间表。

距今110万年，黄河穿透积石峡，向青藏高原爬升。

距今60万年，黄河切开今尖扎和贵德之间的李家峡。

黄河继续上蚀，于15万年前，终于打通了龙羊峡，上到了共和盆地，上到了青藏高原的高原面。

3万年前，不断上溯的黄河终于打通了到若尔盖，至鄂陵湖和扎鄂湖再上星宿海的河段，终于到达今天的黄河源头地区。

当向上侵蚀的黄河贯通了横阻的高山，打开上方一个又一个湖盆，蕴蓄其中的水，从决堤处奔流下泄，一定造成过澎湃的洪水，黄河借此增加了力量，以比上溯时更快更猛的力量深切峡谷，塑造出今天以深峡串连盆地的上游地貌。

几乎是在同一时期，原始人类也出现在这片高原。近几十年来，沿黄河干流和支流，不断有古人类活动的遗迹与遗物被发现。

在共和盆地，就有1万多年前旧石器的出土。

5000多年前，以至于再晚些，近马家窑文化遗迹的发现就更加丰富了：房屋遗址、石器、骨器、陶器，和各种兽类骨骼。

文化类型也各有独特风格，马家窑文化、卡约文化、齐家文化，还有我到达了现场的宗日文化。这说明，黄河上游，并不是我们想象中那样沉寂荒凉。

在上游地区未被黄河贯通之前，眼前这些有山间盆地，是一面面古代湖泊，有些湖泊面积很大，比如共和古湖和若尔盖古湖，正是从下游向上侵蚀的黄河，使这些湖泊的积水一泻而下，参与了造出深峡的浩大工程。黄河自然演化过程是由湖变峡。今天，人工干预使得这个过程逆转了方向。河上造坝成湖的进程在短短几十年间就得以实现。从龙羊峡到李家峡，一连串人工湖碧波荡漾。龙羊峡以下，其他黄河深峡中，我经过的地方，就见不止一座大坝正在兴建。

3. 天下黄河贵德清

贵德县全境地处黄河谷地，沟壑纵横，山川相间，呈现多级河流阶地和盆地丘陵地貌。

地势南北高，中间低，尤其是县城所在的盆地尤为宽阔，海拔高度2200米，适于农业耕作。

两岸山地发育的众多河流都向黄河主流汇聚。

从北岸而来，是多龙、浪麻、昨那、多拉、曲卜藏、龙春、尕让、松巴等8条；南岸则有暖泉河、莫曲沟（西河）、高红崖河（东河）、清水河4条。

黄河自龙羊峡西来入境，向东奔流，横贯全境，流程

74.7公里。出境的松巴峡口海拔已低至2170米。

全县河流年径流量35568.2万立方米，拥有相当的水力资源。已相继建成总库容10.79亿立方米，总装机容量为420万千瓦时的拉西瓦水电站，和总库容0.26亿立方米，总装机量16千瓦时的尼那水电站。

贵德县政府网站上说，拉西瓦水电站建成以来，已累计发电1462.49亿千瓦时，创造巨大的经济效益之外，更蕴含巨大的生态效益。相当于减少标准煤耗4241.221万吨，减少二氧化碳排放10573.36万吨。

水电站的建成，也为水利工程建设打下坚实基础。

以前，适合耕作的河流阶地在高处，黄河水在低处白白流淌，鲜少能加以利用。查清代贵德志书，也记录有从黄河汲水，灌溉高处田土的努力，但都是小规模的，灌溉面积很小，而且，往往因灾，因年久失修，又荒废弃置了。守着一川丰沛的黄河水，农业还是靠天吃饭。当拉西瓦大坝提高了水位，该县大型灌溉系统得以兴建。

该水利工程从水库取水，渠首在2440.38米处，渠尾高程为2391.81米，就有了48.57米自然落差。水从高往低流，所需要的，正是这样的落差。新建干渠总长52.27公里，设计流量9.43立方米/秒，加大流量最高可达11.6立方米/秒，灌溉面积达10万亩以上。

贵德盆地,在青海一省中,自然气候条件相对优越,高原面上的传统牧业之外,盆地中特别适合农耕,素有"青海小江南"之称。

当天进贵德县城,进晚餐的农家小院,桃树杏树成荫,院里鲜花都是株高花大,颜色浓艳的品种:牡丹、大丽菊和蜀葵。雄荒大野的地方,人们要的是热烈与喧腾。菜肴有鱼有羊,还有现从地里采摘的时令蔬菜。全不是苦寒高原的情景了。突然就想起岑参在一千多年前在西域见到蜀葵花时所作歌行中的惊艳之情,还相当应景:

> 昨日一花开,今日一花开。
> 今日花正好,昨日花已老。
> 始知人老不如花,可惜落花君莫扫。
> 人生不得长少年,莫惜床头沽酒钱。
> 请君有钱向酒家,君不见,蜀葵花。

当然要喝两杯向这位伟大的边塞诗人表达敬意了。

县府招待所周围,满是有年头的梨树,浓荫一派。夕阳辉映下,清风徐来。

来了两位熟悉贵德历史地要的朋友,由他们导引,去街上打包几个凉菜,在客房里一边小酌,一边共话此地的漫长历史。

夜深送客，再于枕上翻阅编于前清的当地志书，青海人民出版社组织整理的《贵德厅志》。

历史上，由东向西的丝绸之路和由东北而西南向的唐蕃古道在此相互交错，又各自延伸，使贵德成为沟通边地与中原和西域的政治、经济、文化纽带。

三千年前五千年前乃至更为久远年代，陆续发现的人类活动遗存略过不谈。见于史书记载者，是此地早在西汉神爵二年，公元前60年，此地便纳入汉帝国版图，开辟了河关县。今贵德地方便是该县属地，并开筑道路通向黄河下游的汉朝金城郡（今兰州市）。

东汉时，又开辟从湟源至归义城（在今贵德县尕让乡）的驿道。

南北朝时期，建政青海的吐谷浑开辟了从贵德至河州（甘肃省临夏州）的驿道。

据《后汉书·西羌传》记载，汉和帝永元五年，公元94年，在今贵德贺尔加地方的黄河上建造了用数舟连接的浮桥。

驿道开辟，当然是为有效实施行政管辖，但也使得不同族群、不同语言的人、不同信仰的人、不同行当的人，来来去去，交往交融。自然也有不同的政治力量，或执礼相尊，或冲突碰撞，彼长此消，此消彼长。但历史终归有一个大的走向，文化趋于融合，而不是封闭；版图趋于统一，而不是分离。背后，最终的支撑，还是文化，还是先进文化的力量。

黄河有奇伟的自然传，黄河更有瑰丽多姿的人文传。

东晋太元十一年，公元386年，设浇河郡。

唐武德二年，公元619年，改浇河郡为廓州。贵德都是这郡与州之属地。

后来，更成为唐与吐蕃频繁拉锯攻守的地带。

南宋宝祐元年，公元1253年，蒙古灭金后在河州设置吐蕃宣慰使都元帅府，置贵德州宣慰司，这是贵德作为此地名称的首次出现。

元朝至元八年，公元1271年，正式设贵德州，属陕西行省河州路。

明洪武三年，公元1370年，改贵德州为归德州。洪武八年，公元1375年，改归德州为归德守御千户所，隶临洮府河州卫。

清乾隆五十六年，公元1761年，归德复改为贵德厅，设抚番同知。

民国二年，公元1913年，贵德厅改为贵德县，隶属甘肃省西宁道。

民国十八年，公元1929年，青海建省，贵德隶属青海省。

1949年9月18日，成立中共贵德县委和县人民政府。

东向的黄河峡谷中,千年之久崎岖的唐蕃古道已被平坦的公路代替

民国年间编成的《贵德县志稿》中说，此地"由边卫而郡县，由畜牧而农田，势相因也"。总结得好！历史不止是时间的累积，历史自有意志，历史的意志，亦如黄河，虽然百折千回，终归是要艰难向前。

第二天早起，漫步梨园。老梨树都颇有年头了，树干都显出很苍老的样子，却又枝繁叶茂，生机勃发。梨园中，管护精细，没有恶草蔓生。仅此一斑，以小见大，可见此地耕植传统的勤谨久远。

去游览贵德古城。

《贵德县志稿》的记载中有这座古城：

"……旧吐蕃地。元至元间，置贵德州，筑城，后废。"

"明洪武三年，征西将军邓愈开复其地。七年，委河州左卫指挥筑修土城。八年，设守御千户所，至十三年工竣。万历十八年增修。"

从此，这座城就一直存续下来，一直在这里了。

"周围三里八分，长六百八十三丈五尺，高三丈五尺，根宽二丈八尺，顶宽一丈二尺，女墙五尺，垛口三百二十处。南北城门二，南门曰文启。南门连城倾塌多年，关闭不堪。"

另处又补充："南北二门，城楼一，逻铺三十二。壕深一丈五尺，阔三丈二尺。"

古城坐落于贵德县城河阴镇，一组明清建筑，至今有600多年历史。城墙基本保存完好，整个建筑群在老城中呈品字形排列。

其中，文庙和玉皇阁最具代表性。此外，还有供奉关羽、岳飞和马祖的关岳庙，仍保存有清代壁画的城隍庙。还有民国年间增建的民众教育馆，都是颇具青海当地建筑特色的汉式建筑。

还有藏传佛教规制的大佛寺。

文庙有棂星门、泮池、乡贤名宦祠、七十二贤祠、大成殿等十二个单体建筑。大成殿供奉孔子之神位。

昨晚做功课查地方志，知道明万历十七年，公元1589年，明朝地方官为"移风易俗，淳化民风"，为使"皇图永固，时岁享昌"，"恭择城中场地，创修玉皇圣阁"，历时四年竣工。清道光十七年，公元1837年，重建玉皇阁。清同治六年，当地回民起义，玉皇阁毁于战火，于光绪年间再次重建。

在倚靠城墙的玉皇阁前，拾阶而上，楼上回廊是古城的最高点，环顾四周，城墙外是林带与芦苇丛生的湿地。望城郊，远处有清真寺的宣礼高塔，林木掩映中，还有藏传佛教的白塔。顺回廊转回阁正面，整个古建筑群都在眼前。墙上砖与顶上瓦，都是亲切沉凝的泥土的灰色。大小建筑，疏密有致，相依并从，布局美观庄重。视线再远，就是环绕着古

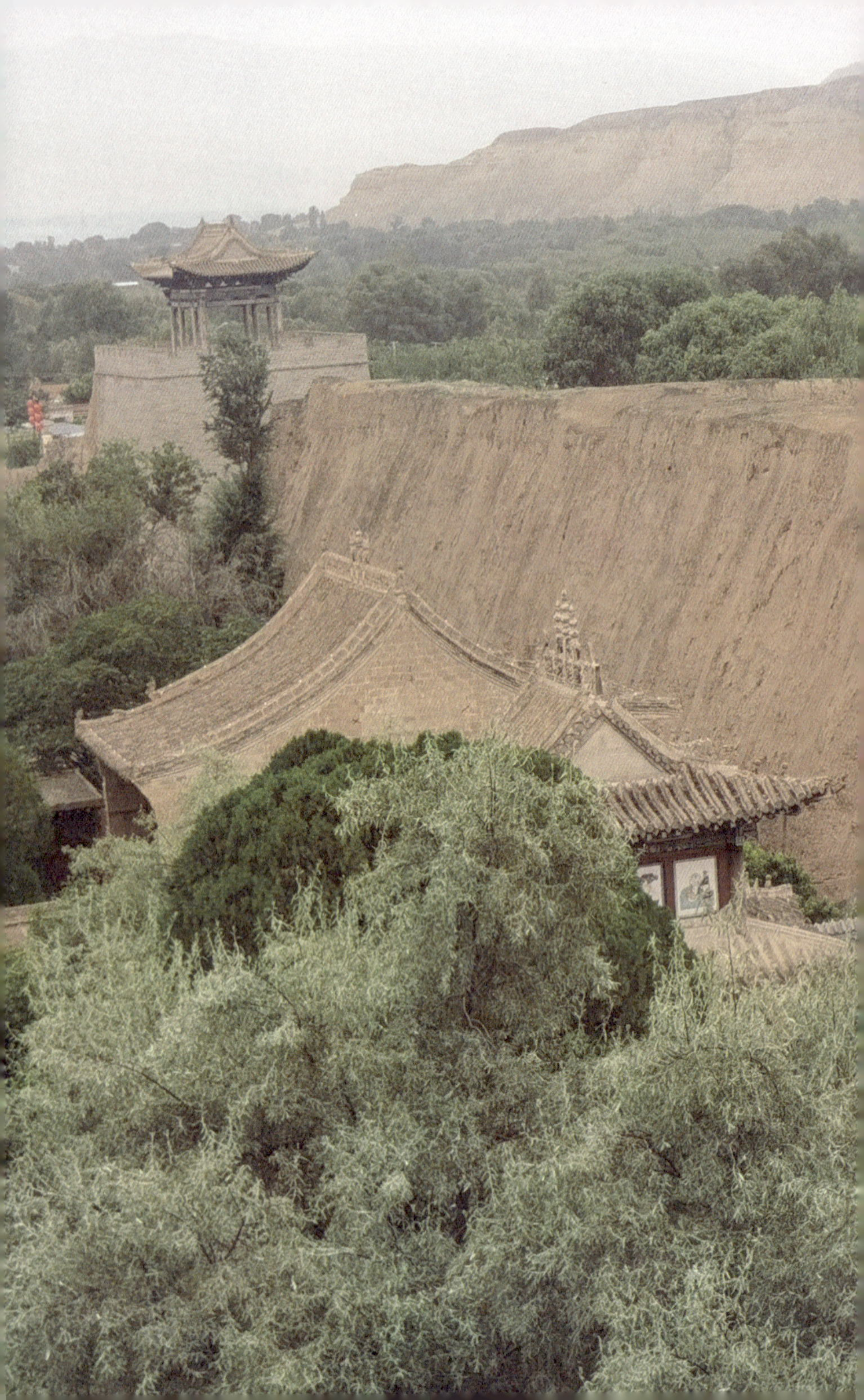

贵德县城保存的明代老城墙，城墙尽头，也是颇有历史的玉皇阁楼

城的新城,纵横的街道间,楼房紧密错落,其间车来人往,声音翻沸,已是今天的人间。

古城显得有些苍老落寞,如一个老人在沉思默想,也许,这老人也想让今天热切而仓促的人们,多来这里,听听他的言说。关于兴,关于亡;关于天,关于地;关于人,关于那条沉缓流淌的大河。

4. 天池下的循化

出河阴镇,走省道101线去西宁。

出镇就是过公路桥去黄河。桥上有一句大字广告:天下黄河贵德清。

黄河,在流经上游的同德、共和一带时,就已经变得相当浑浊。以前的黄河清,是靠在流经贵德盆地时,缓流和湿地的沉淀。今天,经过一个又一个电站水库,泥沙沉积,加上整个流域的生态治理,黄河的清流就更加有保证了。

前两次来,我曾沿着河岸的田野和林带徒步很远,也曾站在这桥上眺望黄河。早晨,面向东方眺望旭日东升,傍晚,夕阳西下,宽阔的河水上一片金光。

其中一次,还顺河而下,去往循化县。

那里有信仰伊斯兰教的撒拉族聚居。

黄河上游分布的不同民族，即便号称世居民族，其实都是在不同时代迁移，并融合当地族群而形成的。

汉族来自陇东以远的中原。

藏族来自雅鲁藏布江流域。

撒拉族来得更远，他们来自中亚的撒马尔罕。

此前这里的主人，是创造了马家窑文化、齐家文化、卡约文化和宗日文化的不名族群。后来是秦汉时代不同的古羌：丁零、烧当之类。那时，汉朝大将赵充国就已经率军抵达过，争战，屯垦。

再然后是从东方来的鲜卑。

循化境内，不同的地方，伊斯兰教和藏传佛教的宗教建筑耸立，各带鲜明特色的民居在四周环绕，几百上千年中，时光与情感一起积淀，与文化一起从容积累。几百上千年时光中，这些族群与这片土地，早已血肉相连，命运与共，内在情感与外在风貌，早已水乳交融了。

循化县城附近，撒拉族聚居的村庄和清真寺。给我留下深刻印象是墙上的颜色：清纯的蓝，比天空还鲜明的蓝，描绘了具象或抽象图案的蓝。

循化是撒拉族自治县。往海拔稍高的地带去，又有文都藏族乡。

我去了那个乡。

农耕与游牧的过渡带，或者叫半农半牧区，一座座夯土

去循化

作墙，夯土为顶的方正民居，一个个这种房屋聚合的村庄。宁静又遥远。

我去，还因为其中一个村落。麻日村，是十世班禅大师的故乡。

村子里房屋疏朗分布，之间有田地，长着将要抽穗的青稞与正在开花的油菜。天半阴半晴，阳光和微风都很和煦。

路旁的土墙根长着几种野生草本：骆驼蓬、角茴香、某种蓍草，它们都在开花。骆驼蓬的花藏在密枝细叶中间，蓍草的伞形花却高举在风中，轻轻摇晃。

大师故居到了。土筑的围墙，纹理斑驳的木门，老式的黄铜门锁。也就是一个比普通百姓人家大了一些的藏式院落。

大师出身一个土百户家庭。等级不高的贵族。也是中央王朝册封的一级行政官员。进门，院子里开着盆栽的花，高原人家喜欢的品种，翠菊，一种色彩丰富的菊花。

西院是一家人的起居之处，也是大师降生之地，已有百年历史。

东院盖有两层藏式楼房，楼北正中为佛堂，侧边有会客室和大师曾经的卧室。大师故居已是国务院公布的第七批全国重点文物保护单位。

如果不是大师降生于此，这也就是一个寻常地方。

但在某个瞬间，一个地方、一户人家，被佛光照见，那

通向十世班禅大师故居的安静小路

就不可能再普通了。

大师本人是菩萨化身，那就得满怀救世心，发菩萨愿，行菩萨行，为国为民，广行善业了。

我去文都乡的时候，按佛教观念讲，大师已完成此一世在尘世的功业。

佛教为在这个世界艰难生存的人们指引了一条解脱之道。那就是，相信宇宙中还存在另外的美好世界。比如阿弥陀佛驻世的西方极乐世界。但我相信的只是这个世界。德国作家赫尔曼·黑塞在他的小说《悉达多》中说过这样的话："我不再将这个世界与我所期待的，塑造的圆满世界比照，而是接受这个世界，爱它，属于它。"

赫尔曼·黑塞在这部小说中，有意让他笔下的主人公与佛祖释迦牟尼同名，并生活在同一片土地。

悉达多在大地上漫游，不是为了旅游打卡，不是为了收集盖上了不同地方邮戳的风景明信片。那时，世界本朴，人们以徒步的方式走向远方。悉达多的漫游是寻找生命与世界的真谛。

他在渡船上看到，"河水朝着目标奔流着"，一路变幻形态：瀑布、深流、湖泊、长河、大海。在蒸腾升空后变成雨滴倾泻而下，又开始周而复始的不息流淌。悉达多望着河水匆匆而去，醒悟说："河水由他自己和他爱过，见过的所有人的生命组成"。于是，他停留在河边，让自己成了一个船夫，一个摆渡人。

十世班禅大师，甚至这个传承系统中的不止一位班禅喇嘛，在我看来，其在历史上留下印迹，不独是宗教的修为，更是因为其与国家政治的关联。这个系统，从来都对国家一统有高度的认同与尽心的维护。宗教的旨归，似乎是脱离国家政治的，但究其存在与发展过程，从来都与国家政治紧密相关。我了解一些佛教教义，但不是一个佛教徒。我去瞻拜他的故居，更多是把他当成一个政治家，而不是一个喇嘛。更多是把他当作站在时代河流边上，一个在不同信仰与不同文化间，充当了一个协调者，一个摆渡人的使者。

当时，我也停在了一条河边，一条流向黄河的小河边。

天空孕雨，空气中弥漫着水的气息。

我抬眼望向高处，想那层云的背后，就是上升的灵魂所居停的须弥山吧。我并不是一个虔诚的信徒，所以，须弥山不可见。离开大师故居的路上，我看见农人在地里耕作，小群的牛，更大群一点儿的羊，十几只，几十只，四散在半山的草坡之上。就像亘古以来，这片土地就是如此安宁一样。

其实，真实的历史并不真是如此。

这片土地，一直都存在着丰富的文化多样性。不同的文化冲突，融合，融合时冲突，冲突中融合；不同的族群，兴起，强盛，沉寂，衰落。鉴古知今，这样的过程，正是一部富于启示性的教科书。只不过，有些号称智识具足的书写者，基于狭隘的立场，见一棵草，见一棵树，却见不到更大的多样性充足的系统整体的规律。

我在中国广大西部，大荒之野上的漫游，为了解广阔地理，同时，也如上溯黄河一样，想要洞穿历史。按佛家话说，这叫"知所从来"，为的是"知所从去"。这是一个人，一个民族，一种文化的最大命题，也是人类的基本命题。

是的，人生有许多时刻，我们都会必然地、或者偶然地站在一条河边。

却不如孔子一样想到流逝的时间，也不会如赫尔曼·黑塞笔下的悉达多一样，从河中看到无数的生命本身，从而引发那么多的感慨。

我们可能只是去取水，掬一捧清水洗一把蒙尘的脸。

或者，只是经过一下。

彼时，在循化县的那条黄河支流上，或许是支流的支流上，我也只是经过，恰巧那条翻着白浪的小河就在路边。

我是要溯这条小河而上，去它的源头。

却忘了该问一问小河的名字。

小河边上是渐渐抬升的谷地。山上，林木繁盛。谷中，是村庄和农田。离开河谷，进入森林，山路变得陡峭起来。行走起来，却没有想象中那么辛苦。因为林木茂密，遮住了阳光，更因为空气中有丰富的负氧离子。

这是西北地区少见的真正的森林，驻足休息时，可以看品种丰富的树。

在山谷中村庄旁，看到的是杨树、柳树、榆树，随着海拔升高，坡上道旁，出现了挺拔的常绿树：云杉、华山松、冷杉和圆柏；落叶的白桦、红桦和山杨。林下还有许多灌木：糙皮忍冬、珍珠梅和绣线菊。

水流不见了，只从树林深处传来流淌的声响。

不时出现一片林间草地，其间许多种是中医和藏医都广泛使用的药材：黄芪、党参、羌活、秦艽、丹参、天南星和狼毒。林下还长着许多蕨菜。

上到山顶，天光重现，森林和河谷都在下面了。山的平顶凹陷下去，形成了一个绿中带蓝的高山湖，名叫孟达天池。天空和云团倒映的湖中。连绵的草与树，崎岖的岩石出露其间。绕湖一周，再站立一些时候，从高处望下去，可以望见河流在狭长的山谷中蜿蜒穿行。

孟达天池，旅游指南上说，是青海省唯一以保护森林生态系统为目的的国家级自然保护区。位于循化县城东南部28公里处，属于青藏高原和黄土高原过渡地带。

天池水面海拔2504米，面积不算大，300亩，水深却达25米，湖中蓄水200万立方米。

循化天池

循化天池旁一枝珍珠梅

5. 阿什贡的丹霞红

那是几年前从贵德去循化所见,这一回,却是要从贵德去往西宁。

去西宁路近,百十公里路程,算不上远。只赶路的话,也就大约两个小时,但我们要一路停留,观看风景。

最要看的,当然是恰好路经的阿什贡国家地质公园。

去看这个公园内的七彩峰丛。公园内全是以红色为主调的岩壁,和耸峙的山峰。上面没有植物。只有岩层和土层中呈现出色调不一的颜色。从灰、白、绿,到黄,到深浅不同的红,确实奇异又壮观。行走于迂回曲折的沟壑底下,峡谷时而宽阔,时而狭窄,让人能够意会到当年切割出这些峡谷的水的形态。

现在,河水往深切,下到了更低的谷中,而把这些曾经有水奔流的峡谷留在了高处。穿行其间,只是感到久远的时间。比人类历史更加久远漫长的属于地质史的时间。

景区可以自取的旅游小折页上,用了一套地质术语,说这里的景观,由古近系与新近系彩色砂砾岩层构成,呈现出一套连续的河湖相沉积。这就是很久远的时间了。古近系开始于 6500 万年前,结束于 2330 万年前。那时,这些高峻的山地还在水下,没有黄河,当然也没有人。

那不是人类史,而是地质史。

贵德峡中被风雨蚀刻的深厚黄土

地质学家说，在地质史上，形成七彩丹霞的地区主要是湖泊环境，湖底沉积物富含各种矿物质。

喜马拉雅造山运动，导致这些沉积物露出地表。

然后，长时间的风化与降水的侵蚀作用，使得这些矿物质以不同的形式析出氧化，从而形成了七彩丹霞的独特色彩。

当地干燥的气候条件，使风化和侵蚀作用更加快速，有助于七彩丹霞的形成和发育。

此外，地壳的运动还导致了岩层的褶皱和倾斜，导致了岩层破碎和形态的多样化。

现在随着全球气候变化，中国大陆降雨带北移，西北干旱地带的降水正在增加。离开阿什贡国家公园不几天，就得到消息，大雨造成洪水，导致了一些七彩山壁的坍塌。

不必惊讶。地球本身本就不是创世以来就有的样子，沧海桑田，改变什么、毁灭什么，其实都意味着，造物的力量在塑造新的景观。也许是从来未有过的更伟大的景观。

离开阿什贡国家公园，公路两旁依然是连绵不断的丹霞景观。

直到公路离开河谷，向拉脊山攀爬，地势升高，那些红色的岩层才消失不见。

山上，岩石的颜色和质地都发生了变化，那是地球演化史上另外的时间、另外的成因造成的。

红层地貌，是在水中沉积而成。而那些看起来质地更加坚硬的、金属灰的岩石，可能是由奔突的地火所锻造。但它们一样会风化，会水蚀，会被生长其上的树木根系中分泌的化学物质所分解。化成砂，化成泥。

拉脊山梁两边，是草木丰茂的植物世界。

几次停留，是因为看过严耕望先生的《唐代交通图考》，其中追溯考证了唐蕃古道上一程程驿站。我想在山上看到一点点那些驿站的残留印迹。但我只找到当年驿站大致的位置，而想看到当年驿站一点儿残墙，灶中灰烬，或者一只破碎酒壶的愿望，当然不会实现。因为时光久远，更因为这些山地从地形到植被都在不断变化。

我确实曾经在荒原上遇到过这样的遗迹。古驿站的一点点残墙，曾试着往墙根下挖掘。没有工具，只用一根手杖，看会不会有某一块石头上刻着几个字，或者一首诗的残句。但半小时不到我就住了手，因为缺氧而喘不上气，更因为想到，这也是考古，没有资质试图挖掘文物叫盗掘，这更给自己找到了住手的理由。

下山了，过塔尔寺。没有停留。去过那里不止一次。

寺院错落的金顶在视线里出现，然后，又渐渐落入后视镜中。

青藏铁路即将通车的2006年，一行人从西宁出发，要在通车前再走一次青藏线全程，并一路去访问那些铁路建设者。出发时,车队停在寺庙的白塔前,在那里祈祷一番,然后上路出发。

关于这座寺院,我首先想起的是,溪流旁,佛殿间芬芳四溢的丁香花。因这香,又想起佛教护法八部众之一,称为乾闼婆的,是以香为食的。又想起,曾去过寺中心的金殿,殿外阶前,长着一种绿树,僧人说是菩提树。王子悉达多在印度榕下悟道成佛,那榕树就叫了菩提树。那是树干又粗又高的树,是大枝大叶的树。是热带乔木。塔尔寺中的,是寒温带枝小叶也小的树。不过不要紧,"菩提本无树"。但凡能唤起智慧,使人觉悟的,不管是什么树,都是菩提树。

当地志书《湟中杂记》中对此树也有记载:

"塔尔寺,一名佛山。"

"殿瓦皆流(镏)金。殿中有银塔一,即宗喀巴藏舍利之所,故寺以此得名。"

"喇嘛有黄教、红教之分。首倡黄教者,即宗喀巴也。相传宗喀巴生时,胞衣埋此地,后生菩提树一株,并言叶能生成梵字,能治百病。"

也有人说,这树是旃檀。应该不是,"旃檀生南海",是热带树木。这树有妙香,是制作檀香的好材料。

佛经里常讲到香:烧香、涂香、抹香和合香。

佛教信仰中,还有一个佛国,叫一切香集。

第五回 河湟画卷

1. 湟水河上，西宁古今

黄河的干流已经在山的南边了。

我们来到了湟水河谷中。青海的地理书中，常常"河湟"并称。

湟水本是黄河的支流，人们将支流与干流并列，因为对青海来说，湟水河谷自古以来，就因宜于农耕，人烟稠密，经济发达，再加上政治和军事因素，显得比黄河上游的干流区域，更为世人所知。

西宁，也是因湟水而兴的城市。

两三年不到西宁，惊异于城市的扩张速度，新起的楼群，新的高架路与立交桥，新的开发区，又一次刷新我对这座古城的印象。

更让人欣喜的还是依湟水河打造的湿地公园。

"湟流一带绕长川，河上翠柳拂翠烟。"

这是古人写西宁与湟水的诗句，现如今就在眼前。

进到西宁城，第一站是去青海人民出版社，这一回的黄河上游行，正是应他们邀请，为写这本《大河源》。

十几年前，就走访过出版社。那时的出版社总编辑是比我年轻的诗人班果。当时访问，混顿酒饭之外，就是去搜罗书。当时所得，是一套多卷本的《青海植物志》。这套书对我有大用场。靠这套书，外加一本藏医本草书《晶珠本草》指引，我在青海四处游走，辨识花草树木。

这一回去，出版社换了领导，也换了新楼。又寻得一套十多种的"青海地方志文献丛书"。都是清代和民国人编纂的地方旧志。除了黄河边的《贵德县志稿》和《循化厅志》外，大多是关于湟水流域的。

关于西宁，便有三种三册：《西宁志》《西宁府新志》和《西宁府续志》。这也是漫游大地时回溯历史的指引。有了这些书在手边，便有溯时间之流而上，了解西宁和湟水流域历史沿革的依凭了。

先说湟水。

湟水的上游，其西、南二源，虽然没的最终抵达，也是曾经非常接近过的。

南源，出自湟源县哈拉库图东青阳山分水岭，汇药水、东科水至湟源县城与西源相汇。

西源，发源于海晏县的包忽图山，因山得名叫包忽图河，也叫麻皮寺河，沿途汇集大小支流。习惯上以西源为正源，南源为支流。二水汇合于湟源县城后，始名湟水。

湟水出西石峡至湟中县，再进入西宁。在西宁，湟水又接纳两条支流，北川河与南川河。流经小桥地区，接纳北川河。湟水出小峡而东，又称碾伯河，流经民和回族土族自治县享堂地区，汇入大通河，然后，经盐锅峡注入黄河。

清代人文孚所著《湟中杂记》：

"湟水，其源出西塞外。"

"此水自丹噶尔东与众泉会流成河，由西石峡进口，又谓之西川河。湟中有勒且、宜春诸水，独以湟中名者，诸水皆归宿于湟，而流绕于郡邑也。"

湟中，过去是县名。如今已是西宁市湟中区了。

湟水河源高程4200米，入黄河处高程1565米，全长300余公里，干流支流造成许多峡谷，许多台地与若干盆地，为青海一省物产丰盛的农业耕作区。

清代人苏铣的《西宁志》，是隔代编修的明代西宁卫志，关于明代湟水河流域农业状况，有翔实记载。

当时，经军民将宜耕地大力屯垦，至嘉靖年间，全西宁卫已有田地三千一百八十二顷。明代一顷地为一百亩，这已是一个相当广大的面积了。

为使湟水利于农耕，官方与民间，都重视水利建设。志书就有当时若干渠水的记载：

"伯颜川渠，城西六十里，分渠有九。"每渠灌溉田地五十顷上下。

"车卜鲁川（北川河）渠，城西北九十里，分渠有十。"

每渠灌田四十至六十余顷。

"那孩川（南川河）渠，城南五十里，分渠有五。"共溉田二百八十余顷。

该志还记有能灌溉几十至百余顷的渠水一十六条。

开垦的土地日渐熟化，加上水利增益，当时的湟水河谷地带农业技术日渐成熟，培养出多种适合高海拔地带气候条件的作物。

稷："'为百谷之长'。性凉而温，益脾胃。俗谓之糜，各卫皆有。"

解释一下，"卫"是明代一级军事编制，但在青海等新开屯垦的边地，又兼有行政功能，当时的西宁所在，就是一个卫。

小麦："各卫皆有。"

豌豆："一名小豆……俗确为面，与麦无异，价亦相等，遂用以兼给军饷。"

胡麻："……苗梗如麻，而叶圆锐光泽，嫩时可蔬，道家多食之。俗用以供油。"

菜子："可为油。"这就是油菜。不仅是河湟流域大宗的油料作物，其嫩苗是时蔬，油菜花开，已成高原上重要的观光资源，同时还是夏季的主要蜜源。

青稞麦："可酿酒，各卫俱有。"青稞，岂止酿酒，更是藏族等民族的主食之一。

蚕豆："一名大豆。"

以上是粮食，还有菜蔬：瓠、茄、芥、芹、蘑菇、茄莲、沙葱、沙韭、圆根（曼菁）。

有果木：杏、梨、沙枣。

有花：芍药、菊、罂粟、百合、金莲、红花等。

这些物产，有从外地引入的，也有原生于本地，而加以优选培育的。

可见有明一代，当地民族除传统游牧业之外，随着内地人口迁入，湟水流域已经发展成相当成熟的农业耕作区了。

上溯历史，考古发现的不同文化时期，在黄河上游刘家峡以下，和湟水谷地，就已经有相当规模的农业。但后来，在此地长久生活的秦汉诸羌，魏晋时期的吐谷浑，唐以后的吐蕃，以及后来大规模进入的蒙古族，虽然也有农耕，却似乎更偏重游牧。这也是不同民族的文化基因使然。游牧传统，在黄河上游海拔 3000 米以上的地带，至今保持。但河湟谷地，不论哪个民族，都已有着非常漫长的农作传统了。

河湟谷地，族群往来倏忽，文化此兴彼起，农耕发达，兼营畜牧，因此成为中国最具文化多样性的地区之一。

河湟谷地，农耕开发也早。

汉宣帝神爵元年，公元前 61 年，70 多岁老将赵充国入河湟地区出击先零羌，他剿抚并用，取得战争胜利。羌人被逐，土地却不能带走，赵充国上书皇帝，请求留兵屯田:"羌虏故田及公田,民所未垦,可二千顷以上。"这间接说明,那时的古羌人已有相当规模的农业。赵充国也意识到长久固边之计,在于屯田。便上疏请求:"步兵九校,吏士万人,留屯以为武备,因田致谷。""合凡万二百八十一人,……分屯要害处,冰解漕下。缮乡亭,浚沟渠,治湟峡以西道桥七十所……益积蓄,省大费。"

农耕族群来,想要屯垦。农耕族群走,当地族群习于游牧,便又恢复以游牧为主的生产方式。

如此来来去去,唐、吐蕃、元、唃厮啰,还有西夏与金短暂进入,政权更迭之外,生产方式也由牧而耕,又耕而复牧。直到明代,洪武六年,公元1373年,西宁卫开府,1386年筑西宁卫城。同一时期,西宁卫在羁縻黄河南北草原数百藏族部落,以"附寨番人"为土官外,在适合耕作的河湟谷地,大规模屯田。自此,农耕传统再无止息。

2. 新时代,诗与药

夜晚读书,白天游历。

西宁城在湟水台地上,我住宿的青海宾馆,又在西宁城靠后的半坡之上。

出门,往右,有一条山上下来的溪流,在城中造成一条绿树繁茂的深沟。进沟底，沿着溪流，有精心构建。或筑坝为池沼，或修堤护清流。老杨树、老榆树间，布置草地花坛、亭台楼阁，一个水与树构成的清凉世界。这是一条很好的路线，顺溪而下，就到了河边。

到河上去，雨后的河涨了不少，水中的沙土，使河水黄中泛红。正是这片大地的基本色彩。

在河边行走一阵，叫了车，去一个每回来都必去的地方：西山湾的植物园。

有一年，在植物园游览一个上午，见诸多植物，竟然忘了和朋友约定的午餐时间。

六月，正是植物园生机勃勃的时节。进大门，林荫路边，六道木正在开花。忍冬也正在开花。忍冬树下，手掌大小的叶片呈三角状，仿佛螃蟹背甲形，所以得名蟹甲草的，也在开花。

这只是引子，真正的园区在上方右手转弯处。

平整出来的长条平地上，树林掩映间，有美丽的蓝色花。先是一片宿根亚麻。花小，植株不高，纯净的蓝色花星星点点，凉爽清净。

另一片蓝色花就大不一样了，那是毛茛科的飞燕草。它不是本土植物。本土也有与其相似的各种翠雀。比如大通翠雀、光序翠雀。相似的是它们的花朵，都像展翅飞翔的燕子。但来自异地的飞燕草，花朵繁密肥硕，把植株上半部缀

西宁植物园中的一片亚麻

得满满当当。有些外来植物，似乎特别喜欢高海拔地带的充足阳光和强烈的紫外线。来在当地，便见植株健旺，花色浓烈，比在原生地更加富丽堂皇。

只捡这园中有的，也是河湟之间时有所见的说，就有原产南美的大丽菊，原产四川盆地的蜀葵。更广泛分布的是来自中亚的波斯菊，100多年前才进入青藏地区，如今已经抢了该地原生格桑花的名字，普遍被叫作格桑花了。

这个植物园，创建之初，就把驯化当地野生植物作为重要任务。其中一项，是引进驯化来自青海省各地森林的常绿针叶树种，比如紫果云杉、青海云杉、刺柏和祁连圆柏，目的是改变西宁市以及青海省其他城市以夏绿秋凋的阔叶树为景观主打的局面，实现高原城市的四季常绿。

在西宁街头行走，我注意到，夏季确实绿意盎然，好几种行道树花繁叶茂，比如樱花与丁香，更有本土植物，高丛珍珠梅，树形比野外更优美，一穗穗细小的洁白花朵比在野外更繁盛。到秋冬季木叶尽脱，景象便有些萧瑟了。但这些年已有所变化，就是行道树中出现越来越多的针叶常绿的青杆。

青杆是松科云杉属乔木，四季常绿的针叶树。树冠塔形，树体高大，针叶碧绿，在城市的不同运用场景中，无论孤、散、群植，都能营造成良好的景观效果。

植物园中，我停留最多的是蔷薇园。

青藏高原上两三千米的地带，自然分布多种野生蔷薇，它们对土质要求不高，能在土壤瘠薄的地方蓬勃生长。这个蔷薇园中，初看上去，起码栽植了二三十个品种，我能认出的就有腺齿蔷薇、峨嵋蔷薇、小叶蔷薇、西北蔷薇等好几个品种。特别是北方城市中常见的黄刺玫，弯曲下垂的枝条上，花开如瀑。

还有好几种苹果树。

这个植物园的有趣之处还在于，下半山是规划整齐的人工栽培区。如果继续往高处去，半山之上就是自然状态，完全是一派野趣了。土壤不太湿润，上面长着典型的西北地区的植物，野韭、狗娃花、红花岩黄芪。树的品种也不少。攀上山梁，高耸的观光塔下，可以俯瞰湟水河畔的西宁，城因水而得生气，水因城而显灵动。

读过一些写河湟的古诗词，都是风寒水冷，战云密布。

骆宾王《边城》："野昏边气合，峰迥戍烟通。"

刘宪《奉和送金城公主入西蕃应制》："外馆逾河右，行营指路岐。"

万世德《河西》："五月湟中气犹冽，天骄远遁长城窟。"

刘永椿《赴大通途次遇风》："麦绿不吹春雨落，沙黄时杂塞尘多。"

而眼下的西宁城，新修的宽阔大街，引导着一座座鳞次栉比的高楼，在湟水河两岸迅速扩张。高速公路、铁路，把人的视线引向更远的地方。

新的时代，新的城，需要新的诗。

这样的诗也是有的。

我想起当代青海诗人昌耀歌颂城市建设与建设者的诗——《边关：24部灯》。这首诗是在西宁写的，是写西宁的。

　　边关。
　　旷古未闻的一幢钢铁树直矗天宇宏观的星海。
　　——树冠下的那些栖鸟是24部灯吗！

那是20世纪如梦初醒、生气蓬勃的80年代。

　　我们云集广场，
　　我们的少年在华美如茵的草坪上款款步。
　　看不出我们是谁的后裔了？
　　我们的先人或是戍卒。或是边民。或是刑徒。
　　或是歌女。或是行商贾客。或是公子王孙。
　　但我们毕竟都是我们自己。
　　我们都是如此英俊。

这些生于斯长于斯的人们，他们先人的血缘或许更加复杂。烧当羌？先零羌？吐谷浑？唐古特人？准噶尔蒙古？和硕特蒙古？来自遥远中亚的穆斯林？来自陇右以至更远地方的汉人？在这座叫过鄯州、叫过青唐，如今叫作西宁的城市中间。

而我感到自己是一滴水了。
感到眩晕。感到在荡漾。在流动。

昌耀自己是一个动荡时代的刑徒，一个汉人，他曾经有过一个唐古特牧女为妻，并生育了混血的后代。他已经完全认同自己为这驳杂丰富的当地人群中的一个成员了。

我也是追求者。
当初，我原极为庄重地研究了这一幕：
自始至终目睹施工队的艺术家们
从他们浇筑的基坑竖起三根鼎足而立的
钢管。看见一个男子攀援而上
将一根钢管衔接在榫头。看见一个女子
沿着钢管攀援而上，将一根钢管
衔接在另一根榫头。
他们坚定在将大地的触角一节一节引向高空。

高处是晴岚。是白炽的云朵。是飘摇的天。

我站在那座观光塔下的时候,不由得想起昌耀所歌颂的那座灯塔,想起他的诗。他曾经生活在眼下这座城市。新的时代到来了,一个诗人,不再把自己视为放逐边地的过客。是这座城市,这片地域的建设者,是见证者,歌颂者。

啊,河流!
这是河流:两条雄阔而充满自信、自尊的
人的河流在此交汇,又奔向遥远。

这两条河流,是黄河与湟水吗?还是就是在眼下城中,与湟水相汇的南川河与北川河?我想都是的吧。不,昌耀自己写清楚了,是人的河流。从什么时候,遥远河湟,不再只是过客悲吟,而一变为在地的,深情而沉雄的歌唱。
向诗人昌耀致敬!
今天,我知道青海有了一个面向全国新诗创作的"昌耀诗歌奖",正是中国新诗歌,无论内地边地,那种主人翁精神的弘扬。

还要向植物学家罗达尚先生致敬。
这个毕业于四川大学的四川人,大学毕业即赴青海工作，30多年专心致志于青藏高原药用植物研究。

昌耀先生在世时，我与他有过两面之缘，至于罗达尚先生却只是读他的著作。

知道他，缘起于在西宁参观青海藏文化博物馆。

这家民营的博物馆陈列丰富，有关藏文化的内容几乎无所不包。

我去参观时，时间有限，便挑最感兴趣的藏医部分看。藏医学从药物学角度，对青藏高原的动植物资源和矿物资源，有相当的科学认知。而治病愈人，在崇佛为主的文化中，体现了相当的人文关怀。我在馆中看那些古老精致的手术器械，看药物成品，和作为药物来源的标本陈列，有一份莫名感动，便想起自己读过的藏医本草书，《新修晶珠本草》和《中华藏本草》。这两本大书，一本是罗达尚先生主持翻译，一本是他结合现代植物分类学体系加以整理的。

以前，就时常查阅翻译为汉语的《新修晶珠本草》，为知道藏医对高原植物的认识与运用，却没有注意过著译者的名字。后来，又读到把藏本草纳入现代植物分类学中重新归纳整理的《中华藏本草》，也没注意著者的名字。直到这一回参观后，才觉得这样的疏忽太不应该，有点儿罪过。回去立即打开两本大书，专为知道著译者的尊姓大名。

那一回是从海北州去祁连山中的祁连县，再经门源县大通县。

突然意识到我对藏医本草药物的一点知识，竟有很多是来自罗先生主编的这两部巨册书。

那一次远行后，重新找出这两本大作，这一回确实关注了著译者的经历。了解到1961年，我两岁时，罗达尚毕业于四川大学生物系，入西北高原生物研究所工作，就立志填补中医本草学的地理空白。当时，他所在的研究所所长就曾感慨："外国人都来过我们这里，编了《唐古特植物志》，有的种子、标本收进了大英博物馆。我们中国人到20世纪70年代还没有摸清青藏高原的家底，我们对不起祖先和子孙后代。我这辈子跑断腿也要和大家一起把青藏高原植物写出来。"那时，罗达尚先生正是这个"大家"中的一个年轻成员。

他的青藏高原植物研究从药用植物入手。

在此之前，藏医学对高原本草已经有相当广泛的认知，这在不止一部医药典籍中都有翔实陈述。特别是面世于1743年，帝玛尔·旦增彭措著的《晶珠本草》更是一部皇皇巨著，对青藏高原植物研究有巨大贡献。

罗达尚先生打开了这个宝藏。他以现代植物分类学方法，用更为科学系统的药理知识，加上广泛深入的实地调查研究，翻译编写出前述两部巨著。

有材料这样描述："《晶珠本草》的整理、注释和汉译，由青海学者毛继祖、罗达尚、王振华、马世林等四人完成，并于 1986 年出版。《晶珠本草》的翻译涉及许多药用动植物资源的识别和鉴定问题，首先在形态学上予以正确的描述和认定。罗达尚以他的植物分类学知识和几十年野外工作采集得来的资料，做了全面的鉴定和注释。但罗达尚并不因此满足，他对藏本草的钟爱和研究一刻也没有停顿，于是又有了《新修晶珠本草》的诞生。他按照《晶珠本草》的思路和体例，删繁就简，分科归类，补充新材料，使之更丰富，更全面，更适合于当代藏医药工作者使用和研究。"

藏医学源远流长，奠基之作是吐蕃国王松赞干布在位时期成书的《四部医典》，著者为宇妥·宁玛云丹贡布。对于青藏高原的药物资源，《四部医典》和继后成书的《四部医典蓝琉璃》等藏医学著作，都有所记述。其集大成者，却要推成书于 18 世纪的《晶珠本草》，其药物基原十分广泛，载药 2294 品，其中植物药 837 品。

罗达尚先生在《中华藏本草》自序中说：

"编著一本囊括青藏高原药物资源全貌的专著是我多年来的追求，让丰富多彩的藏药展现给国内外传统药物学工作者，供大家来研究、发掘、弘扬藏医药学，使之更加发扬光大，是我的愿望。30 年来，对青藏高原大部分地区进行了多次实地调查，采集了近两万份标本和样品，向藏族医务人员请教，拜师结友，反复核对藏药名（称）实（物）功效主治，获得了第一手基础资料。终获动、植、矿藏药近 3000

种。与此同时参加编写了《青藏高原药物图鉴》《中国民族药志》《中国藏医学》《新编中药学词典》《中国有毒药用植物彩色图鉴》。主持译注和编著了《月王药诊》《四部医典》《晶珠本草》，六省区《藏药标准》《中国藏药》等书。因此，这本《中华藏本草》是我研究藏药所积累资料的系统总结与深化。"

如何总结与深化。

随便举一个例子。

比如一种高海拔地带常见多见的药物雪灵芝，藏语称阿仲嘎保。

《晶珠本草》说该草"利肺病"，"生长在高山向北一侧的碎石带。植株不大，约高四指，茎基部叶莲座重叠……种子状若雪雀眼，味甘苦"。

罗达尚先生以分类学再加描述："本品为石竹科无心菜属雪灵芝组多种植物的全草入药。"并细分出青藏雪灵芝、澜沧江雪灵芝、密生雪灵芝、垫状雪灵芝、西藏雪灵芝、甘肃雪灵芝、卵瓣雪灵芝、尖瓣雪灵芝、丽江雪灵芝、海子山雪灵芝、藓状雪灵芝和团状雪灵芝共12个种。

这不是工作的结束，他又进一步对这些植物进行化学成分分析。藏医学和中医学一样，药理作用的认知与把握是经验的积累，而化学分析方法，则揭示出其中是哪些成分在发挥作用，发挥什么样的作用。

再举一例。

大黄，藏语称君扎。

《晶珠本草》中这样说，"根及根茎：苦、涩、糙、寒。清腑热、泻毒热、消肿、止血、活血、利胆、干黄水。茎、叶：酸、涩、温，治培根寒症"。

这个认识，药理上很准确了。但还是比较笼统的，虽然药理一样，但在植物分类体系中，大黄是一个属，属下好多个种。罗达尚先生基于大量的野外调查，进一步梳理、辨识出大黄属下，药理一样，但形态特征与生长地域不同的三个种。分别是掌叶大黄、唐古特大黄和药用大黄。

再进一步，分析出其化学成分及药理作用：

"本品含蒽醌类为泻下成分，临床用于泻下。又因含有鞣质及没食子酸，又具有收敛作用。故大剂量使用大黄时先泻后便秘。"

"大黄的抗菌作用强，抗谱广，其有效成分已证明为蒽醌衍生物，其中以大黄酸和大黄素对金色葡萄球菌、痢疾杆菌、伤寒杆菌、链球菌、肺炎双球菌、霍乱弧菌、大肠杆菌、绿脓杆菌、葡萄球菌、白喉杆菌、炭疽杆菌、皮肤真菌等均有抗菌作用。"

在玛多县黄河边行走时，看见一株正在抽茎的掌叶大黄，我当时就掰下一枝叶茎，剥皮，嚼食。瞬间，酸中略甜的汁液充满口腔，解渴之外，我想起看过的罗先生编译整理的藏医本草书的药性描述,想,如果刚才捧饮的黄河生水有什么细菌,恐怕已经被杀死在我身体里了。

诗人热切地用自由诗描述大地上的新事物、新现象;科学家用现代科学方法与手段,挖掘老经验,赋予新活力。这就是这片大地上正在成长的新文化。其精神内核是科学,是诗,是新时代新精神光彩夺目的焕发。

新精神出现了,得到了一些响应,但是一片沉寂荒蛮太久的土地,这响应的声音还不够响亮。这种响应的声音应该更加响亮。

出植物园,去和一些从事写作的老朋友吃饭。

吃饭时,聚集的都是20世纪八九十年代起因写作结识的诗人作家。一桌聚集起好几个民族:汉族、藏族、回族、土族、撒拉族。都用中文写作。那时我们都年轻,二十多三十岁,现在都有点儿老了,都在五十岁上下,我已经六十多了。年轻人呢?大家说,消费主义。还有不愿说出口的,潜流涌动的文化原教旨。站起来的人,又跪下去了。

也遇到过年轻人。

其中一个颇有些激越地要跟我谈斋月期间斋戒的体验。

还有一个年轻人,附耳对我说,要去参加一个活动,听讲佛法。一位活佛从草原深处的某寺院来了。见我漠然,他讶异发问:你没听说过他吗?没听说过他?!

这是一位大学老师,本来为写关于当代文学的论文,经人介绍要问我些问题。但为了拜见活佛,约见就取消了。

他有些歉意,问我:那你要到哪里去?意思是要不要跟他去。

我说:我要去祁连。

那一回,是跟一个作家采风团到的青海。他们要去青海湖。那是我去过不止一回的地方。我决定犯一回自由主义,脱团,跟能管事的朋友借了一辆车,一个人去祁连山中的祁连县。

去看什么?年轻老师说,我让那里的朋友带你去某某寺吧?

我说,我是去祁连山,去看大通河。我没说,背包里还装着罗达尚主编的《中华藏本草》,要去看那里的药草。

3. 浩茫祁连

第二天一早,我就出发了。

经过了青海湖边,金银滩草原。当年的原子城。

向北,进祁连山。

祁连不是一座山,而是一列东西向山脉。

离开金银滩草原,翻过第一列山脉。在山口停车四望。一派浩渺无际的苍茫。越往北,山势越是一片青苍。背后是

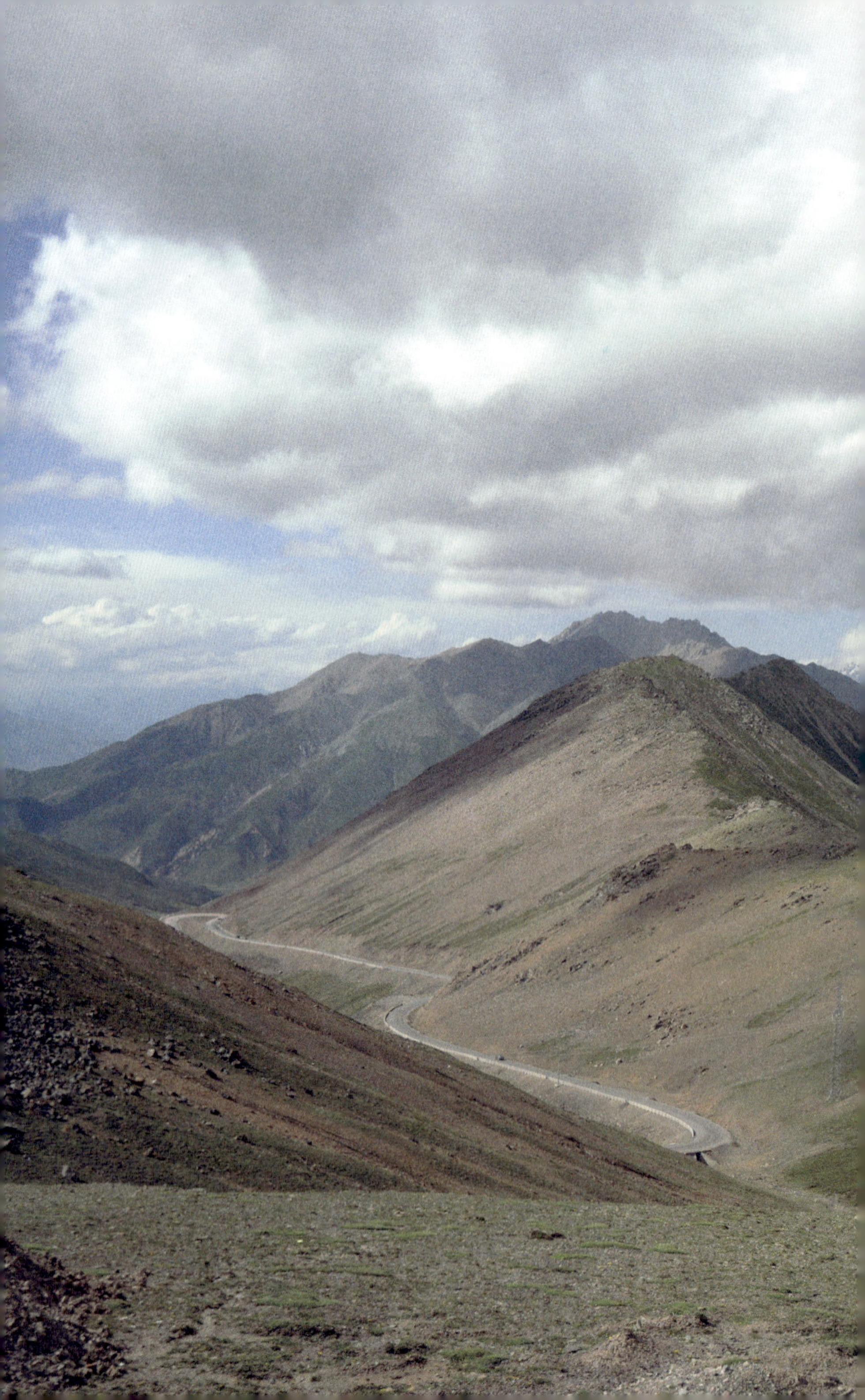

过青海湖，北望祁连

南,是青海湖和湖周草原。北边山谷,幽深曲折,便是大通河流域。河水顺山谷自西向东。来路缓缓上升,去路,在耸峙着柏树的悬崖陡壁间急转直下。

在山口上,四处走走看看。

砂石裸露的地面,这里一丛,那里一片,长着抗得住风寒的浅草。浅草石砾间,见到了两种开花的草本。

一种,十字花科的无茎荠。有些肥厚的叶片丛生为莲座状,捧出中心十来支抽葶的小白花。因其一葶一花,也名单花荠。这些乳白色的葶上花,在风中的动态,不是摇晃,而是震颤。十字花科中最为我们熟知的,是人工种植的油菜。这一科共同的特征就在花朵的四片花瓣两两对称,构成十字形。

再一种,玄参科的肉果草。也和荠一样贴地生长,这样做,也是为了趋避大风严寒。顾名思义,它结出的果实,像一颗颗紫黑色的小葡萄。现在,果期未到,它们正在开花。也是莲座叶中央开出一朵朵花。没有花葶,没有如荠花一样稍稍高举,所以风吹不到它们。花是唇形花,像动物张开的嘴,花瓣构成下唇与上唇。口腔中,是四枚雄蕊,喉部深处,藏着雌性的子房。

《中华藏本草》中说,这也是藏医要用的药材。因为含木脂树糖甙和兰石草甙。全草皆可入药,清热止咳、涩脉止血、滋阴养肺。

看花，有些入迷，忘了看山口的路牌，因此未能知道那山的名字。

下山，过大通河，也停留一阵，看水从西来，经过桥下，清流奔湍，白浪喧哗，又复东去，也是在奔向黄河。当然，在汇入黄河前，要先与湟水合流。

到祁连县城，和西宁朋友介绍的当地朋友碰头。一个人站在街边，识别标志是预先在电话里已经要了的两本书。一本《祁连县志》，一本西北民族大学教授写的当地藏族部落从元到清，至民国，因为蒙古人的进入，以及势力消长，而过青海湖远迁到黄河南岸，又渐次回归祁连故地的著作。需要越来越多的人做这样的工作，这也是一种觉，文化的觉。文化自觉。

这两本书像是信物。

没有在城中停留，新朋友引我出城。

河水分出一条支流，分出一派动人的田园风光。沟谷时窄时宽，地势渐渐升高。夕阳西下，山野明亮。沿河谷，一片片狭长的油菜地，油菜花一片耀眼的金黄。还有一片片银光，那是一块块青稞地，青稞抽穗灌浆，将要熟黄，闪烁的银光来自一穗穗青稞上众多的麦芒。这些细长如针的菱形的芒，不止一面在反射阳光。朴素的土夯墙的黄土农庄，还有涂饰了垩土的白塔，以及溪流上因为电力普及而几近废弃的古老水磨坊。

祁连山中祁连县

一些农人，他们挥舞镰刀，芟割庄稼地边的青草，一束束晾在篱栅上。也有妇女背负大捆青草走在回家的路上，这是在为家养的牲畜储备冬天的饲料。

河岸边，柳树成林。河对面，山的阴坡，深绿的杉树间杂生着枝叶开张，颜色浅绿鲜明的桦树。再往上，就全是黯沉翁郁的杉树森林了。

这是我喜欢的人间景象。这些都和我出生与度过少年时代的村庄几乎一模一样。

公路离开河谷，上到北边的高台。

一簇度假木屋在高台之上。

这个地方叫卓尔山，已经开发成景区。用过晚餐，天已经黑了，我还是出去行走一阵。头顶满天星斗，道路两边都是青稞，微风吹来，它们的穗子和穗子上的针芒互相摩擦，窸窸窣窣，发出细密声响。望向星空时，会以为这是星星们在低语，用它们的神秘语言。

早上，这高台才在眼前清晰展开。

高台是厚厚的黄土堆积而成。台面上是平整的土地，很宽广，满眼都是即将成熟的青稞。它们一直往东延伸，到太阳正在升起的山际线下。尽头是一道起伏缓和、草色青青的浑然山梁。

早餐，糌粑面垫在碗底，上面撒上细碎的干酪，用热腾腾的奶茶浸泡。慢饮上面的奶茶，饮到干酪露出，再续茶，一次，两次，第三次，干酪已经泡软，加一点儿酥油，搅拌。糌粑、干酪、酥油和茶混合了，一口口喝下去，腹中生热，口中生香。这是高原人火塘边千年不变的早餐，也是我童年少年时代从不变样的早餐。

现在，我坐在宽大的窗户前，阳光明亮。窗外，就是我碗中、口中食物的来源。

糌粑来自青稞。这时，我似乎还在我出生的那个村庄。看见父亲在地里收割，看见母亲在平底的炒锅里把青稞粒炒熟，看见少年的我，守在水磨坊，石磨上扇旋转，下扇不动，将炒熟的青稞粒磨成了糌粑面。低矮的磨坊光线昏暗，却充满了我们主食的香气。

奶和奶酪，来自更高的牧场。奶是刚挤下来的，奶酪是发酵的奶熬制而成，又晒干的。那些刚在牧女的手中贡献了鲜奶的牛们，正走上一座座浑圆丘岗，走向山上青青的碧草。

这是寻常的，每天上演的场景。是永远都会令我感念、感动的场景。

这是人间，我们的人间。

接下来，我以为要展开景区游览了。

导引的朋友说，景区明天再看，老师不是要看祁连山吗？今天，我们到山上去。

4. 扁都口上鄂博

如我所愿，我们往山上去。

从高台下到谷底。先是森林地带。不久，草原出现。真正的宽谷草原，缓和起伏的山脉退得很远。平坦宽谷中河流蜿蜒，青草连绵，巨大的柔软绿毯直铺到天边，朵朵白云悬停不动，犹如绿毯翻卷的绸缎镶边。绿毯上还有成团成片的鲜花。白色花，黄色花，红色花。多种颜色间杂的花。视野里不断出现牛群和羊群，出现牧人的帐篷。

这是被誉为中国六大最美草原之一的祁连草原。

经过一个个村庄，是游牧人冬天的居所。土夯墙，高山柳条编成栅栏，上面拍着牛粪饼。在阳光下干透了，有干草的芬芳。

还有青砖墙红瓦顶建筑的小镇，是基层乡镇行政机构所在，也有基本的商业形态：超市、药店、理发店、裁缝铺。还有卫生院、小学校。百姓的屋顶插着经幡，小学校高扬着五星红旗。

也有简朴的、安静的，不那么金光灿烂，因而与周围的村落与草原十分协调的小佛寺。

公路沿着河流，缓缓上升。车行100公里的样子，来到了一个大镇子：峨堡镇。

镇子在山腰上，背后祁连山峰丛陡起，排成一列耸立在面前。大多数山峰岩石裸露,少数几座还有积雪。公路在山坡上盘旋升高,终点是一个山口。绿底的路牌上写着:扁都口。还写着山脉两边两个城市的名字:西宁和张掖。

张掖在北,河西走廊中。西宁在南,湟水河谷里。

祁连山北,是黑水河,流向河西走廊,浇灌那里的绿洲,最后消失于沙漠,是内流水系。祁连山南,是大通河,一路汇集众水,奔向湟水,奔向黄河。

黄河源行,黄河上游行,我走在黄河流域的边界上了。

我站在这里,仰望更高的山峰,看见祁连山最高处的雪和冰川。

北望南望,都是群山苍茫。

此行中,到处都是新修新铺的平整公路。但我知道,这些新路,其路线,大致都循着一千年前两千年前的古代驿道。

行前,查阅过严耕望先生的巨著《唐代交通图考》第2卷《河陇碛西区》,其中就有关于扁都口和当时从长安入青海的路线考证。

那是大业五年,公元609年。

为了进击河湟流域的吐谷浑,隋炀帝亲率大军出动。

《隋书·炀帝传》记载了这位皇帝的御驾亲征:

"癸亥,出临津关,渡黄河,至西平,陈兵讲武。五月乙亥,上大猎于拔延山,长围周亘二千里。庚辰,入长宁

扁都口，下山去就是张掖

谷。壬午，度星岭。甲申，宴群臣于金山之上。丙戌，梁浩亹，御马度而桥坏，斩朝散大夫黄亘及督役者九人。吐谷浑王率众保覆袁川，帝分命内史元寿南屯金山，兵部尚书段文振北屯雪山，太仆卿杨义臣东屯琵琶峡，将军张寿西屯泥岭，四面围之。浑主伏允以数十骑遁出，遣其名王诈称伏允，保车我真山。壬辰，诏右屯卫大将军张定和往捕之。定和挺身挑战，为贼所杀。亚将柳武建击破之，斩首数百级。甲午，其仙头王被围穷蹙，率男女十余万口来降。六月丁酉，遣左光禄大夫梁默、右翊卫将军李琼等追浑主，皆遇贼死之。癸卯，经大斗拔谷，山路隘险，鱼贯而出。风霰晦冥，与从官相失，士卒冻死者太半。丙午，次张掖。"

严耕望先生考证了这些地名，是今天的什么地方。

临津关，在今甘肃省积石县的大河家镇。

西平，后设治称鄯州，在今天黄河边的乐都区。

长宁谷，严耕望先生考证说："长宁谷即长宁水河谷，今北川水。"就是发源于大通县，在西宁汇入湟水的北川河。那是进入湟水谷地了。

星岭，在今大通县北。已是祁连山中了。

浩亹，就是大通河的古名。"梁浩亹"，就是在大通河上架桥。桥没有架好，恰好在皇帝骑马过桥时坏了，指挥修桥的朝散大夫叫黄亘，因此被问罪，斩了。

大斗拔谷，即扁都口。过了这个口，就基本出了祁连山了。

当年,隋炀帝率在此受到风雪重创的大军下到山那边的张掖。

把这些地名连接起来,就是一条入青海和出青海的古道路线。

在这里,我得到了一点儿新知识,原来,从长安去河西走廊并不只有从金城(今兰州市)翻乌鞘岭到凉州(今武威)这一条路线。

唐人道宣所著的《释迦方志》记载,唐时往印度取经的僧人和唐朝的使者,从长安入青海,或回长安,也有人走这条路线。

我站在扁都口上时,天空瞬时间布满灰云,风也起来了,要下雨的样子。想寻一点儿当年隋炀帝和他的大军留下的印迹,却一点儿没有。

再往前几百年,这里是匈奴人的牧地,我们都熟悉匈奴人那首留在汉语诗库里的悲凉歌唱:

失我焉支山,使我妇女无颜色。
失我祁连山,使我六畜不蕃息。

那时,他们也是在这样的灰色天空下,在冷飕飕的风中歌唱的吗?

时间的长河中,作为一个强大族群的匈奴人已经走远。

山上有堡城遗迹,朋友介绍说,这是吐蕃人当年扼守山口险要的据点。

城中的堡垒已经没有了,但城址还斜挂在陡峭的山坡上,有四方围墙的印迹,和城中一些人工建筑的痕迹。进城中,拾到手中,是曾经在堡垒墙上的石头,和粘连这些石头的坚硬泥块。

往北边下去一段,遇到一个佛龛,石头上刻有佛菩萨像。石头被沾了酥油的手抚摸得光滑油亮。旁有藏文题记,朋友说,其中说到了刻像的时间,确实是在吐蕃人统治河湟和河西走廊的时代。那么,这龛像也成为那座吐蕃旧城的一个旁证。

吐蕃之后,西夏人来过。

蒙古大军不止一次来过。

冷雨飘飘洒洒,迫使我早点儿离开。

转身下山,到了峨堡镇上,雨停了。

峨堡镇是国道 227 与省道 304 的交汇点,昨夜读县志,知道了镇旁有一处元代军城,扼守青海和河间的要冲。饿了,冷面饼夹了牛肉,边嚼边去看峨堡古城。古城斜踞在俯视下方道路的坡上,厚实的土夯墙突出地面。墙头上,风吹拂着密集的针茅。县志上有数据,说这梯形的,下宽上窄的城东西宽 200 米,南北长 300 米,城墙残高 6 米,宽 6 米,有东、北、南三门，门宽 11 米。门均有瓮城。瓮城宽 5 米，长 8 米，呈圆弧状马蹄形。

土城墙外还有点将台、烽燧台，其上覆满青草，但轮廓仍依稀可辨。

更老的地方志，《西宁府新志》中记载："在卫治（西宁）西北永安城西一百四十里，元时筑，今遗垣尚存。"

峨博，通常写作鄂博，蒙古语。指的是草原上人工堆起的高石堆，有祭坛的性质。就是人们在青藏高原常见的玛尼堆。

在青海行走，常常遇到来自多种语言的地名。比如，祁连是匈奴语。蒙古族人和藏族人，信奉共同的宗教，两族的人对鄂博特别崇拜，凡是经过的人，都要围着石堆转上几圈，念诵经咒祈求平安，同时会把路上捡拾来的石头堆在鄂博上，年深日久，石堆的体积便越来越大，越来越高。这石堆中，还有许多石头刻了经文，或佛菩萨像。

看了古城，没有再回镇上。而是去了镇外草原上，一处牧民的帐房。

喝茶休息，聊天的时候，天放晴了。见主人在草滩上套了一只肥羊回来，又在准备刀具，看来是要宰了这只羊作待客的盘中餐。我想吃鲜嫩的手抓羊肉，却不想看一只羊如何鲜血喷涌，如何失去生命，又如何皮肉分离。便带了相机起身离开。

峨堡镇的老土城

峨堡镇和祁连山峰之间，有一片宽阔洼地。洼地中有几座小山。我便去往那里。

我对主人说，我出去看看花。

我确实是去看花。

洼地有些潮湿，有些地方，脚步下去，草皮下会咕咕冒出水来。湿地里的马先蒿和灯芯草见得多了，直接越过，不一会儿，绕到了几座小山中最高的那一座跟前。开始爬坡。海拔不算高，3500米上下，腕表显示血氧还饱和：98。呼吸也平稳，就是阳光强烈，我向上攀爬。惊到了草丛下做窝的云雀。它们像被弹射出去一样，一飞冲天。

遇到了第一种认识又不认识的花：刺叶点地梅。

认识，是见过标本，或者图片。不认识，是没有亲眼在自然环境中见过它原生的样貌和生动的姿态。

点地梅是报春花科下的一个属。主要分布在北温带，在中国有60多个种。这一属共同的特征是：一年生或多年生、矮小草本；叶全部基生或旋叠状排列于枝上。花细小，白色或红色；萼5裂；花冠高脚碟状或近轮状，管短于萼，裂片5，喉部有环纹或有摺；雄蕊5，内藏；子房球形，花柱短；蒴果卵状或球形，5裂。在野外，我见过七八种了，这一回又增加一种。

我看见它们了。

一株，两株，许多株，四散在坡上草间，和别种点地梅相比，是它的木质粗根。山坡上有些横斜的隐约小径，家养的牲畜和野生动物踩踏出来的。每一条小径内侧，都有道泥土裸露的矮坎，这种点地梅便把粗壮坚韧的根深扎进这些看起来很是干燥坚硬的土中，把展开的莲座状叶片铺成一个圆圈。圆圈的中央，抽出几枝挺拔花葶。花葶在点地梅中算最高的，高到15～25厘米。同属中能和它比高的，可能只有景天点地梅了。花葶上布满白毛，看上去毛茸茸的，用手摸却有些扎人。葶的顶端，花开了，一朵伞形花序的花开了。一个花序是十几朵簇聚的小花。每朵粉红色的小花，直径才8～10毫米。长得却精致完全。五片花瓣围绕四周，中央生殖系统红色变深，一个小小开口的深喉，把雄蕊与雌蕊深藏。看样子像不需要招蜂引蝶来传粉一样。其实，它们是需要的。但那小小的深喉开口，只需要一种或两三种口器细长的蝶或蛾子去探囊取蜜，作为帮它传粉的奖赏。我等了一阵，想看有没有某种蝶或蛾子飞临，却没有等到。

再往上，遇到了卷鞘鸢尾。

这是我见过的最矮的鸢尾，也是最孤独的。每棵植株叶子都贴地，只举着一朵黄花。其他的鸢尾可不是这样，它们成丛成片，花葶高举，相当招摇。

为了仔细观察，我伏身在山坡上。看到植株基部有大量老叶鞘的残留纤维，蓬乱的毛发一样，向外反卷，这么做，可能起到保湿和保暖作用。可能是海拔高，也可能因为坡地干旱，其根状茎木质，短而粗壮。想看看根，刨开一些干土，见根还在往深处扎，在横着生，怕伤着了它，又把土掩上。它的花茎极短，都不肯伸出地面，基部生 1~2 枚用鞘裹着茎的条状叶片。每株都只开 1 朵黄色花。直径约 5 厘米。花瓣，准确地说是花被片分为两层，外层花被大，颜色单纯。内层被片稍小，也是三片，嫩黄之外，还有些漂亮的纹路与斑点。《中华藏本草》提到它们的生境，说其生于海拔 3000 米以上的石质山坡或干山坡。主产中国甘肃、青海、西藏。也产于中亚、蒙古、印度。

继续往山顶爬，土越来越少，草越来越稀疏，越来越多青灰色的岩石裸露。

这是山露出了嶙峋瘦硬的骨架。但石缝间，稍有一点儿泥土的石坑中，还是有植物在顽强生长。

平枝栒子在岩石上铺开硬枝，枝上并列着圆形小叶，开出豌豆粒那么大的小花，再过些时候，花会变成彤红的果。

还有火绒草，红景天。

到达山顶，我坐下来。四望这片祁连山中的草原。望着草原中央的河流与道路。想起有那么多的族群曾在这片草原上来来去去，不仅是兵戈相拔，征马相逐，也有赶着牛羊，携着帐幕追逐水草的生息繁衍。当然也免不了随各自实力的消长，得地，又失地，居停，又迁移。汉将赵充国就在对皇帝的奏书中说："羌人所以易制者，以其种自有豪，数相攻击,势不一也。"是的,那些先后居于河湟的族群,有外敌时,尚能同心协力,同仇敌忾,一旦外力的压迫消失,就彼此争雄,自相征伐,这是终致衰亡的重要原因。有着强烈大一统观念的赵充国,刚率军到这里,就已发现了这种状况。

鲜卑人的吐谷浑国之灭,有隋、唐和吐蕃这样的强邻,如此。

吐蕃人来,亦如此。唐强大时,吐蕃亦强大。唐衰落,无力西顾,吐蕃也分裂,帝国崩溃。

有宋一代,吐蕃人,更准确地说,是与吐蕃人混血或吐蕃化的吐谷浑人和周边的诸羌部落,今天称为藏族的族群,在此地继续耕作游牧。

再后来,蒙古人在元,又在明清两度来过。也与这片土地深度融合。

5. 有关迁徙的帐篷闲话

下山回到牧人的帐篷,从县城来了一位县领导,说星期天,有闲暇,正好来看望我。他也熟悉地方史。交谈起来,大家就都不感到拘束了。

羊肉已经下到大锅里了。我把山上采来的一把沙葱洗干净,连花带叶,和根一起投进锅里。

这家的女子站在锅边，用勺不断撇去血水汪成的浮沫，翻沸的汤呈现出越来越浓的乳白色。还有两位妇女在用新鲜羊血灌制血肠。

我们在帐篷里饮茶。面前摆开有莲花图案的藏式长几，等待羊肉上来。男主人也盘腿坐在长几前，和我们饮茶交谈。

话题是他们这个部落漫长的迁徙史。

这个部落，最早是随吐蕃大军一起来到这片山间草原的。吐蕃军队作战方式，兵锋所向，前锋是军队，后面是将士亲属组成的部落带着种子，赶着牛羊马群随之跟进。宜农则农，宜牧则牧。如此，既解决军队的粮草供应，更利于新据之地的长久经营。大通河流域的藏族部落自称华锐，意思就是吐蕃北上东进时的先锋部落。那时在唐蕃争战中，唐军得胜，因此有俘获牲口上万，掠得牛羊马数万、十数万的记载。其中很多，不是军人，而是随军跟进的部落百姓。而唐军败绩，往往是因为后勤断绝，兵马乏食，军械不继，斗志瓦解。

吐蕃人整部落随军移动的制度，即便兵败，部落也可能留下来，继续游牧。

有宋一代，唃厮啰政权在河湟地区的建立，改变了青海地区"族帐分散，不相君长"的涣散局面。唃厮啰出于利害考量，与宋王朝保持密切交往。宋朝为求得边地安宁，减少边患，采用安抚加封的手段，对河湟一带的部落首领视其地域大小和势力强弱予以封赏。唃厮啰掌政时，下属有三百多个大小部落，如宗哥族、青唐族、氇谷族、叶公族、齐暧族，等等，这些部落名称各异、规模不等。

后来，西夏兴起。再后来，蒙古人来了。

元代，帝国开疆拓土。到明代和清初，再次进入的蒙古部族，却是来寻找新的生存空间。于是在固始汗们的强大压迫下，互不统属的藏族部落自然在生存竞争中处于劣势，被迫离开祁连山南的肥美草原节节南迁，过青海湖，再渡黄河，远到了黄河以南。史籍中说：他们"失其地，多远徙，其留者不能自存，反为所役属"。

这家男主人说，听老辈人传说，南迁中颠沛流离，为争夺水草，与原住部落时常发生激烈冲突，生计艰难，人口、牲畜的数量大减。同时，思乡情切，时时盼望并试图渡河北归祁连。我读清代青海地方志书中一本叫《那彦成青海奏议》的书时，发现在地方政府在与中央的互动中，大部分篇幅，都意在解决黄河南北两岸草原上蒙古人与藏族部落间的牧地争执，从中也可见到随着蒙古人势力衰落，那些被迫南迁的藏族部落逐步渡河北归的过程。

那彦成（1763—1833年），满人，章佳氏，满洲正白旗人，清乾隆时代能臣大学士阿桂之孙。他在乾隆五十四年中进士，被选为翰林院庶吉士、翰林院编修。历任多官，其关注青海蒙藏两族间复杂关系是在其任陕甘总督期间。他处理民族关系,小心细致,既考虑历史成因,又照顾现实情形,有许多可资借鉴的宝贵经验。

到道光咸丰年间,河南藏族部落陆续渡河北返。我今天所在的这个部落就是在此期间,再回故地的。

热腾腾的羊肉和鲜美的血肠摆上案子了,蘸料是野韭菜花捣的酱。当然,还是要小饮酒,催话,催心里话。雍正年间,有一任西宁知府叫杨汝楩的,咏河湟间山川人事的诗不少,其中两句,有点儿道出眼前情景的意思:

知君半日坐,已彻五千言。
不饮饮同趣,醇醪在座中。

羊肉大好,青海当地的青稞白酒,苦而烈,其况味如这雄荒大野,粗粝奇崛,想来也是本地酒该有的味道。喝酒,吃肉,说话。肉好已是不易,加上话题是文化兴替,族群盛衰,不拘于某族某地之狭隘,谈古论今,就更加不易了。

我问蒙古人的去处。

答说,祁连全县还有4000多蒙古族,约占全县人口的10%。

藏族人口13000多,汉族人口10000多,最多的是回族,有人口16000多。此外,还各有数百撒拉族人和土族人。夕阳西下，我们大概又谈了五千言才散去，返回卓尔山。

第二天，临行，才去景区游览一番。

高台上，大片青稞地，针芒上都缀满晶亮的露水。

突然，地势下陷，那是一道深有好几米的冲沟。雨水来时，地表水汇流，把高台上的黄土冲刷到山下，再过几百年，这片黄土深厚的高台地貌会被流水重新塑造，成为许多城堡状的黄土高丘。过这道深沟，上去，山势在眼前缓缓升起，进入丹霞地带，不时有红色的岩层裸露，有些是深的冲沟，有些是陡壁，上方平坦处，却是青碧的草甸。有一个雄壮的突出部，面向下方河谷。

停车，步行上顶。海拔上升，露水变成了白霜。

发现了一株兰花——角盘兰。

这种兰花长相奇特，叶是绿的，茎与盘在茎上的花也是绿的，只是茎和花的绿要稍浅一点儿。好像是绿中调和了一点儿黄，是那黄使绿变浅。以前见过的，常常聚生，三株五株，十株八株聚在一起，这回，却只看见单独的一株，二三十朵小花，自下而上，盘在茎上兀自开放。太阳升起来，花被阳光照亮。不一会儿，上面的霜就化成了露水。我蹲下来，为它照相。它很乐意的样子，没有像别的草，在风中摇晃。其实，它之所以站得稳当，是因为茎结实粗壮。

还有许多相识的花草。薯，天仙子，繁缕，狼毒，

祁连山中的青稞田

茴香。

我没有再停留,直奔到那个突出的高台之上。山势突然在脚前陡下,露出岩石。云杉和圆柏塔状的树冠,突起下方。西南望,河谷中停着团团云雾,更显得宽阔幽深。河两岸是农耕的村庄。立着白色佛塔的,是藏族人的村庄。有清真寺的,是回族人的村庄。它们阡陌相交,鸡犬之声相闻,炊烟相连。视线最近处,是楼房成群的祁连县城。再望向河谷对面森林密布的山,有一座山凸起的形状有些特别。朋友告诉我山的名字:牛心山。汉语名当是比其他族群语言后起一些,说是20世纪50年代才有的,是前来绘制地图和找矿的地质队起的。

6. 大通河上门源

昨天一天,其实出了大通河流域。祁连草原、扁都口和峨堡镇上的元代古城,都在流向河西走廊的内流河,黑河流域。

下山,出祁连县城,才又回到大通河边,顺大通河而下,向东,略微偏南,去往门源县。

门源,设县于1929年。因河得名:亹源。亹,笔画太多,太过复杂,统一简化为门。

以前的门源县地域广大，解放初期，将祁连析出，另设为县。大通河流域，没有一个县不是多民族共居杂居的。门源是回族自治县，十多万人口中，回族占比40%左右，此外就是汉族、藏族、土族、蒙古族、撒拉族等民族。

大通河自西向东流贯全境，全程178公里。一路相继汇入宁缠河、老虎沟河、讨拉河等28条大小河流，是河湟一带重要的水源涵养地。

入门源不久，河谷豁然开敞。游牧的高原远了，平坦的盆地敞开在眼前。

一望无际，全是油菜花的金黄。这就是耳闻许久的门源百里油菜花海。公路两边，无边的黄色花使得本来就强烈的高原阳光更加明亮，使得本来就清洁的空气充满芳香。有点儿辛辣味的芥香。一处处村落，一处处追蜜人摆满蜂箱的营地。在花海深处停了车，那么多花，那么多蜜蜂在花海上起起落落，那振翅的嗡嗡声，那被阳光蒸腾而起的强烈芥香，让人头晕目眩。

置身于花的海洋中，我有些迷醉，有些恍惚。举目向天边，一线雪山如游龙蜿蜒。

是的，这就是门源60万亩油菜花形成的百里油菜花海。

有案可考，门源县和湟水、大通河流域的油菜种植史已经有1600多年了。

目前，这里广泛种植的是从外国引种，又不断在本地优

百里油菜花海

化的油菜三大类型中的甘蓝型油菜。是由芸薹与甘蓝通过自然种间杂交后的复合种。欧洲是它的原产地,在中国,又称欧洲大油菜、洋油菜、番油菜。因其叶形和株型与甘蓝酷似,故名。三种油用油菜中的另两种是白菜型和芥菜型。三种类型中,甘蓝型籽粒产量最高。

盆地尽头,一座山在面前陡起,公路盘旋而上。很快,地貌就是高山草甸了。有牛在草间和灌丛中出没,颈下的铃铎不时地发出叮当声响。很多灌丛是金露梅,和山下的油菜一样开着金黄的花朵。山下盆地,黄色光焰浮动,如雾如烟。大通河水,分成许多渠道,穿过盆地,又重新汇聚。我上山,它绕山而行。在山的那一边,在大通县,我们会重新相见,我会再次行走在它的宽阔河岸。

山口处,再次停车。我看见高原上最美丽的一种花:罂粟科的绿绒蒿。20世纪初,进入青藏高原的植物猎人,英国人威尔逊,就声称,这就是他的"植物情侣"。

绿绒蒿,有红色花、黄色花和蓝色花,但蓝色是主打。眼前是十数种蓝花绿绒蒿中的一种,叫五脉绿绒蒿。多年生草本,高 30~50 厘米,叶全部基生,莲座状,叶片倒卵形至披针形。其鲜明特征,就是每枚叶片上都有 5 条鲜明纵脉。一朵朵薄绸质的蓝色花单生于花葶上。为了保护娇弱的花蕊,不让紫外线直接照射,不让寒风直接吹拂,花瓣自然下垂。一丛有五六朵、七八朵。我要伏下身子,才能看见被

五脉绿绒蒿

花瓣罩住的花蕊。看见紫色的丝状雄蕊各顶着一团淡黄色的花药。雌蕊深藏其中，一颗卵珠，顶部开出对称的几道裂缝。有一只彩色的熊蜂在其中采蜜，同时，也在帮助传粉。

植物志上说，五脉绿绒蒿生长于海拔2300～4600米的阴坡灌丛中，或高山草地。《中华藏本草》说："七月采花，阴干。""清热利尿，治赤巴病、肝热、肺热、咽喉灼痛、淋病。"

解释一下什么是赤巴。这个词是藏语对音，译成汉语是火或胆。藏医认为，其功能是产生热能并维持体温，增强胃功能使食物消化。让人知饥渴，长气色，壮胆量，生智慧。根据部位与功能的不同，又分为主消化的赤巴，主变色的赤巴，主润肤色的赤巴，主胆的赤巴，主意识思维的赤巴。

7. 大通河前大通

下山，入大通县境，又见穿行于谷地的大通河了。

河继续东行，但更偏向于东南。

前面已说过大通河。再说一遍。

大通河，黄河支流湟水的最大支流，位于青海省东北部，古称浩亹，后简化为浩门，宋代在河畔筑大通城后方用今名。以长度与流量论，大通河实为湟水正源。发源于海西州天峻县祁连山脉东段的托来南山和大通山之间。向东流经祁连、门源盆地及甘肃的连城、窑街，穿流于走廊南山—冷龙岭和大通山—达坂山两大山岭之间，于民和县的享堂入湟水。流域面积15133平方公里，总长554公里。从源头到汇入湟水处，自然落差3058米（一说落差2793米），河道平均比降5.5‰，水能理论蕴藏量为116万千瓦。如今沿河行，不时见到梯级开发的水电站。

随着识见日开，民国年间所编地方志已更具科学观念，论当地之地理，就开宗明义，论究地理与人类生存之关系：

"人为万物之灵，所以赖其生产，赖其长养者，于地正自不一。试观疆域环绕之中，以山林为之屏蔽，以川原为之聚处，且列之以田土之利，沃之以水泉之泽。"

水文的总形势："大通之水，亦分二条，南曰拨科，北曰浩亹。"

拨科河："拨科之水，发源于青海边塞，自西而东，绕县城北，注黑林、东峡是为三川。折而南流，出西宁之北川，而注于湟。"

论大通水，先是总说："浩亹之水，发源祁连之南，出绕青海，亦自西而东，经北大通城，又东历雾山，北穿仙密峡，过天堂寺，趋平番之连城，南折而西出碾伯之亨堂，亦注于湟。"

再细勘其发源后如何汇聚众水，"浩亹河：去县城北百二十里,即大通河。……其始名乌兰木伦河。……挟诸小水"。

小水众多。

这些小水,从上游往下看,是众多支流。如果摊开地图,把黄河看成一株参天大树,下游是粗大的干,到中游,有渭水等大的分枝,越往上游,特别上到了青海省境内,上到高原,便是这大树的分枝众多的葳蕤树冠。所以,我要不厌其烦地,把这些小河抄列于此。

汇流一:"卧牛河,去县城西北三百六十里,发源于八宝山,南流注浩亹河。"

汇流二:"沙金河,去县城西北二百八十里,发源于沙金山,行六七十里,由口门子西绕永安城,入浩亹河。"

汇流三:"老虎沟,去县城北一百二十里,其水发源于西雪山居北大通城西南,水流入浩亹河。"

汇流四:"瓜喇沟,去县城北一百里,居北大通城西南,水流入浩亹河。"

汇流五:"小沙沟,去县城北一百二十里,居北大通城北,南流入浩亹河。"

汇流六:"大沙沟,去县城北一百二十里,居北大通城北,水南流入浩亹河。"

汇流七:"马莲沟,去县城北一百二十里,居大寒山北,流入浩亹河。"

汇流八："泉沟，去县城北一百五十里，居大寒山北，流入浩亹河。"

汇流九："躲龙沟，去县城南一百六十里，居红山之东，亦谓之红山嘴沟。源原平阔，原为游牧之地。"

汇流十："卡子沟，去县城北一百六十里，居大寒山北，流入浩亹河。"

汇流十一："克图沟，去县城东北一百六十里，居下达坂之北，流入浩亹河。"

汇流十二："湛水，去县城东北一百八十里，发源于白山之西。"

汇流十三："白岸谷，去县城东北一百九十里，雾山之北，原有白山，山岸之水东流出谷，与湛水合，东南流经雾山，注于浩亹河。"

汇流十四："覆袁川，去县城西北一百五十里，即覆袁山下之川也，水注于浩亹河"。

汇流十五："星泉，去县城西北一百三十里，居永安城东北，与花海近。涌泉于地，其穴之多，有如星聚，亦号乱泉，水南流出，注浩亹河"。

……

有水则以利民，大通县境内，民国时已有众多沟渠灌溉谷中田地。

仅在旧县志中抄一个局部地域：

"去县城北,大寒山南。总渠二条,列支渠三条。"

灌溉之外,还借水力推动水磨油坊。因为当地主产小麦、青稞和油菜,也只看一个局部:

"河北川八堡,其计水磨油坊一百二十盘。"

今天,行于大通河岸,因普遍使用电力,水磨已是过往,少见使用。倒是常见更完备的水利设施,渠道两边,白杨夹峙成行,油菜花从眼前一直开到天边,开到远山跟前。

还有河上一道又一道水坝,高压线塔一座连一座,使电网连接城乡。

即便如此,大通河因水量丰沛,流域中人烟不算过于稠密,本地用水后还有富余,新中国成立后,相继建成引大入秦、引大济湟的调水工程,分大通河水入甘肃省古浪县庄浪河流域,和湟水干流,补充邻近地区生产生活用水。

出大通,有三个去向。

沿大通河继续东行。那就出了青海省,到甘肃省天祝藏族自治县,那里就可以看到大通河汇入湟水。天祝县天堂寺附近大通河段落我是行经过的。前几年去武威时特地绕行,就为到山中去看不流往河西走廊的大通河。

再者,出大通翻达坂山,经互助土族自治县去往西宁。

最后,还是选了第三条路,去湟源县。

8. 湟水尽头湟源

湟源位于西宁市西部，面积不大。

总体上讲，青海省地广人稀，草原县动辄上万平方公里，农耕为主的县面积一般也在四五千平方公里。

湟源一县就显得很袖珍了，面积1545平方公里。人口，据2020年统计数据，109802人。在青海省，真算得上人烟稠密。距西宁也近，约50公里。

其地理位置也特殊，位于青海湖东，日月山东麓，湟水河上游，是青海东部农业区与西部牧业区，黄土高原与青藏高原，藏文化与汉文化的接合部，是古代内地往西藏的古驿道的必经之地。素有"海藏通衢"和"海藏咽喉"之称。如今有青藏铁路、国道109和国道315连接东西。

因地理位置处于要冲，其见于史书也早。

三国曹魏政权时设立西平郡，湟源属临羌县地。

隋开皇五年，公元581年，在石堡山修筑石堡城，设戍屯兵，吐蕃人占据后，称铁刃城。《读史方舆纪要》中记载："石堡城西三十里有山，山石皆赤。北接大山，南依雪山，号曰赤岭。"

赤岭即今日月山。

赤岭，是唐时汉语的命名。藏语称此山为"尼玛达娃"，意思是太阳和月亮。蒙古人称此山为"纳喇萨喇",据说也是太阳和月亮的意思。

我揣测,当游牧的藏人和蒙古人,登上此山,雄跨马背,四望皆是阔地长天。很多时候,长风浩荡,原野无尽铺展,东望,金光万道的朝阳初升;西边,一轮月亮正垂向天际,还在钢蓝色的天幕上余晖银亮。

唐(618—907年)划全国为十道,在青海置鄯州都督府,湟源为鄯城县地。

贞观八年,公元634年,前往吐蕃和亲的文成公主便经过此山。传说文成公主上了赤岭,恋恋不舍,东望中原长安,因悲伤失手将一面宝镜摔成两瓣。两片宝镜留在了山口两边。一片日镜,一片月镜,因此这赤岭就有了一个新名字:日月山。

今天,到山前,有文成公主塑像。上到山口,两边山坡上各有一座亭子,日亭和月亭。都是游客们的打卡之地,更是汉藏漫长交往互通的深长纪念。

文成公主入藏时,这里还有吐谷浑国。吐谷浑衰弱,由于唐朝大军的进击。终于在公元663年,在唐和吐蕃两个大帝国间依止不定的,立国于公元329年的吐谷浑为吐蕃所灭。之后,唐朝与吐蕃便直接面对面了。两国交好时,互通使者,友好往来。那时,不止吐蕃,草原上的族群已经知道来自内地的茶叶,产生饮用的依赖。

而吐谷浑人早就在草原上培育出一种名马,叫青海骢。

清人顾祖禹的《读史方舆纪要》记载:"开元十九年,吐蕃请交马于赤岭,互市于甘松岭。宰相裴光庭曰:'甘松中国之阻,不如许以赤岭。'乃听以赤岭为界,表石刻约。二十二年又立碑于赤岭,分唐与吐蕃之界。"

于是,此地便成为最早的茶马互市。在唐是以茶、绢易马,在吐蕃是以马易茶、易绢。

有清一代,更重视边地经营。雍正五年,公元1727年,筑丹噶尔城,即今天的湟源县城。乾隆九年,公元1744年,青海地方官以丹噶尔路通西藏,逼近青海湖,汉族、土族、回族、藏族、蒙古族各族往来频繁,向清政府上奏,请以此地为各族往来交易之所,朝廷特准:"一切交易,俱在丹城,毫无他泄。"一时间,骆驼队、马队、牦牛队驮着商品来往频仍,市场繁荣。

道光年间,特设立丹噶尔厅,属西宁府管辖。

以前就到过湟源,游览过清代所筑的丹噶尔厅老城。那是一队作家采风式的参观,感受些气息外,并没有获致更多的具体认知。这回重访,事前做过功课,还有一本清人邓承伟编修的《西宁府续志》在手边,其中写到了当时丹噶尔厅治的具体格局,抄在这里:

"新设丹噶尔厅(道光九年,改设同知):东大街、仓门街、中大街、西大街、隍庙街。粮市在东街永寿街,青盐市在隍庙街南,柴草市在东西大街,牛羊骡马市在东关丰盛街,羊毛市在西关前街。"

其实,赤岭下的丹噶尔城,其互市之始,是茶、绢与马。发展到后来,只说从草原区出来的,大宗货物有牲畜毛皮、药材与日月山以西所产的湖盐。

清代地方志还记载了好些特产:

"番羊,青海周围牧场弥望,遍于山谷原野,无虑数千百万。皮毛之利,甲于内地。每年自口外来售者,以丹城为销场。"

"湟鱼,产于青海,无鳞而背有斑点,故又名无鳞鱼。每年冬至前后,由蒙古人捞取至丹城出售,销路最广。"

"大黄,由本境商人领票,往青海一带采挖。每年约出四五万斤至十余万斤不等。"

"羊毛,产量颇大,每年约出一百数十万斤。多系蒙、番自青海南北各路十余站至二三十站贩运而来。本境商人亦出口收买,转销于天津洋行。"

"鹿茸,自蒙、番运来,每年大小约三四百架。境外商人来此收买者颇众。"

"麸金,由本地商人出口募工采挖,每年约有四五百两。"

更大宗的是盐。史志中载,有清一代,河湟一带百姓食盐有两种,一种,土盐,取当地山下碱土,在水中浸泡很长时间,去土,滤出的水下锅熬,水干后得到盐。一种,品质比土盐高出许多的青盐,出自日月山以西的盐湖之中。那就要以物易物,或用钱购买了。

《西宁府续志》记载:"盐出青海迤西,天然生产,不假人力。旧有番民驮运丹噶尔,兑换青稞;或丹噶尔所属乡民,有认识青海王公者,送以菲礼,来往转运贩卖。"

当时的丹噶尔城,行商坐商辏集,交易频仍,市面繁荣,一时有"小北京"之称。

经济繁荣,军事强劲,都是此一时彼一时。

经济有周期,繁盛后继之以衰落。

军事靠国力,强盛时进击,衰弱时又退却。

河湟一带,从汉朝开始,这种戏码不断上演。地方的长治久安,最恒久的动力还是教育普及与文化发展。这是历史积累的教训与经验。明清时期,中央辖下的地方政府官员,当地开明的各族士绅,对此已有清楚的认识。

一时间,河湟谷地,人烟聚集的村庄城镇,传播知识的学校相继出现。仅丹噶尔厅一处,便兴办各种学校多处。也是据《西宁府续志》记载:

"厅设义学二:一在大什字街西,曰海峰义学。一在城内仓门街,曰丹山义学。"

怎么办起来的?

"均乾隆十一年西宁道杨应琚、参将杨垣、知府刘弘绪、知县陈铦、主簿顾宗预捐设。"

朝廷没有拨款,是各级文官武将捐建。学校建起来也不是一劳永逸,需要不断维护。半个世纪后,"乾隆六十年,主簿刘之芳捐银二百五十两,发商每年得息银四十两,作两校束脩。"原来,刘主簿捐这钱作为本金生息,是为了帮生员缴纳学费。

驻军也来兴学办学。"营设义学一,在城北玉皇街。道光三年,副将马进魁、都司爱隆阿创设。"

这不算完,官员带头,士绅乡民也跟进效仿。

"新设义学十。"先在城里,"一在西关,一在东关。"

然后,学校又从城里办到了乡下农庄。

"一在塔尔湾庄,一在哈拉库图庄,一在申中庄,一在喇拉庄,一在察汉素庄,一在胡丹度庄,一在大路庄,一在纳隆庄。"

"以上均同治十二年,西宁府知府龙锡庆倡设。光绪二年,西宁府知府邓承伟、丹噶尔厅同知蒋顺章先后筹银一千五百两,本地绅民又捐银一千两,遂置山旱地,下籽五十三石,每年纳租五十三石,作各学束脩。"

那时,也在城里建庙。文庙、关帝庙、城隍庙,但不光只是建庙。同时还开灌渠,建粮仓,辟道路,修桥梁,办学校。为何如此?抄得一通碑记,其中两句话说办学:

一句话:"国家培材之地,……亦敦俗化民之事也。"

再一句话:"书院之设,所以育人才,培风化,即民心所视为转移也。"

当地学人有过诗的:

"重晨劝学雨心关,甃筑疏通水一湾。"

民国二年,公元 1912 年,丹噶尔厅改为湟源县。

民国十八年,公元 1929 年,青海从甘肃省分出,成立青海省,湟源为省属县。

过去中国人认为长江之源在岷江,到明代的徐霞客,到了金沙江,从流程,从水量,才认为长江正源不是岷江是金沙江。但有相当多的人认为,从文化的丰富与开放性,岷江虽不是地理上的长江源,但应该是长江的文化源。

我寻黄河源,从干流上溯,绕阿尼玛卿山,再往巴颜喀拉山北面,那当然是源远流长,但从文化的多样性、历史的丰富性、古往今来不同民族的深度融合方面讲,我也觉得湟水河,是否也可以称之为黄河的文化之源。至少,研究观察中华民族多元一体,中华民族共同体形成与凝聚的过程,湟水河流域,地理与人文,都是一个样板。

我决定从湟源上日月山去。尽管这回上去就是第五次了。

这回,不拜文成公主像了,不看日亭月亭,也不去寻开花植物。要去看一条河,倒淌河。上了日月山,便随西流的倒淌河走,到倒淌河镇,再到它入青海湖的地方。中国的地理，大的形势是地倾东南，这就决定了，众多的水流也是一路向东。长江从唐古拉山，黄河从巴颜喀拉山。所以，习惯东向的中国人在此看到一条西流的河水，就认为这是倒淌，认为河把方向搞反了。

青海湖，水还是那么蓝，比天空还蓝；用手指蘸一点儿水，放在舌尖，还是那么咸，水通过蒸发，升到天上变成云，再变成雨与雪。矿物质却上不去，原地沉淀，成色，是蓝；成味，是盐。味道与颜色，凝结的都是时间。

再从青海湖边溯倒淌河回来。

之所以要走这么一趟，是因为在地质史上，这条河，曾经是青海湖的出水口，是流入湟水的。

那时候，黄河还在通过侵蚀作用努力向上游延伸。那是十几万年前，黄河刚刚向上打通了龙羊峡，上到了青藏高原上的共和盆地。那时的青藏高原，因为印度板块和欧亚板块的撞击，正处在强烈的隆升过程中。

地质学家把这次运动，叫作共和运动。这个运动，总体上有利于黄河向上游延展，但在某个局部，却把一些水系与黄河隔断了。

具体说来，大约13万年前，共和运动造成了日月山隆起，将本来流向湟水的青海湖和湟水分开，原来是湟水上游的河，被强行分隔，只好顺新形成的地势，倒淌向西了。

从漫长的地质史看，我们会说，才13万年？但对人类来说，又会觉得，那13万年，真如天荒地老般遥远。

现在想来，如果没有日月山在地质运动中的崛起，湟水过青海湖，再继续上溯侵蚀，那就远上昆仑了。说不定，流程比今天的黄河正源还远。

汉代的人曾经猜测，黄河出自昆仑，从总的地理形势上看，也不是没有一点儿道理。

直到清代，人们还沿袭这样的认知。雍正皇帝在谕敕建河源庙的御批中说：

"古称黄河之神，上通云汉，光启图书。"

"查河源发于昆仑，地隔遥边，人稀境僻，其流入内地之始，则在秦省之西宁地方。"

这一回，在西宁，因为疫情，气氛有些紧张。第一件事情就是去医院排队，做核酸。不时传来这省那省的这地方那地方封城的消息。去好多地方都要带着核酸报告，到青海省博物馆也是。

也好，这段时间人们少在公共空间活动，给了我安安静静在馆中看陈列的时间。时间有限，重点把馆藏出土于黄河和湟水谷地的陶器看了一遍。

大致说来，在新石器时代，约6000年前，属于仰韶文化类型的陶器出现。那是黄河中游文化向上游的传播与影响。

再过几百年，5500年前后，一种新的类型马家窑文化在黄河上游出现：红土上施以各种黑色的图案。

再之后，是红色陶的齐家文化。

青铜时代，卡约文化在河湟流域发育，并向青藏高原中心地带扩展。

当然，更引人注目的是宗日文化。这个文化历史很长，在黄土地中层层相叠，从新石器时代到青铜时代，直到更晚近的唐宋时期，那已经是铁器时代，和火药出现的时代了。在发掘工地上，考古学家们向我介绍最有代表性的出土文物时，是展板上的图片。现在，这些实物都在柔和的灯光下，静立在我面前。今天，考古学还未能清晰地勾勒出这些古代族群，和今天生活在河湟地区的族群间文化，或血缘上的渊源。但毫无疑问，这都是中华民族共同体最初的构建，是我们共同的祖先。

9. 化隆，多民族往还史

再次翻越拉脊山。

此山是日月山向东延伸的支脉，日月山又是祁连山往东南的分支。系贵德与湟中的界山，东西向蜿蜒起伏。湟水河在它的北边，南边是黄河干流。最高峰海拔4524米。公路穿过的山口海拔3820米。北坡陡峭险峻，山岩裸露。南坡，若往西去，是青海湖，是共和盆地，山势平缓高旷，草甸青碧。若往东，山势便急转直下，深切到深浅不一的红色地层出露的丹霞地带了。

我往东去，海拔迅速下降。

至化隆县，黄河边的县城巴燕镇已降到2840米了。

还是龙羊峡以下的典型的地理：深峡间套着人烟密集的盆地。

峡有三道：李家峡、公伯峡和积石峡。全县2000多平方公里，比起源头地区的草原县，面积小了很多，人口却大幅增加，达20万之多。

化隆是回族自治县，自然是回族人口占比高，此外还有藏族和撒拉族等民族共同居住。藏族在此地的居住时间显然更久一些。

特意不走谷底，选了一条蜿蜒在半山上的远路，这样可以俯瞰河谷中农耕的回族聚居的村庄。同时，经过高处的半农半牧的藏族村庄。

山下，黄河上已不见出峡入峡的湍流，因为一座座水坝的修筑，黄河水已经变成了梯级分布的宽阔平湖。查阅资料，得知化隆县境内，共有七道坝，七座水电站，也是七座利于灌溉的水利枢纽。半山上，藏族村庄周围有块块耕地，再往山上去，是坡势平缓的宜于放牧的草甸。

经过了一座寺院，夏琼寺。

该寺历史悠久，建成于1349年，是青海最古老的四大藏传佛教寺院之一。位于化隆县的查甫藏族乡。

小雨，几头体毛上挂满晶亮雨水的牛站在寺院前的草地上。

雨水落在寺顶的琉璃瓦上，落在妙音菩萨殿、弥勒殿等殿堂间的水泥地上。

寺中很安静，轻曼雾气造成的氛围适于沉思默想。

在藏传佛教史上，强调戒律，规定修行次第，创立了新兴的格鲁教派的宗喀巴大师即在此寺出家受戒。从此走上了为纲纪崩坏的佛教正本清源，重申本义，重振纯正教法的道路。公元1788年，乾隆皇帝为夏琼寺赐名法净寺，并敕赐汉、藏、蒙、满四种文字的匾额，上题"大乘兴盛地"金字。

在这静谧氛围中，某处传来低沉的击鼓声，也听到了诵经声。

循声而去。

没见到击鼓人。见到了几个年轻僧人，在一个房间中，开敞着门窗，用手和着这黄河沿岸深积的红黄胶泥。他们嘴唇轻微翕动，诵经，吐出在口腔中已有共鸣的声音。同时，在他们灵巧的手中，胶泥抟而为形，变成了一个个人偶或动物偶，这是在为即将到来的某次法事准备贡品。

寺名夏琼，藏语中的意思是大鹏鸟。

之所以将这座寺庙取名为夏琼寺，主要是因为寺院所处的位置，一脉山行到尽头，山嘴向黄河谷地突出，被看成一只欲要展翅的大鹏。我站到那个突出部上，脚前是陡下的山壁。壁下是向着黄河延展的平缓。那里，是田野，是星罗棋布的村庄，成团的绿树，簇拥着农户的房屋；成行的绿树，侍卫着灌渠与道路。再远处，雾气弥漫，能看到黄河的水光。

温润的雨，淅淅沥沥，落在万物之上。

想起读过的佛经。《妙华莲华经》中的几句。

是佛对大弟子迦叶说的：

"迦叶，譬如三千大千世界，山川溪谷土地。所生卉木丛林及诸药草，种类若干，名色各异。密云弥布，遍覆三千大千世界，一时等澍。其泽普洽，卉木丛林及诸药草。小根小茎，小枝小叶，中根中茎，中枝中叶，大根大茎，大枝大叶，诸树大小，随上中下，各有所受，一云所雨，称其种性而得生长花果敷实。虽一地所生，一雨所润，而诸草木各有差别。"

我确实看到，这一云所雨，一雨所孕，化生万物，无有差别。

这雨也落在我的身上，头顶，肩头。我伸出手，几滴雨落在掌中，把清凉一直传导在心上。

用佛家语说，这便是心生法喜吧！

佛说："如彼大云，雨与一切卉木丛林及诸药草。如其

从夏琼寺俯瞰细雨中化隆的黄河谷地

种性,具足蒙润,各得生长。"

如果放宽眼界,不只把佛看成一种允诺现世或来世福报的神灵,读佛所说法,其实也是一种哲学。关于世界的哲学。

沿山路下去,很快就到了黄河北边的岸上。站在水边,面前的水面,已不是奔流的河,而是浩荡的湖了。

雨还在下。

雨落黄河,泽被两岸,万物生长。

雨落黄河,展目四望,浩茫长河,其所从来,与其所从去,都连接时间的三世,过去、现在和未来;都贯通空间的三世,西方、中土和东方。都是"慧云含润",都是"令众悦豫",都是人间苦乐。

化隆一县,沿着黄河北岸,耕地梯连,村庄相望,田舍俨然。只在高半山,还保持着畜牧生产。

化隆一县,其地理位置在河湟谷地东部,连接秦陇,黄河谷地开敞,外来力量最容易进入,不像更偏西偏南的地带,因为地理空间阻隔,很多时候,可以置身事外。

魏晋南北朝,是中华民族大融合时代,化隆地方为此起彼伏的各国先后统治,政权更迭让人有些眼花缭乱。

公元335年,建都姑臧的十六国之一,前凉,在化隆县境内置湟河郡,筑湟河城。

公元376年,前凉亡于十六国中最强大的都城长安的前秦。前秦在此地沿旧制，仍置湟河郡。

公元385年，吕光在姑臧，今甘肃武威市建后凉国，湟河郡归附后凉。

公元398年，河西鲜卑秃发乌孤占领青海东部，建南凉国。化隆一地，都在其辖制之下。

公元413年，沮渠蒙逊的北凉占领化隆等地，分原湟河郡为湟河、湟川两郡。

公元415年，鲜卑乞伏氏的西秦军队攻陷北凉湟河、湟川两郡，仍置湟河郡，化隆即其属地。

公元429年，北凉再次攻占湟河郡，沿旧制仍置湟河郡。

公元445年，北凉国亡，北魏占领湟河郡及其以西地区，置洮河郡，隶鄯善镇（今西宁市）。北魏宣武帝景明三年，公元502年，在化隆境内置石城县。

西魏废帝二年，公元553年，因境内有化隆谷，改石城县为化隆县。此为化隆县县名之始。

到隋唐，因其地理靠东，更与中原王朝发生了最多的关联。

大业三年，公元607年，隋在贵德置浇河郡，化隆即其属地。

公元618年，唐朝收复河湟地区。619年，改浇河郡为廓州，州治即在化隆境内的群科古城。公元712年，为避李隆基名讳，改化隆县为化成县。天宝元年，公元742年，又改名广威县。上元元年，公元760年，吐蕃进攻廓州。公元763年攻陷广威。化隆转归吐蕃鄯州节度使辖制。

吐蕃崩溃，唐朝相继而亡。

宋朝，今化隆地区被唃厮啰政权控制。期间，宋军几度进出河湟，均不能持久。

南宋绍兴元年，公元1131年，金军攻陷青海东部。绍兴七年，公元1137年，西夏军队占领化隆等地。南宋理宗宝庆三年，公元1227年后，蒙古大军进入青海，化隆属元朝所置的西宁州管辖。

这段地方史，线索纠缠，见证了中国这个多民族国家的复杂建构。

这个过程中，回族的出现，正是血缘与文化多元融汇的一个例证。

伊斯兰信仰，来中国晚。唐朝开国很久，才与大食在西域相遇。

青海东部，河湟之间，包括化隆地区在内，回族先民进入当在宋末元初。

13世纪，蒙古人西征，征服中亚穆斯林各国后，签发各国青壮年组成回回军进入中土。公元1227年，成吉思汗大军占领青海，派蒙古军和回回军在此屯聚牧养。那时，来自中亚的回回军外，还有一部分信仰了伊斯兰教的蒙古人，也有汉族人组成的军队,也逐步融合到蒙古军和回回军中,成为青海一省的回族先民。

此后,还有西夏亡国后,一些信仰了伊斯兰教的西夏羌人,入于河湟。

也是在元代,当地也有一部分藏族改信伊斯兰教,地方史志称他们为"番回"。

这回过化隆,听说今天县内还有一部分操藏语、着藏服、保留部分藏族习俗的人群。是不是就是那些番回的后裔?想去看看,又不能更改预定行程,只好放弃。只得到一点儿当地文字材料。说,卡力岗藏族是中国信奉伊斯兰教的藏族之一支,俗称"藏回"。聚居于青海省化隆回族自治县德恒隆乡、阿什努乡。该二乡古称卡力岗,故有卡力岗藏族之称。据1986年统计数据,这个族群人口9000有余。日常生活中仍使用藏语,属汉藏语系藏缅语族藏语支。书写仍用藏文。其宗教用语中有不少阿拉伯语词与波斯语词。饮食、丧葬习俗与中国各族穆斯林大致相同。唯日常器用仍保留藏族习惯,喜用铜制火锅、瓢勺,绘有龙形图案纹饰的碗盘。庆婚宴时以藏语歌唱,以大马迎娶新娘。妇女仍善于背水,其桶大如缸,盛满河水足有60公斤,背水上坡,从容自如。居室格局仍保持藏族特征。

到明代,回族人口增加更多。其原因,除自然增长外,又吸收了很多外来成分。明朝建立之初,即采取移民实边政策,从人口较多、土地缺少的江淮、山西等地移民到人稀地广的甘青一带。当时把那些人多地少的地方叫狭乡,而把地广人稀的青海叫宽乡。这些移民中,除汉族之外,也有为数不少的回族。为方便宗教生活,他们都愿意定居于原来的回族社区,从此大致形成今天河湟谷地的民族分布格局。

当然,回族人还有深厚久远的经商传统。除了军人、传教布道者、流民、农夫,他们的血缘,还有许多来自西域的胡商。

元代,一位久涉河湟的诗人叫马祖常。他在其诗作《河湟书事》中的书写,正可用来以诗证史:

波斯老贾度流沙,夜听驼铃认路赊。
采玉河边青石子,收来东国易桑麻。

10. 尖扎,出青海的黄河

过黄河,河上水宽阔,桥也宽阔。河的南岸,是另一个县,尖扎县。

过河不久,即是县城。黄河在这里转出一个大弯,将县城环抱。稍事休息,在望得见河面的地方喝茶。等待向导来引我们去坎布拉国家公园。

茶是回族聚居区流行的，早在甘肃省临夏州走洮河时喝过，叫三炮台。

洮河也是黄河上游的重要支流。从尖扎顺河而下，不久就可到达。古代，从长安往青海，或往河西走廊直至西域，洮州也是唐蕃古道的必经之地。

戴白帽的青年男子把茶端上来，红铜托盘，青花瓷盖碗。

盖碗比通常大些，也深些，因为其中物品丰富，不光是茶叶，此外还有桂圆、红枣、枸杞等几种干果，另外再加冰糖。因此又称"八宝茶"，或"八味茶"。

介绍说，盖碗茶源于盛唐，明清时期这种汉族饮茶习俗传入西北，与当地少数民族饮茶习俗相结合，形成了具有浓郁地方特色的茶品——八宝盖碗茶。如此说来，这茶也就真有些文化意味了。

等待向导时，先看将去地方的旅游指南。说坎布拉国家森林公园处于青藏高原和黄土高原交会区域。公园内有丹霞峰林景观，有3800万年以来的地质生态演化遗迹。有茫茫林海。雨一直下，因坝成湖的黄河水面上，瞬息间就落下雨滴万千。

传来消息，向导不来了。这一向雨水多，通向国家公园的公路，被泥石流阻断了。

这些年来，降雨带北移，一向干旱的大西北降水增加。

这种趋势性的变化,似乎刚刚开始,结果尚不可知。对干渴的西北地区来说,这种变化,使河湖中水量增加,地表植被恢复,未尝不是一件好事。但这一路上,亲眼看见,或时有听闻,就是习惯干旱的土地,裸露着黄色或红色厚土的地方,因为缺少植被庇护,水土保持能力很差,不时有山洪暴发,造成局部的地质灾害。

气象学家的观点,从大气环流看,东亚季风环流加强,把热带的暖湿空气更多输送到北方。这叫副热带高压北移。在此情形下,包括黄河上游在内的三江源地区近年来河湖来水量都在增加。气象学家还预言,未来,雨带还将继续移动。

目前还不清楚,或者说有待于更长期观察、更深入研究的,是这种变化,多大程度是因为碳排放增加导致全球变暖的作用,还是更长程的气候系统内部变率具有更决定性影响。

这样的现象,超出我的知识范围,但大致也能领会理解。

这一路,也看到一种值得忧虑的现象。

当说到一些地区生态环境改善时,人们都有意无意略去气候变化这个大背景,而完全归功于人的努力。比如荒漠地区植被增加,沙进人退变成人进沙退,无论是官方还是民间,都引以为傲,这自然无可厚非。但把这一切都归功于人，而忽略背后的气候变化因素，就过于贪天之功了。再比如这些年青海湖水量增加，面积扩大，当然有政府与民间共同努力，进行生态治理的人为之功。但单单只说此点，而不说降雨的增加，更不说随着全球气温升高，高山地带积雪与冰川的超常融化，也是科学精神依然缺乏的表现。

有史以来，人类总因为过于高估自己的力量而付出代价；总是因为短视，因为贪天之功而付出惨重代价。

下午四点多，雨停了。

我们离开尖扎县城，沿着河边的公路去往上游的一个村庄。

公路上方，高高的水泥桥墩上还托着一条去往下游甘肃省的高速公路。

去的这个村子叫德吉，一个藏语名字的村庄，意思是幸福。百度了一下，在青藏高原上，不止一个村庄叫这个名字。西藏自治区有，邻近的甘肃省天祝藏族自治县也有。这个德吉村，是一个新村庄。一个2017年才建成的移民新村。举国进行全面脱贫攻坚时所建。

县里干部介绍说，这是为切实解决浅脑山区一方水土养不活一方人的问题，县里提出新思路叫"山上问题，山下解决"。为此进行移民搬迁。

我手里还有两张油印的新村情况介绍。

尖扎，移民新村前的黄河，因下游筑坝，已是波平如镜的平湖了

上面写着浅脑山。

浅脑山？我问：浅脑是个什么地方？

回答：可以说是一个地方，也可以说不是一个地方。

当然要追问：怎么是一个地方，又不是一个地方？

干部年轻，普通话标准，一时间语塞，答不上来了。

旁边有个黑脸膛的中年人，他解释一通，我没听明白，因为他口音浓重。而且，是双重的浓重。一重，青海当地人说汉语的口音浓重。再一重，他说青海汉话时还带浓重的藏族口音。请他慢点儿，再说了一遍。

这回听明白了。"脑"其实该写作"堖"。

把山称堖，很是古雅。当地话中，堖山，是指高山。那里气候寒冷，农作物不易生长。浅堖山，就是半山，这里的语境是指只宜少量种植农作物的地方。

这样的地方，老百姓自然生计艰难，多以放牧作为农业的补充。但牛羊多了，又在地势陡峭水土流失严重的地带，造成生态负担。不止是尖扎一县，在黄河上游行走，在玛多县和其他县，脱贫攻坚中一个措施，就是把生态问题严重、增收困难地方的老百姓，实行部分或整体搬迁。

建这个新村，国家投入6730万元，修建住房251套，总建筑面积19076平方米，将生存条件恶劣、分布于2镇5乡的浅堖山区农牧民251户946人（其中建档立卡贫困户226户866人），易地进行集中安置。2017年11月正式搬迁入住。

其具体位置，在昂拉乡河东，距县城8公里。

除了村民住房，村里还建了学校、卫生室、村委会、文化广场。将整个村子走了一遍。大多数人家屋顶铺装了太阳能电池板。介绍说生产的电除自家使用，还有富余，上传电网，每家还有一笔固定收入。

这个村的地形，是一片面向黄河倾斜的河滩，并不太宜于农耕。修了这许多建筑后，也没有多少地方可以种植庄稼了。可以想见，下游李家峡还没有筑坝蓄水时，黄河流在低处，这里就是一片沙砾厚积的干涸荒滩。黄河在这里转弯，把弓背朝向了这一面。造物的安排，让这边不断被冲刷，把淤积厚土的台地放在了河对面。对面那个半岛状的平整台地中央是一个人口密集的村庄，房舍俨然，周围一块块方正的田地里，庄稼茁壮。

在政府规划中，这个新村并不以农耕为业，而以乡村旅游为主业。

资源是黄河水，李家峡蓄水后，水位升高，在这片原来的荒滩前形成宽阔湖面。资料上说，属于这个村的水面有6平方公里，对岸台地上的村舍与田园，也构成与水面结合的景观。村内，有条件的人家，都腾出房间，开辟民宿，同时，还有属于村集体的民宿酒店。

我们办理入住手续，在这里住上一晚。

村子的格局，民居都建在靠上的缓坡。靠近黄河边，是一系列旅游设施：旅游码头、文化广场、亲水广场、垂钓区、烧烤区、露天沙滩、自驾游营地、旅游厕所、百亩花海及农事体验园和水上游乐区。几条小艇，系在水边。

我还注意到，村里有一个专供游客持弓玩箭的地方。下雨天，没有游客前来，几个箭靶竖在湿漉漉的空地上立着。

早几年，尖扎县就被国家体育总局授予了"民族射箭运动之乡"的称号。

因为该县民间一直有制箭射箭的传统。

据说，这个传统的形成，源于吐蕃王朝晚期。吐蕃王朝崩溃，因为爆发大规模奴隶起义，远离王权中心，在河湟地区掌握重兵的将领们也不再听从王廷节制。更直接的原因是末代国王鉴于佛教盛行，大量财富积聚于寺院，许多青壮年男子脱发出家，不服兵役劳役，僧侣阶层干预国家政治，而大举灭佛，关闭寺院，强迫出家人还俗，意图在以此振作尚武精神，增强国力。

结果却很不幸。

公元842年，一个叫拉隆·贝吉多杰的僧人怀藏弓箭，本是以杀为戒的他，将禁佛的国王射杀。传说这僧人杀死国王后一路奔逃，来到青海，将弓箭埋藏在尖扎境内。对于崇佛千年，以教为政，政教合一的藏族人来说，这个人就是卫教英雄。尖扎人仰慕其英雄气概，一直延续着选弓制箭、比试射术的传统风俗，从而形成了久远的"五彩神箭"文化。

每一年，民间都有自发的射箭比赛。赛事往往历时数日，比赛结束，还要邀请对方箭手，隆重欢宴，还有专门的称谓：达顿宴，直译就是箭宴。

弓是牛角弓，箭是五彩箭。

牛角弓，不用解释。五彩箭，是说箭杆上涂饰了五种色彩：红、黑、黄、蓝、绿。红色代表活力，黑色代表力量，黄色代表富裕，蓝色代表关怀，绿色代表和平。

箭制作得确实漂亮，五彩的箭杆，箭尾也大有讲究，按材质分，有金尾箭、银尾箭、铁尾箭；根据尾饰羽毛的不同，分为秃鹰羽毛箭、猫头鹰羽毛箭、山鹰羽毛箭等。

五彩神箭制作技艺已是一项非物质文化遗产。

吐蕃国早已消失于历史长河中，后来长久分裂割据的地方，早已归于大一统的国家。今天，现代性激荡，这一传统中的宗教色彩已然淡化。民间传统的射箭比赛之外，还由县人民政府举办国际性的射箭比赛，其意已在发展文旅事业了。

夜半，在崭新的民宿中，读当地资料，掩卷后思绪万千。

夜深人静，听黄河水一波波轻轻拍岸，干脆披衣，站在窗前，看由河成湖的水面，波光点点。那是天放晴了，云层散开，天上的星星出来，把光芒映在水面。

明天，我要沿黄河而下，稍稍出青海省一点儿，到甘肃省境内，去看两个地方。

一个，是大通河入湟水处：民和县亨堂；一个，湟水入黄河处。位置在盐锅峡镇和达川镇之间。黄河上游与中游与下游，地理学上自有定义。但我此次黄河上游行，自己把那里作为了终点。不再去以下的地方。

上床睡觉，梦境里，梦境外，一夜都有黄河水在脑海中荡漾。梦境清晰时，河水清凉，梦境朦胧时，河水中便满是泥沙，有腥咸的味道。

早起，就去河边，望着对岸台地上的田畴村庄，来回走了好几里地。然后，上车动身去往下游。

第六回 若尔盖的黄河

1. 错过了湟水入黄河

在尖扎县上了高速，公路在山坡上，一时穿在洞中，一时又在高架桥上。黄河从视野里消失一阵，又出现在峡谷中央。

入甘肃省境了。路上的指示牌出现新的地名。远一些的，叫临夏；近一些的，那个名字很亲切，叫大河家。

天气也很好，雨后放晴，空气清新，前方天空，蓝汪汪一片。

也有些蹊跷之处，一入甘肃省境，前后左右都没有车，就我们一辆车行驶在高速路上。先不以为怪，但走了好几公里，依然如此。隔离带那一边，反向的双车道上也没有一辆车。到了一个下高速的口，没有人，道闸前摆着一个禁行标志。

已经有了预感，但不愿意相信，就不往那方面去想。又前行了十几分钟。背后响起了呜哇呜哇的警报声，后视镜中，一辆警车闪着灯追了上来。这情形，只在美国西部旅行时遇到过一回，因为荒野中道路太直，超速了。

靠边停车,还未问是什么原因,警察已经上来了,敬礼:请出示驾照。

当然。

驾照看过,又说:请出示身份证。

当然。

又说:核酸报告。

这个也有,疫情时期,不论到什么地方,都做核酸,每三天一次。打开手机,两天前的,绿色,阴性。

从哪里来的?

青海省尖扎县,今天早上。

到哪里去?

说了到那里,和那里。

去干什么?

去看黄河,还有大通河和湟水。

严肃的警察有笑意了:哦,看黄河。四川人,出来旅游?

差不多吧。

警察的表情复杂又严肃:啥叫个差不多?知不知道这是啥子时候,还四处浪着,出来旅游!

我问,路上为什么没有车?

你这个人,还敢问我,明明见到路上没有车,还敢到处跑,封控了,疫情,全省的路都封了,知道不知道?

不知道。

我们被正式告知，甘肃省某地出现新冠病例，为防止疫情扩散，甘肃省全境防控，禁止人员往来。

完了，不但看不成湟水、大通河和黄河的汇合，怕是要被集中到隔离点去了。

不想，警察一挥手：不要再四处浪了，赶紧走，赶紧回你们四川去。

当然赶紧走。

再上路，又只有我们一辆车了，高速路显得漫长而空阔。在手机地图上搜索离四川最近的路线，一条蓝色线蜿蜒两百多公里，把我们引向此次黄河行的出发之地若尔盖。若尔盖，东来的黄河掉头大转弯复又西去的地方。也许，从若尔盖，只是出发，没有看得更多更细，是河神有意让我回去补上。

赶紧往若尔盖打电话，封控时期，怕过不了省界。

那边说，欢迎回来，欢迎回来。

我们行驶在黄河支流的洮河流域，临夏回族自治州境内。

看见的只是一个个迎面而来，又一晃而过的路牌。这些地方，以前经行过，停留过的。在没有高速公路，随时可以停车观望的十多年前。

在一面路牌上，看到临洮。想起我所喜欢的盛唐诗人岑参。想起唐代就有临洮这个地方了。岑参曾在这里多次往还，并留有诗篇。想起他的一首诗《临洮泛舟，赵仙舟自北庭罢使还京》：

  白发轮台使，边功竟不成。
  云沙万里地，孤负一书生。
  池上凤回舫，桥西雨过城。
  醉眠乡梦罢，东望羡归程。

  这诗是因为岑参在临洮，在洮河边的临洮城遇到赵仙舟，他完成北庭都护府使命，要回长安。在此与正从长安去往北庭的岑参相遇。于是一起去湖上游船饮酒。此时，我在车上，想的不是他和赵仙舟的相遇，而是想，在这缺水的西北地方，那时的人，就已经在城池中打造水景了。

  随路牌上地名变化，知道已经出了临夏，一路低下去的地势又渐次升高，进入了甘南藏族自治州的地界，还是不能下去。直到种着各种作物的庄稼地消失，黄土红土层积的山消失。草原上绿草茵茵的宽谷出现，绿草覆庇的浅缓山丘出现，牛羊出现，高速路才到了尽头。这已经是甘南草原腹地了。这里的水流依然都向西向南去汇入黄河。

  通向两边村庄的路口都拉起了封条。我们也没有打算冒险进入。

只在一个湖旁停留一阵,吃点儿干粮,清空膀胱。同时,观望那面叫尕海的蓝湖。

我曾到过这里,花三个多小时,绕湖一周。看湖上的水鸟,看湖岸上的花。也为追踪民国年间,20世纪30年代,一个美国传教士的踪迹。此人把在这一带的游历写成过一本书,我看的是译本,叫《西藏的地平线》。有点儿怀疑这不是书的本名,但版权页上也没有标注英文书名,只好存疑了。

记得湖水靠公路这一面,有些旅游设施,如今已经尽数拆除,想必是为了保护这一汪蓝湖,保护生态。

现在,花兀自开,水鸟在湖中自在优游,而行人断绝。远处出现人影,似乎在向我们张望,赶紧上车,向若尔盖方向疾驰而去。

一个多小时后,我们已经在四川省和甘肃省的交界处了。

纳摩寺,一个回藏汉杂居的小镇。两边山上,甘肃这边和四川那边,各一座藏传佛教寺庙。山下谷中,小镇中央,一座清真寺,一弯金属新月,在上方闪耀。

若尔盖是我家乡阿坝州的一个县,打过电话,自然有朋友来接应。

这时的省界就不是一条地图上的线了,是一道实实在在的关卡。

甘南州，拆除了旅游设施的尕海

验证,遇到了一个麻烦,在甘肃省境内途经两个州,手机上却不显示丝毫轨迹。不仅我的手机没有,另外两个人手机也没有。没有经过甘肃省,怎么人和车都在甘肃省境内?真要较真,这个自我证明无法实现。最后还是放了行。进四川,再做一次核酸。四川省没有封控,大草原天阔地宽。国道213线,路两边,牛羊成群,帐篷四布。路上,人车往还。

2. 古湖盆中的若尔盖

青藏高原上,黄河上游的草原,准确地说,都是起伏平缓的丘陵。

而在若尔盖,真有一片名副其实的平坦草原,名叫热尔大坝。面积320万亩,有资料说是仅次于呼伦贝尔草原的全国第二大草原。

当地藏语名葛摩托,也是形容其宽阔平坦。修辞朴素又直观,说其平坦像门板,形容其辽阔,说连善于奔跑的鹿都跑不出去。

这片草原中央,蕴蓄着3个通向黄河的天然湖泊。

一个湖就在公路边,藏语梅朵措,直译成汉语,叫花湖。

夏天，湖边的沼泽中，湖中的浅水区中，各色鲜花开遍。黄色的金莲花和鹿蹄草，白色的蓼花，红色粉红色的是三四种马先蒿的花。另外两个湖深藏在这个湖的后面。

花湖已开发为景区，沿湖栈道上游客来来往往。

下午三点，在景区管理局食堂补了一顿热饭。

问要不要游游花湖？

不要，多次游过了嘛。

旁边一个未开发的地方，峡谷美景，叫扎萨格，要不要去看看？

问距离，只有十多公里远。

当然。

一条未铺柏油的土路往东北去，渐渐离开了平坦的草原，上平缓的坡，到了平坦的山丘顶上。

东望，地势陡然下陷，停车行出不远，脚下猛然出现断崖，湿热的气流从下面深谷中猛然蹿起，扑在脸上。峡谷对面是陡峭断崖，不断有鹰从绝壁上起飞，盘旋。深谷中，杉林密布，溪水急湍。问水流向哪里？说是白龙江的支流，水流的方向是四川盆地，白龙江流向嘉陵江，嘉陵江流向长江。这一回是黄河之行，心心念念都是黄河，心心念念，都不想脱离黄河流域。所以，只下到峡底小转一圈，在一座背靠断崖的小庙讨了杯茶喝，就又回到大草原上去了。

晚上，吃到正宗的四川火锅，喝了酒。这一行，我带着

若尔盖扎萨革。眼前的草地是黄河流域，东望，大地断陷，深峡之水奔向长江

上好川酒。剩下两瓶,是想要在没去成的两处河流汇合处,倒入河中,弄得有些仪式感的。现在,就都倾入了我们口中。香满口,热满胸了。

主人说,既然你的黄河之行,绕一大圈又回来了,那就在这里走走看看?我们也是黄河上游,正在建设黄河国家公园。

我说,既如此,那明天就去看一条支流:黑河。看花湖后面藏着的那个湖:兴错。

不过,我说,奔波这么多天了,来到这里,土肥、草丰、水美,空气也温和湿润,我得先休息一天。主人笑说,也好,你从疫区来的,在酒店待一天也好,看看有没有染上新冠。

回酒店,主人还预先备下牦牛肉干,和即冲即饮的酥油茶。

冲杯茶,几口饮下,人兴奋起来。当然,兴奋的原因也可能是先前的酒,也可能是因为冒失闯入疫情封控区,又轻松脱离了。

又见主人预备了文字资料和地图,便张灯看图。

图大,铺开在床上。

那是若尔盖盆地的地形图。中间绿色的平坦部分,是盆地中央。现在,我不在这个盆地中央,而是靠近盆地的北缘。其间,更绿的点与线,是星星点点的湖,是纵横迂曲的河。四周,绿色渐淡,灰褐的土石色渐深,是山。

正西方,阿尼玛卿山。西南方,巴颜喀拉山。转向北,西倾山。东北方,西秦岭的迭山。正东方向,山高起来,灰褐色上覆盖了表示冰雪的白色,岷山。再转向东南,九十点钟方向,邛崃山。

一个地质学家对我说过,若尔盖有行政区划和地理范畴两个概念。

行政区划指四川阿坝藏族羌族自治州若尔盖县,面积10620平方公里。地理范畴所指的若尔盖,比这个范围大出许多,包括四川省若尔盖、红原、阿坝、松潘几县的部分地域,以及甘肃的玛曲、碌曲县,和青海省久治县的部分区域,面积约5万平方公里。

行走在这片广阔土地上,大地呈现出仿佛亘古如斯的面貌。这当然是我作为人类这种历史不太长久、个体生命短暂的智慧生物所得的印象。在我们还未进化为人之时,获得真正的智识之前,这片大地就已经存在。但在地球40多亿年的历史上,确实又是一块年轻的土地。

8000万年,或6500万年前,喜马拉雅造山运动中,青藏高原开始隆起,脱离海洋成为陆地,这一区域东北边缘的若尔盖同步抬升。

500万年前,青藏高原大幅度隆升,剧烈的地质运动,造成若尔盖四周不同方向出现断裂带。

260万年前,断裂带沉降。73万年前,周边断裂带全面沉降,比现在3000多米海拔更高的若尔盖下陷了,形成中央低洼而平坦的盆地。

在这张地质时间表上,要到十多万年前,若尔盖盆地才最终形成。底部为平原及浅丘,平均海拔3400～3450米,四周环绕不同山系,海拔3800～5000米。

盆地初成时,并不是今天看到的连绵草原。而是四周群山,众水下泻,将盆地注满,形成一个巨大的湖泊。

若尔盖古湖,最宽广时,面积2万平方公里。

那时,它在高原上有一个相邻的伙伴,那就是共和盆地的古湖。高度与面积都很相当。只不过,共和盆地早于它被向上袭夺侵蚀的黄河打开,湖水下泄,先它一步,成为黄河的上游,那是15万年前。又过了10多万年,大约3万年前,黄河才从共和盆地折而东向,从西倾山系和阿尼玛卿山之间,贯通了若尔盖古湖,使得封闭的古湖变成了黄河的一段。白天经过的花湖、尕海就是古湖最后的存留。

图上情景让我兴奋,不顾是半夜时分,给主人打去电话,明天不休息了,去走一条河,去看一个湖。

主人说,那就依了你吧。

早起,我们出发,去看黑河。

出县城,又经过昨天到过的花湖。

看不见黑河,但知道,河在南边,和我们保持着一致的

若尔盖盆地的早晨

方向，循东北往西南的路线流淌。只是，它更加百折千回，从容迂曲，在湾多的地方成湖，直些的地方是河罢了。一时间，公路靠不近它，因为沼泽深沉松软。我们赶去一个地方，与它相会。

我知道与它在哪里相会。

我有一首诗，《三十周岁时漫游若尔盖大草原》，写到过这条河，用的是它的藏语名字：墨曲。

> 河流：南岸与北岸／群峰：东边与西边／兀鹰与天鹅的翅膀之间／野牛成群疾驰，尘土蔽天／群峰的大地，草原的大地／粗野而凌厉地铺展，飞旋／仿佛落日的披风／仿佛一枚巨大宝石的深渊／溅起的波浪是水晶的光焰／青稞与燕麦的绿色光焰……我静止而又饱满／被墨曲与嘎曲／两条分属白天与黑夜的河／不断注入，像一个处子／满怀钻石般的星光／泪眼般的星光／我的双脚沾满露水／我的情思去到了天上……

主人带了一首歌，《天边的若尔盖》，在车上播放，就是由这首诗节略改写的。一路上唱：

"天边的若尔盖，在所有的鲜花未有名字之前。"

起先的十来遍，我觉得那人写得不坏。再唱，就烦了。

3. 墨曲——黑河

墨曲，藏语。直译为汉语，就是黑河。

黑河发源于岷山山脉西侧。

那里还发源了一条它的姊妹河：白河，藏语名为嘎曲。

岷山，向东去，峥嵘耸峙，西来的余脉却渐低渐缓，伸展向若尔盖盆地，最后，化成一系列连绵浅丘，丘上与丘间的草甸都是优质牧场。

墨曲与嘎曲，黑河与白河穿流其间。

那里的山地，林线以上，是裸露的岩峰，尖利的角峰与嶙峋的刃脊，都是古冰川运动的印迹。

两条河的发源处，岩石裸露的山峰下方，古冰川运动造成三角形堆积体。在降水稀少的地带，它们就是一些破碎岩石的堆积。但在这个向东南方敞开的地带，迎来了更多的锋面雨，这些堆积体，便被草甸和密集灌丛覆盖。再下方，是一片片墨绿色的杉树林。溪流就在那些草甸和森林中发源。

就在这条山脉两边，一南一北，溪流汇聚成了黑河和白河。两条河都不是径直西流，它们分别向北和向南优美地弯曲，为了去接纳更多的溪流，以这种方式扩大流域，造成一连串深浅和宽狭各不相同的沼泽，然后，再校正方向，向西，偏南，在不同的地方去汇入黄河。

古湖时代，植物的残骸层层累积，形成厚厚的泥炭层，

若尔盖盆地东部山地,如此小潮,正是黑河与白河众水发源之处。前景是两枝川西小黄菊

同时涵养了大量的水。与共和盆地相比较，若尔盖盆地土质肥沃，含水丰盈，自然就草畜两旺。

所以，若尔盖盆地生态价值很高，因为厚积的碳，因为含蓄那么多水，而称为泥炭湿地。

地质学家总结，若尔盖泥炭湿地形成，是具备了气候、地理、构造三个条件。

气候条件需要适于植物的生长；地理条件要求有水体存在；构造条件则要求沼泽地持续缓慢沉降。

生长于沼泽中的植物，枯枝落叶必须没入水中，隔绝空气，防止氧化分解，在密封前提下发生生物化学反应。

更重要的是，这三个条件互相作用，互相成全。

寒温带湿润季风气候带来较多的雨水——构造使大面积的洼地产生，蓄积这些水——水使植物繁茂生长，枯败后，在水下沉积，变成泥炭——泥炭层含蓄更多的水，同时使土层变厚变肥，用专门术语表达，叫有机质含量丰富——因此更促进了植物生长——植物生长使动物和飞禽数量增加，它们日复一日地吃喝，排放，再促进土壤中有机质的增加。

从而形成了一种自足的良性循环。

出县城，西北行，一个多小时，就到了麦溪乡。

在那里，就和黑河相遇了。

黑河从东北方向，水面映射着上午太阳的金色光芒，穿

自东北流向西南静流向黄河的黑河,藏语叫墨曲

过宽阔的沼泽迎面蜿蜒而来。

水流很慢，从不笔直前行，而是在密布的绿草中向左转弯，转出地质学家所说的一个牛轭形，窄处是河，宽处就有点湖的意思。然后，再向右转弯，又转出一个牛轭形。就这样左转右转。这样不够，偶尔还来一段回流，不时来一段几段分岔，在沼泽中编一张闪闪发亮的水网。

水面都映出天空和云彩。

赤麻鸭总是成双成对，昂着头向前游动，身后涟漪的轨迹，越荡越宽，像电影里海面上刚开过了一对航船。黑颈鹤迈开长腿在水洼中踱步，油亮的羽毛任微风翻拂。

除了河道中心，几乎看不到水的流动。这是因为地势低洼平坦，河床比降小，具体数值是 5.07‰。

行前，我从中科院成都分院植物所的朋友那里，取得一些资料。

经他们最近调查统计，这里的沼泽植物共 61 种 44 属 21 科。以莎草科、禾本科、菊科、毛茛科为主，其中苔草属成为主打，木里苔草、毛果苔草、乌拉苔草、藏嵩草、双柱头蔍草为优势种。他们还把沼泽植物按适水性的不同，分为湿生植物、挺水植物、浮叶植物和沉水植物。不同植物组合，构成不同的群落。比如木里苔草－狸藻群落，木里苔草－条叶垂头菊群落，毛果苔草－睡菜群落，毛果苔草－狸藻群落。

当时，我就站在一丛披碱草和一丛褐毛垂头菊中间。

我一直站在那里，有十几分钟时间，陪同的人不知道，我是在估摸，最先望见的那些远处的水，流到面前的时间。

黑河入若尔盖县境时差不多是正北向。

然后折而向西，右纳热尔根河。再曲折西行于沼泽区，左纳了两条河——哈曲和格曲。又调身向北，接纳右来的热曲。萦回百折过若尔盖县城西，造成大片沼泽，再转北过嫩哇乡，右纳达水曲。这才来到了我们迎候它的麦溪乡。这时的河，已经变得深沉浩荡。因为一路融解泥炭中的矿物质，而变得颜色沉着。其名黑河，所指的就是这种水色。

河沉缓流淌，与黄河干流很近了。

公路沿着黑河流去的方向。河靠近浅丘时，我们看见它。

它一头扎入沼泽深处时，我们又远离了它。

如此若即若离，我们都在穿越草原，去往黄河。只不过，我们在高一些的丘状草甸，黑河在低处，湿地中央。

这一段去往黄河的黑河，已是四川和甘肃间的界河。

对岸是甘肃省玛曲县。有一段公路，据说是借道甘肃了。想到那边正在封控，我莫名紧张。但那段路上，没有遇到一个人，也没有遇到一个关卡。四川省和甘肃省，此时没有界限，天是同一片天，水是同一条水，地是一样的地，草

黄河湿地，霜冻的早晨，前景是一株褐毛垂头菊

是一样的草。风吹来,风推着草起伏,一浪浪去了那边。风转个向,草起伏着,又一浪浪涌向这边。

几只鹰平展开翅膀,在没有界限的天空中盘旋。

我想,为什么人心中会有界限?甘肃、青海、四川。要是没有这一回行程的意外,我都不打算写若尔盖的。我想,青海的出版社约我写书,就该写青海。这也是那种界限感暗中作祟。上游黄河是一个整体,先有黄河,后有人,后有人设的种种界限。疫情改变了行程,把我送回黄河上游行起始之地,这才意识到,不写不是上游黄河的全貌。

过一道桥,说是又回到了四川这边。

河道收窄,河水切出十来米的高岸。高岸分层,上覆青草,下面是黑土,再下面,是夹着砾石的黄土。站在桥上,看河水流淌,冲刷着两岸,有沙沙声响。

再行十几分钟,起伏的丘岗消失了。

草原平展如砥,草变得更深更绿。黑河继续蜿蜒。左转,冲刷对面,形成一个高岸,却在这一边,形成一片新月形的宽广滩地。河右转,冲刷这边的高岸,在对岸形成一弯新月形的河滩。这片草原的地貌,就这样被如此摇摇摆摆的河流自然塑造。

可是,现在河成了人为的界河,情形就有点儿不一样了。冲了这边的岸,会有一片草地崩塌,跌入河中,是领地的损失。河水冲向对岸,崩塌的泥沙淤积出一片新滩,是领地的扩展。为了保持领地，有些地方，开始在河流自然弯曲处修筑堤坝，阻止地理改变。这不是尊重自然演替的行为。有些无知，也有些狂妄。聊可安慰的是，这种情形，还只是发生在局部地方。

还是在麦溪乡。

麦溪，藏语，意思就是黑河。墨曲和麦溪，其实是藏语对音为汉语的不同写法。渐渐约定俗成，称行政区划的乡时，写作麦溪，称河时，写作墨曲。

麦溪乡，黄河流经的长度是29公里，黑河流经的长度是78公里。两河间，优质草场面积114.7万亩。

黑河要入黄河了。

我想起一张见过多次的照片。一位牧民，一位女牧民的背影，她牵着一匹马，马背上有鞍具。女人背对着我们眺望黄河。我记得照片下的说明：若尔盖县嘎沙村，2022年7月26日摄。她所在的位置是黑河入黄河口，也是黄河入了四川又出四川的地方。

这个地方，在甘肃省那边，叫作曲果果芒。

至此，黑河走完了456公里全程，汇集了7608平方公里流域中的众水，入了正在折而向西，要去往共和盆地的黄河。

我们站在河口的高岸上，见两条河流汇聚，静水深流，四野无声,没有波澜。两水相合处,一个个、一串串漩涡,出现又消失,消失又出现。

黄河宽广,其所来的方向,河心有几处沙洲,绿树丛生。用相机400毫米的长焦镜头望去,是丛丛红柳。这些天,河水上涨,淹没了洲上草滩,可以看见垂头菊挺立在浅水中,正开着长瓣的黄色花。还有植株更高的碎米荠开着一团团紫花。

突然有一道波纹把水面犁开,那是游过了一只雁,还是一只水獭?没有看见。

站在柔软如毡毯的草地上,身边也开着花。秦艽开着白中泛黄的一串喇叭形花,甘青韭顶着一颗颗紫红的花球。圆穗蓼开花。珠芽蓼开花。羽状叶的黄芪开花。

走到两河汇合处,下到滩上,惊起一些水鸟。它们掠过水面,向西飞行。引着我的视线一直跟随,几朵闪闪发光的白云下面,一切皆是空阔,一切皆是浩荡,一切皆是邈远。

我知道,那边就是阿尼玛卿山,但望之不见。

我知道,那边就是前几天刚到过的同德县的黄河峡谷,但那里的丹霞,那里宜于农耕的沿河台地,那里的山间牧场,也不可见。

我知道,那边就是共和盆地,是龙羊深峡,也不可见。

所有这一切,就是上游黄河,就是西部中国。

离开黑河口,有些依依不舍。黄河奔流,我内心也有水的激荡。不只是内心,每一个细胞里,都有水在荡漾。

陪伴的主人递来一张纸巾,我推开,为什么不能就让自己的双眼,在某一时刻,也云影天光,水波潋滟。

离开还要归来,离开,是为了更深入地探寻。必须的,黄河,此一行,我要和它不断再见。一会儿沧桑如老人家的黄河,一会儿又妩媚如姑娘的黄河。

往草原深处去,是辖曼牧场,20多年前去过。

当时去,为访问一位牧民,一位改育绵羊品种的能手。也看了牧场旁边的辖曼湖。第一回看见黑颈鹤,就在那个湖上。这回再一次经过。更注意周围的溪流如何汇入这个湖中,湖中的水又如何溢出湖盆,流向黑河。

继续往草原深处去,向另一个湖,藏在花湖背后的兴错。

穿越一片一两百米高的山丘。上去,下来,又上去,又下来。面前耸起顶部浑圆的最高丘,登顶,再几百米,到了丘岗另一面,地势下降,一面蓝湖出现在眼前。

兴错湖到了。

我们这一面,是一列浅丘,湖岸在浅丘下曲折伸展。对岸,平铺开无尽的草原。一汪平静的蓝水,倒映着太阳,倒映着团团白云,倒映着丘岗上云团一般缓缓移动的羊群,停蓄在面前。

一道山脊,伸向湖面。

山脊尽头,用白色帆布搭起了一座凉亭。

凉亭里铺了藏毯,摆了几案。有酸奶、茶、点心和水果。

主人说,你不在酒店休息,就在这里休息休息。

我一面端杯喝茶,一面环顾四周:羊呢?不是说要吃手抓肉吗?

主人遥指远处,一个村子:在那边宰好,煮好,再送过来。湖边不能宰羊。

主人告诉我,当地老百姓从不在湖边宰羊。理由一,湖神爱洁净,宰羊,有血,还有其他污物,所以,不可以在湖边宰羊;理由二,即便不迷信,也不能因宰羊而污染湖水。

没有等太久,一辆小皮卡从远处开来。搬下来一口平底锅,锅盖打开,羊肉的香味立即四散开来。面前的盘子里立即盛满了清煮的肋条肉、腿肉和脊椎肉,大盆的汤里,还有萝卜与青菜。

大快朵颐,同时谈羊。

这羊,是藏绵羊系中的一个优势畜种,因其对高原气候条件的良好适应性,分布范围远超若尔盖一县。这个品种的藏绵羊:肉,细嫩味美,蛋白质含量高;皮,柔软细腻,结实耐磨;毛,长且绒多,保暖性强。

说话间,数量有五六百只的一群羊,从丘顶上下来,去往湖边饮水。几只不渴的羊，站在两三米开外，望着我们这几个盘坐在地，吃羊的人。它们静静地站在那里，圆而鼓突的眼睛里映着云影天光。这几只羊一动不动站在那里，好像是专为我们谈羊来充当活体标本的志愿者。

那就进一步描述一下它们吧。

这种羊，前胸开阔，背腰平直；额部宽；四肢粗壮，筋腱发达；尾瘦短。躯毛白色，或有黑褐花斑。每年剪毛一次，平均产毛量，公羊1.4公斤，母羊0.9公斤。

若尔盖草原水草丰茂，是优良的天然牧场，羊只年出栏量近30万只。

饱餐的不仅是羊肉，还有关于羊的知识。

饱了，斜躺在草地上，闭上眼睛休息，间或也眯眼看天，看湖。天是金属蓝，湖是水晶蓝。几只在附近做了窝的云雀，靠我们越来越近，啄食草地上面饼的残渣。小而亮的眼睛里，也映射着云影湖光。那几只充当标本志愿者的羊离开了，下去湖边，饮了水，混入那一大群羊中，又如一团白云漫上了另一座浑圆丘岗。

我问了一个问题，这样的羊群是不是数量太多了。

因为草畜平衡，从来就是草原生态与牧业生产之间须得认真对待的大问题。

主人回答了我的疑问。

说这不是一家一户的羊，是合作社的羊。

合作社名字有些长：草原生态管护治理藏系绵羊养殖牧民专业合作社。

这是一种新型的村集体经济。出发点是依靠当地资源禀赋，围绕以草定畜、草畜平衡制度，发展藏绵羊养殖，壮大村集体经济。具体方法是通过政府补助、村民自建的方式，推广新型集约化、规模化、标准化畜牧养殖产业。他们告诉我，很多时候，这些羊圈在羊舍里饲养，如此漫山遍野的敞放，要以不影响草场质量、不影响牧草生长为考量。

这样的新型生产组织形式，不但保护了草原生态，绵羊出栏量也逐年增加。养羊如此，养牛也是如此。草原上，合作社正在遍地开花。相比单家独户的原始状态的生产，合作社规模越来越大，效益越来越好，牧民收入也不断增加。

4. 黄河第一湾

回去的时候，走了一条另外的路。

本来，我是想再回县城的。

想再去县城边那个佛寺去坐一坐。

这个寺叫达扎寺。寺的历史，要早过县城。这个寺建于藏族历法的第十一绕迥水兔年，即康熙二年，公元1663年。那时是若尔盖草原上若干个游牧部落的中心。

县城却是在中华人民共和国成立后才出现的。

30多年前,我初到若尔盖,县城小,寺院还在城外,如今寺院几乎已经在城里了。

那时,该寺大概是第七世活佛,还很年轻。他组织僧人排演传统藏戏。

两年前,我应邀到访他的寺院,因为他在寺院中开辟了一个图书馆,向僧俗两界开放。传播教义的书籍之外,还陈列了文学、史地和科普书籍。

上回去,我和活佛就在图书馆中饮茶交谈。我们谈到了《金刚经》。佛祖早就提倡传播正觉正知正见。鸠摩罗什翻译《金刚经》时没有把这个意思翻译成汉语,而是梵语对音,阿耨多罗三藐三菩提。释迦牟尼在经中说,最大的功德,就是学习,"受、持、读、诵……为他人说"。我对活佛说,正觉正知正见有恒定的,也有变化的,他办这个图书馆,也是一种"为他人说",功德无量。

这回,本想再去坐坐,再去向活佛讨碗茶喝。但路线改变,只好留待下一回了。

我们往已经是著名旅游目的地的黄河第一湾去。

这第一湾在川、甘两省交界处。

四川在河的这边,甘肃在河的那边。四川这边,有镇子,有寺院,有浅山。甘肃那边,水草地一马平川,看不到人烟。

大河转湾处的镇子叫唐克,过去,是军马场,养殖河曲马。

河曲马亦称乔科马,就产于这黄河上游的第一河曲处,故名。与内蒙古三河马、新疆伊犁马并称为中国三大名马。现在,军队摩托化、装甲化,战马退出序列,军马场已裁撤多年了。

现在的唐克是一个建制镇,传统的牛羊养殖之外,老百姓多转向旅游业了。

上午去到的黑河入河处,在第一湾西边,黄河已经掉过头几十公里了。

现在,我们正往东去,去黄河转弯处的唐克镇。

路上,遇到了大面积裸露的沙地。正在治理的沙地。

这些沙地的形成,有自然原因,河与湖,季节性水位下降时,河床与湖床裸露,那时风也转向,温暖湿润的东南风被干冷的西北风代替,把裸露的沙吹向两岸,不但平坦的地方,就连附近高丘也被沙覆盖。更有人为原因,20世纪六七十年代,对沼泽湿地在生态方面的作用没有认识,反而认为水淹着大片沼泽,人畜不能进入,草自生自灭,是一种巨大的资源浪费。以为使水位下降,便能得到大面积的草场,同时还可以开采泥炭,作燃料和肥料。于是动用大量人力物力，把湖口扒开，在沼泽湿地内挖深沟排水，然后，驱赶牛羊进入。我在档案馆中的旧报纸上见过一个数据，作为农业学大寨，战天斗地的辉煌成果，说若尔盖全县人民，经过艰苦奋斗，排水开沟总长300公里，把多余的水排入黄河，向沼泽要耕地，要牧场100万亩，成绩巨大。

其实，却因为对大自然缺乏认识与尊重，造成严重的生态恶果。大的湖泊水面缩小，小的湖泊消失干涸，沼泽水位下降，湿地大面积萎缩，土壤板结硬化，地表水严重流失，水分的总蒸发量大于降水量。造成部分草原严重退化和沙漠化。

交了昂贵的学费，付出了惨痛的代价，今天又投入更大的人力与物力，来逆转这个过程。

在一个沙化严重的河谷中，我们停下来，看到老百姓正在维护固沙的草和柳条扎成的固沙方格。方格中栽有灌木，灌木还很孱弱矮小。劳作中的老百姓说，当年毁掉一片草原只用几年时间，而沙地恢复成草原以前的模样，可能要好几十年，甚至上百年时间。一个年纪与我相仿的人感慨："（20世纪）60年代我读书的时候，学校老师教的是如何改造沼泽，现在我的孙儿学的是怎么保护环境。我觉得孙儿的老师说的是对的，自己的家需要自己来保护。"

阻止生态恶化过程，首当其冲，是以工程手段，把挖开的沟阻断，把掘开的湖口重新堵上。然后，再探寻治沙方法。

在这场漫长艰难的治沙过程中，政府主导，社会力量参与，干部、科学工作者和老百姓同心协力，不断探索、实验、研究防沙治沙，恢复生态的方法，总结出多种行之有效的治沙模式。

在现场带领治沙的乡干部，和我加了微信，把总结成文的治沙方法发到我手机上，抄几种在这里：

——针对流动沙地，采取"高山柳沙障＋补施有机肥＋灌草复合种植＋围栏封禁＋连续管护"模式，流沙被明显固定，逐渐转化为半固定沙地，植被盖度有所增加，风沙流动减小。

——针对半固定沙地，采取"围栏封禁＋牛羊粪固沙＋灌草复合种植＋综合管护"模式，维持和增加土壤肥力，保持林草生态系统养分平衡，促进林草旺盛生长，逐渐转化为固定沙地，植被盖度增加，且分布较均匀。

——针对固定沙地情况，采取"围栏封禁＋灌草复合补植＋综合管护"模式，通过封禁管护保障草地逐步自身修复，适当辅以补植措施提高林草植被盖度，逐步恢复为自然草地，防止其向半固定沙地或流动沙地转化，治理后植被盖度提高，地表逐渐稳定，起到了固沙、保水的作用。

——针对露沙地情况，采取"围栏封禁＋草种补播＋综合管护"模式，在一定期限内禁止牲畜活动，适当补撒草种，使其通过休牧、禁牧恢复草地生态功能。

——针对高寒气候情况，采取"草帘沙障＋围栏封禁＋草种补播＋综合管护"模式，将草帘覆盖流动沙地上，保温保水，下方施肥、撒草种，改善草种生长微环境。

——针对扶贫效益低下情况，采取"治沙＋种草＋扶贫＋发电"模式，引入企业建设光伏电站。电站的生态效果，在共和盆地我已经见识过了。确实实现了扶贫、治沙、绿色能源的融合发展。

——针对草质退化、牲畜超载情况，采取"奖补＋禁牧＋轮牧＋改良"技术模式，2011年以来，全县实施禁牧3206万亩，草畜平衡3628.1万亩；建设标准化草场1.6万亩、省级国定监测点4个。全县累计减畜89.05万个羊单位，超载率降低到19.08%。全县草原理论载畜量提高到159.42万个羊单位，植被进一步恢复，生态环境明显改善。

目前，一个更宏大的规划正在调研论证，那就是建设黄河上游最大的水资源涵养地，生态价值最大化的若尔盖国家公园。一支科技工作者队伍，正在四川境内的黑河、白河、贾曲流域，进行广泛细致的地理、气象、水文和生物资源的摸底调查。

走上一座高山柳沙障覆盖的沙丘，看那些方格中正在恢复的植被。一个个补丁一样的方格中，耐旱的铁线莲、绣线菊之类的灌木在生长。灌丛下面，固化的沙土表面形成了生物结皮。

生物结皮是一个科学术语，又称生物土壤结皮或土壤微生物结皮，是由微细菌、真菌、藻类、地衣、苔藓等隐花植物及其菌丝、分泌物等与土壤沙砾黏结形成的复合物，是干旱半干旱区重要的地表覆盖类型。生物结皮的存在对沙漠的固定、土壤表面的物理化学生物学特性、土壤抗风蚀水蚀等方面具有重要意义。

生物结皮也是沙漠植被演替的先锋，对促进沙漠植被演化具有重要作用。

我在沙丘上看到了这种可喜的植被演替。看到苔藓结皮间，长出了草。蔓生的角茴香，匍匐茎上开出了许多小花。很快，它们就要结出众多的种子，在风中播撒。我还看到了土壤长出生物结皮后，其间有针茅属和风毛菊属的草本在生长。人工治理在先，现在这些沙丘已经到了可以用草和灌丛的生长，自我修复的阶段。不过，恢复到别处那样的丰茂草地，还需要很长时间。

河谷那一边，西北风不往那里吹送沙尘的那个方向上，草原依然生机盎然，靠近山丘，是一群羊，靠近沼泽，是长腿的水鸟在闲步，在伸颈鸣叫。

那天晚上，宿在第一湾的一家民宿。

楼上房间是全玻璃屋顶，望得见天上银河旋转。

和主人聊天，他们以前是军马场的牧工，现在，经营民

黄河边，生态开始恢复的沙化丘陵

恢复中的沙地上，强健的先锋植物：青海刺参

宿之外，还经营着一个马场，养河曲马。如今，军队不需要马了，牧民出行放牧，多以小汽车和摩托代步，也不大需要马了。但当地人还是保持着对马的热爱。每年，还会举行赛马会，还在力图保持一种与马相关的古老文化。所以，他的马还有小小市场。

起个大早，上到面向黄河第一湾的那道山梁上。

草很密，不断碰落的露水很快就打湿了鞋，打湿了裤腿。但这阻挡不了我的脚步。

突然，一只野鸡尖叫着从脚下飞起。

我吓着了它，它也吓着了我。

野鸡飞得太快，很快就飞过了上方山梁，只能从那灰白的颜色和叫声，猜是一只藏雪鸡吧。看到草棵下的窝里三枚绿皮的蛋，我加快脚步走开，希望这只野鸡在窝中热度散尽前赶紧回来。我走出去有一百多米了吧，就看见那只野鸡又飞回来了。

又遇到一只在洞口张望的旱獭。我们互不相扰，错身而过。

只有看见开花的草，我不用回避，可以停下脚步观察一番。

一丛瞿麦，一株木香，一片黄芩，一片珠芽蓼。还有翠雀，还有扁蓄，还有棱子芹。酸模叶上，蜗牛爬过，黏稠的体液留下条条痕迹。蜘蛛在高草间结了网,清冷的早晨,蚊虫还没有出动,网上张挂着的只有晶亮露水。

我到山梁上了。

30多年前,我也曾在此远眺,留下过诗句:

我的双脚沾满了露水,我的情思去到了天上。

东方天空,太阳即将升起,朝霞一派耀眼金红。

西望,一抹隐约的黛青色山脉,应该是阿尼玛卿,雄浑山势没入了浩茫草原。黄河银光闪闪,大转弯,向东,再向北,再转向西。在四川省阿坝与若尔盖,和甘肃省的玛曲与碌曲,四县间的大草原上画出一个优美的弧形。就在我所站立的这座叫索克藏的山脚下,向北而来的黄河接纳了东来的支流——白河,就真正转过身掉头向西回青海省去了。

白河入黄河处,河道稍许端直,一边是陡直的黑土岸,一边是平缓的长满柳树林的滩,它从东向西而来,在这里与黄河相遇。两水相会处,宽广的黄河正在转弯,从东南向西北,白河水一路过来,顺势一推,似乎就打消了黄河另觅去路的念头,就和白河水一路向西去了。黄河还要回去,去接纳湟水和其他水,去造就河湟之间的那一部分青海。

在这个大转弯上,黄河流经若尔盖148.7公里,在这段行程中,先后与白河和黑河相遇交融。就在这一段行程中,若尔盖湿地，白河和黑河，每年为黄河补水量达44亿立方米，占黄河兰州断面平均径流量的14.3%，占黄河多年平均径流量的7.58%，是名副其实的黄河蓄水池，是黄河上游重要的水源涵养地和补给区。

那一天，是2022年7月的某一天。

2023年，也是在这里，应四川电视台邀请，面对黄河第一湾，我和作家徐则臣做了一场直播。因为这一两年，我和他都在为书写三江源而以青海省为中心，四处行走。

我们在那里，谈的就是眼前的黄河草原，和黄河上游。谈在水网密布的雄荒大野中行走的感受。谈这些年来中国文学的新意识与新实践：生态写作。

那当然很热闹了。游客、唐克镇上的居民、四周牧场上的牧民，都聚拢来了。

最戏剧性的场面是一个意外。一匹马脱离了主人的控制，自己走到我俩身旁，像一个嘉宾，从容站在直播镜头前。正好让我给线上的观众介绍若尔盖草原上最有价值的珍宝——河曲马。

据说，这个马种出现，是吐谷浑人的功劳。是他们在1000多年前，公元4世纪时，引进波斯马与当地马种交配，从而得到这种从隋唐、到宋元、到明清，从中华民国到中华人民共和国起到过巨大作用的名马。

这种马，在漫长的时光里，曾经造成过无数场战争的恢宏场面，当然也决定了战争的成与败。这些马，也曾经在漫漫长路上，接应过各族间往来的使团，护送过络绎的商队。

现在，这匹无所事事的马，误打误撞，来到了直播席上。它骨架停匀，肌腱有力，一双大眼望向它所不明白的一切：摄像机、话筒、电线、转播车、低温中穿得很少的女主持，还有喋喋不休的我。摄像机镜头也对准了它，它是一个载体，承载的不是当下，而是充满历史的情绪与记忆。

而在2022年7月初的那个早上，我向西极目，越过黄河，眺望阿尼玛卿隐约的山影。

我应该到那里的雪峰下去。

2005年，我到过阿尼玛卿，在它周遭的久治县、达日县和玛沁县。那是为了写追溯也反思藏文化源头的长篇小说《格萨尔王传》。十多天前，去黄河源，从这个地方出发，走的还是那条路线，还是那些地方。依然是追溯，却是为一个更具体的目标——黄河源。

读者已经知道，我上去了，但没有到，在黄河源。

那么，现在我应该从这里重新出发，直上黄河源头吗？

5. 嘎曲——白河

要去的。

必须要去。

但车上物资已经告罄，手机钱包里钱也快花光了。该回成都去做些补充，读些资料，再度出发。

回成都，行程500多公里。从唐克镇出发，沿国道213线，顺便就追溯了东来的白河。

过日干乔大湿地。几年前深秋，趁沼泽开始上冻，我深入进去过十来公里。遇到起雾，怕迷路，退出。

过瓦曲镇，镇的名字，就是旁边那条柳林掩映的河的名字。

然后是红原县城。

县城，以前的藏语名叫琼溪。藏语是大鹏鸟的意思。红原这个名字是周总理起的，意思是红军长征经过的大草原。当年，这里是能吞噬人马的沼泽湿地，曾造成红军惨烈的牺牲。

出县城几公里，就是迁曲白河造成的广阔沼泽。

河流百折千回，其间，好些大小不一的牛轭湖。早先是河道，后来，河水开辟出另外的通道，它们就被河遗忘在那里，与河道隔离开，成为一个又一个明亮饱满的湖，当地人把这牛轭状看成一弯月亮，所以这片沼泽叫月亮湾。好多个

红原县城前，蜿蜒的白河，藏语名嘎曲

弯月的月亮湾。月亮湾,水面与水面之间,绿草如毯如毡。

这里早就是可以从山嘴上远眺,而不能进入的有名景观。

平常,西北的游客从甘肃省下来,四川,或更广阔地方的游客从东南方上来,这里游人如织,拍照打卡。如今,甘肃省全境封控,只有从东南方、从四川盆地上来的游客依旧熙熙攘攘。

又一个镇,安曲。镇的得名还是因为旁边同名的河。

接着,新通航不久的红原机场。

一路上,都有红原奶粉厂搭建的帐篷。那是奶站。收购牧民当天生产的鲜牦牛奶,一辆辆小皮卡,把一只只鼓腹的奶桶运往工厂。

许多牧民家庭,放牧牛羊,收获鲜奶之外,在自己家的牧场,再搭出几顶帐篷,接待想要体验牧民生活的游客。喝奶,吃肉,露营,骑马。这些地方,有较好的条件从事旅游业。一来,距离大城市近,成都、重庆和兰州,都在一天的行程之内,还和一些著名的旅游目的地相接相连,比如九寨沟,也就在200来公里外。再者,3000多米的高度,在黄河上游,其实是低海拔了。

又几十公里,地势升高到4000多米。一道山梁,四川汉语与安多藏语合璧命名:查真梁子。查真是安多藏语,柳树的意思。梁子,四川话,就是指山梁。

山两边谷中都是平缓湿地，小溪随处露头，随处蜿蜒，喜水的柳树和小叶杜鹃，和绣线菊，构成林荫，众多小溪，就滋生其间。山口建有游客服务设施，宽大的停车场，瞭望台，从山口左上，还有一条平缓步道，通向几百米外的青草覆盖的浑圆山头，从那里可以望得更远。

查真梁子南北向横卧，是分水岭。脊线两边，往西流的，是白河，属黄河水系。往东流去的是梭磨河，大渡河上游支流之一，属长江水系。但这山的两边，两条河的两岸，景观看上去一模一样，平缓起伏的山势，宽平延展的谷地，一样的植物群落，一样的牛羊，天空中，高处盘旋着鹰，近处快速掠过几只游隼。

一条河流，不同的段落有不同的名字。梭磨河的上游，就在眼下，藏语叫壤曲。形容其源头处宽阔山间草场形如一只铜锅。这是我的家乡河。再往下，海拔再降低，是藏族人中的一支，农耕为主的嘉绒。我就属于这个部族。我出生的村子就在下游40多公里的山间，这条河开始叫梭磨河的地方。那是一个农耕的村庄，是与牧业区交界的地方。

那时，我们跟骑马而行的牧人的相遇，就用各自的语言彼此问候。

朋友，辛苦了！

请问，是要去哪里呀？

如今，我在长途奔忙，是要去黄河源，而黄河源还未

查真梁子,黄河水系的白河与长江水系的梭磨河的分水岭上,一丛盛开的金露梅

到,却又几乎走遍了黄河上游,不同的地理,不同的民族,不同的风习。如今,我要回家一趟,吃老屋里的饭,走老屋旁的路,看老屋旁的庄稼,然后,我还要再次出发。

回到老家村子,村委会四周,搭起许多板房。还有许多施工机械,许多身穿工装的人,他们正在修筑一条高速公路。这条路,从成都起,通往青海。这一段叫马久高速。从四川阿坝州府马尔康市到青海久治县。青海段已经通车,这一面是山地,施工难度大,通车还有待时日。

白河,从山地的老家去草原,没数过有多少次经过。

只是一个个经停过的地方,都那么熟悉:刷经寺、壤口、龙日坝、安曲、邛溪。

小时候,现代商贸还不发达。草原牧区和山地农区之间,还以物易物。

深秋或冬季,草原上的牧人亲戚们就要到农耕的村里来了。

马背上驮着羊毛、酥油、干酪和牦牛肉,住进结了好多年对子、早已成为亲戚的人家。不像是来做生意,而是消消停停,一起喝茶饮酒,说这一年来各自的经历。用各自的语言,草地话(安多语)和农区话(嘉绒语),说彼此过去的一年。草地来人说,这一年草好不好,牛产奶多不多,羊秋天上膘好不好,说以前来过,这回没有来那个人,已经往生。农区的人说,小麦扬花时有没有冰雹,青稞灌浆时有没有霜冻,哪家人又添了个孩子,哪家人的儿子参军去了。过两天,这些人又走了。马背上的驮子换成了青稞、麦面、一饼饼的酸菜干和一袋袋土豆。

这种几百上千年的来往已经断绝好多好多年了。有一回,在草原上遇到一户人家,在他们家帐篷里,我说到我老家。帐篷角落里那个沉默的老人眼睛亮起来,问我是村里哪一家。我说了。他眼睛亮起来,抓住我的手,问,你父亲母亲还健在吧?喇嘛舅舅还健在吧?我说,父亲母亲都在,喇嘛舅舅往生了。老人对我,也对他的儿子儿媳说,以前,我们是亲戚呀!

以后再过那里,却记不得哪一顶帐篷是亲戚家了。和农区不一样,牧人的帐篷并不总在一个固定的地方。

这是生活与人情所系的白河。

我却从未从地理水文的意义上,想过这条河。

这回却要细究一番了。

县志上写得明白。

白河,黄河上游支流,发源于红原县查真梁子北坡,自东南而西北,经龙日坝、安曲、邛溪、龙壤、阿木柯河、瓦切出境到若尔盖。在红原县境内长200公里。流域面积4643平方公里。

从源头至龙日坝,河长38公里,流经丘陵山区,落差大,谷底宽0.5~1.5公里。

龙日坝至瓦切，河长155公里，流经浅山丘陵区，河道弯曲，谷底宽2~3公里，两岸多滩地，部分地段沼泽化，区间有五条较大支流汇入。

瓦切至黄河口，河道长77公里，流经高海拔平原区，河道蜿蜒曲折平缓，谷底宽增至3~5公里。这最宽阔平缓的一段，大部分已经是若尔盖县境了。

这一段河流沼泽遍布，湖泊众多。安多藏语，把沼泽湿地称为乔。大的沼泽地如后：喀哈尔乔、乔雷乔、乔迪公玛、黑青乔和日十乔。湖泊有哈丘湖、措拉坚湖、莫乌错尔格湖。

白河与黑河，以充沛稳定的水量，充盈了黄河。那些沼泽地，冬天封冻，把水存蓄起来。春夏时节，下游需要更多水的时候，又将其释放出来。

在若尔盖，我跟县上人说过，等这一回行程结束，我要专门走一走黑河与白河。每一段都走过的那种，一直走到水穷那种。说起来容易，见景生情，一激动，话就脱口而出，至少到今天，写这些文字时，都还没有上路。

黑河与白河，会去的，当然会去的。

第七回 果洛，或阿尼玛卿山

若尔盖黄河第一湾，东流的黄河，在此掉头西去，再回青海。2022年7月10日，黄河源行由此起始

1. 智青松多

前面说过了,这次走黄河上游,出发地就是若尔盖。

不过是开篇先写了后到达的玛多县的黄河。当时的想法,从源头往下写,学黄河一泻而下,可是黄河源头不在玛多县。

只好回过头来,补写前一段行程。

从唐克镇出发那天早上,下雨,走到黄河边看看,也望不远,算是一个无声仪式,就出发上路了。南行,顺黄河一条从西南方北来的支流贾曲,去阿坝县,也在四川。经那里去青海省久治县。之所以如此安排行程,是因为想把巴颜喀拉山东段作为起点。

山北,是黄河。山南,是长江。我们走山北。但公路却不时穿越到山的那一边。从黄河水系穿越到长江水系。

阿坝县城,就在巴颜喀拉山南,长江支流柯河岸上。

四周是一个宽阔盆地,宜于农耕,正在抽穗的青稞连绵成片。当地势升高,阡陌纵横的青稞地,变成无边的牧场时,就接近川青两省,也是阿坝县和久治县的边界了。

入久治县了。

巴颜喀拉山错落的群峰在南,我们朝北走。天继续阴着,雨却停了。

久治县,清代还是部落制社会,是两个朝廷册封的土千户下属的游牧之地。两个千户分别是中郭罗克千户和查洛赛千户。

巴颜喀拉山自西北向东南绵延,横贯久治县全境构成其基本的地形骨架。

地势高,海拔在3568~5369米之间。典型的高原大陆性气候:全年无四季之分,只有冷、暖两季。低于0℃的寒冷期长达184天,低于零下10℃的严寒期达到131天。年日照2084.5~2509.5小时,在整个青海省属最少。但降水充沛,年均降水日171天,又居青海省之冠。降水多,是因为巴颜喀拉山对水汽的拦阻。

全县总面积8757.25平方公里,人口将近3万。

县城智青松多镇,在沙曲边上。

又遇到松多这个藏语词了,复习一下,是两河汇聚,又形成一条更壮大河流的河口。智青,藏语,意为三河展开又蜿蜒像马绊一样。马绊,把马腿拘束住的绳套,让它或它们能移动吃草,又不能甩开腿走远。这样的地形,汉语来命名时,就叫作两河口。在高原上,我到过许多藏语中的松多,到过许多汉语中的两河口。

镇子算不得大，县委县政府，以及不同职能的行政机构。学校、医院、住宅区、商业网点。晚上下了雨，空气清冽，周围的浅山铺了雪，太阳一出来，就迅速融化。融雪使沙曲水有些浑浊了。如果顺河而下，很快就能到达黄河干流。

但我想先到巴颜喀拉山上去。

十多年前去过。为寻找格萨尔史诗的种种演说，到过山前寺院，没有深入。那时，以最高峰年保玉则为中心，说是要打造一个国家地质公园。这一回，却被告知，这个国家公园建成了，又因为保护与开发间平衡把握不好，无限期关闭了。

我去过西段的巴颜喀拉不止一次。但东段却一次也没有进入过。

地质学家说，在地质构造上，巴颜喀拉与可可西里山为同一褶皱系，广泛出露三叠系地层，都在印支运动时开始隆起。

太专业了，需要说得通俗一些。

印支运动，是三叠纪到早侏罗世时发生的地壳运动。

三叠纪的时间是2.5亿年前到2亿年前。早侏罗世，时间跨度是2亿年前到1.45亿年前。那确实是很遥远很遥远了。作为一个只有几十年生命的人，确实很难确切地体会如此漫长的时间。

只有亲临其地,猎猎长风中,山高天低,这种感觉会变得切实一些。

巴颜喀拉山西段一些地方,去过不止一回。

那里的山,容颜苍老。破碎的岩石层层叠叠。大块的石头,靠着重力,从山体上崩落时,总一直滚到山脚处。那是一个坡度平缓的,能长出许多垫状草本植物的狭长地带。

稍上一点儿,就是流石滩了。坡上的岩石,像是经过了分级筛选,依大小不同,从下向上分布。每一块都棱角锋利。

到这些石头只是粗砂的时候,就到裸露的山脊前了。岩石的表面都变得酥脆,稍稍一碰,就碎裂开来,往下掉落。

岩层却很清晰,层层叠叠所显示的正是漫长时间,而各种姿态的扭曲,显示了造山运动的激烈与复杂。这些岩石,长时间裸露在这里,因为冰冻与风化,完整地开裂,坚硬地酥脆。有些表面甚至显出有机物腐烂般的溃面,手摸上去,立即溃散成沙。地质学上,把这个过程称为平夷作用。侵蚀、剥蚀、风蚀、溶蚀和堆积等外力作用,使地表逐渐平坦。

青藏高原,抬升的同时,平夷作用同样强烈。

巴颜喀拉山西段,大概是抬升早,平夷作用发生得也早,地貌显得古老衰颓。

巴颜喀拉山东段,和同一条山脉的西段相比,山显得年

巴颜喀拉山东段，与西段的苍老决然不同，依然在板块挤压下成长

轻，群峰雄奇峭拔，不是在老去，似乎还在成长。

为此，我在智青松多镇犯了难。如果要去巴颜喀拉山中，去年保玉则，就得走些回头路，回到阿坝县，从南面进山。

2. 年保玉则，或年保叶则

终于下定决心，掉头回去，过阿坝县城不入，来导游的朋友在城边等，问，先吃饭？

不吃饭，直接上山。

朋友有点儿地方主义，说，费那么大劲跑去青海，我们这里不是更好些吗？

我说，看过了还要去青海，还要去阿尼玛卿山。你总没有阿尼玛卿嘛。

说，那就在车上吃点儿。

这时，车还在种满青稞的谷地中行进，弯道少，路面也平展。

饭拿出来，一个纸杯，城里常见的奶茶或咖啡纸杯，撕开封口纸，里面是糌粑粉，拌有干酪颗粒，还有奶粉。冲上热茶，捂一阵，插进吸管，未入口，已有香气扑鼻。过去，要吃这种藏式食品，必须自己把这几样拌匀调好，有了这设计，方便不少。我问，什么时候有的？

两三年了。车间生产，包装。批发，加电商。

以前怎么没听说？

说，县里搞青稞深加工，配方，包装问题解决了，还推广得不好。又拿出一个方形盒子，打开，里面的塑料方格中，四只松脆紫黑的酥饼。也是黑青稞面，用机器烘制的。和那一杯早餐茶饮配套。吃了两个饼。酥而脆，有浓郁青稞香。吃完，我要了电商的网址，以后在城里，也能吃到家乡味的早餐了。

一路都有指示牌，年保叶则景区。

同一座山的藏语名字，汉字对音的写法与青海有一字之差。年保玉则，或年保叶则，也是久治和阿坝的界山。

进山了，群峰错落。沿着一条小河往山深处去。转上一道山梁，又转向一道深沟。植物群落随高度变化。高大的常绿乔木，先是杉，后是柏。杜鹃林，先是树高叶大的树，后来，杜鹃也变得低矮了，蔓延在草坡上的是叶小枝密且密生的灌丛。路随水走，这条水叫克曲，向东南流，去入长江。我们往西北方向溯河而上。河水分支众多，过一条分支，水量就减少一点儿。水小到几乎要没有的时候，目的地到了。

谷地突然开敞。

十分典型的U型谷。面前一个青黛色的湖。几十个游

年保玉则北坡的黄河谷地,前景是一丛盛花期的雪绒花,学名绒草

客在湖边行走。当然少不了最热衷留影的中年妇女。牵开裙摆照，披上纱巾照，换了藏装照。更多的人，望着周围的奇异景色，有些人表情惊喜，更多人是肃然凝望。小红书上的旅游攻略中，相当多的游客把这看成奇幻电影中的景象，说满满是《指环王》中风景的即视感。

是的，明亮的、却有点冷感的湖。从湖面望过去，视线尽头，利如宝剑的石头山峰，整齐排列，又参差错落。那深灰色，被太阳照耀，有金属质感，又像是一排身着铠甲的武士，站立在天地之间。

那是进山所遇的第一个湖，我没有去湖边。

我去往湖水与山脚之间的湿地。草很深厚，每一脚下去，都要小心，不然会把鞋陷落在泥沼里面。在沼地中行走，有一个小诀窍，每一落脚，都要踩在一个突出的草墩之上。

沼地里许多开花植物。

星状雪兔子，贴着潮湿的地面，辐射状的红色叶片，也似花瓣。真的就是一颗颗红色的星星，镶嵌绿草中间。

条叶垂头菊挺起一枝枝花葶，把花朵高举。那些花朵不肯过于招摇，都有些羞涩地低垂着头，把脸朝向地面，并用四周飘拂的长舌状黄色花瓣遮掩。

还有龙胆科的扁蕾，它们花色深蓝，把四个花瓣围成开口朝向天空。

还有叶片宽阔，大如荷叶，花序硕大的橐吾。

继续穿过宽谷往山上去。经过一个湖，又经过一个湖。湖盆都是由当年下冲的冰川所造就。当年冰川下行，像威力巨大的推土机，轻易就掘出一片洼地，又在洼地前，用挖出的石砾垒成堤坝，地质学上叫冰碛垄。冰川流走了，消失了，把一个个湖留下。冬天冰冻，夏天荡漾。湖与湖，由清澈冷冽的溪水串联。

我身旁多了一个人。

朋友介绍说，县里环保上的，跟老师走，得有一个懂科学的人。

我说，对嘛，光给青稞饼和奶茶吃是不行嘛。

我们开始谈巴颜喀拉山的造成，或者说，是它的形成史了。

前面说过，两亿多年前的印支造山运动，那只是此山遥远的起始。三叠纪时，这片从古海中露出的陆地，还漂泊在纬度更低的南方，在热带和亚热带。地质学家们用岩层中发掘的生物化石证明，那时，这片陆地还没有这么高，这么偏北。那时还是恐龙的世界。真正造成这种地形巨变的，是发生在数千万年前。一块南方大陆，向北漂移6000公里之远，与欧亚大陆发生碰撞。就是今天上面有印度、孟加拉和巴基斯坦几个国家的那一个板块，斜插到了欧亚板块的下方，强烈的挤压，使整个青藏高原抬升，包括巴颜喀拉山脉在内，青藏高原上一系列山系，就是两个大陆碰撞挤压出的道道皱褶。这个过程，基本结束的时间已经很近了。地质学上称为第四纪。第四纪的开始，一般定为258万年前。

第四纪有两个重要事件发生。

——全球气候出现冰期和间冰期交替的模式。

——这时，生物界的面貌已很接近现代。哺乳动物的进化在此阶段最为明显，人类的出现与进化则更是第四纪最重要的事件。

第四纪冰期时，地球大部分表面被冰川所覆盖，高海拔地区更是冰层累积，厚度达到好几公里。年保叶则地方也是如此。我从《中国国家地理》杂志上看到过一篇文章，写冰期时，年保叶则区域冰川的形成，非常形象："冰川围绕年保玉则峰，像八爪鱼一样向山体的四周蔓延，形成许多树枝状的山谷冰川。"

大约两万年前，冰冻的地球开始回暖，冰川逐渐消融后退，最终退缩到山顶四周，只剩下七八平方公里的面积了。

冰川虽然消失了，但当年它以庞大的体积，巨大的重力，在缓慢运动中所塑造的地貌，却留了下来。

U型谷，是冰川向下运动所造就的。高山和高纬度地区，气候寒冷，地表被冰雪覆盖。这些冰雪经过挤压和重新结晶，在重力作用下缓慢运动，形成冰川。当冰川占据过去的河床或山谷后，对底部和两侧山壁不断磨蚀，同时两边山坡岩石经寒冻风化作用不断破碎，崩落后退，使得原来的狭窄谷地被冰川改造成底部宽阔的谷地。

谷中这些湖泊就是当年的冰川所造就。

湖有两种成因。

冰川消融时，冰化水流走，其裹挟的泥沙与碎石则沉积下来，堵塞河道或拦截降水，形成湖盆，积水成湖，这叫冰碛湖。

冰川运动过程中刨蚀或掘蚀产生的凹地积水成湖，叫冰蚀湖。

一般说来，冰蚀湖盆为坚硬的基岩，盆壁和盆底的岩石上往往有冰川磨光面和擦痕、刻槽，湖盆平面形态呈长条状，湖岸平缓。

已经过了两个湖。都只在湖口处看看。显而易见，湖口都有沉积物堆积体拦阻水流，冰碛作用明显可见。

第三个湖叫扎尕措。前两个湖在 U 型谷的中心。这个湖藏在左边分岔的山谷末端。从谷中大路望不到它。左拐，上一个台地，顺一条溪流继续往左，先望见对面的山，几乎垂直的，同时又是光滑的岩石迎面逼来，像是一堵城堡的高墙。岩壁上有多股悬垂而下的水，被浸湿的岩石显现铁青色。悬崖顶上，是尖削的山峰，耸立在蓝空下面。资料上描述这里的地形特征，是"峰尖坡陡，棱角分明"。山体伸出两条刚硬的岩石裸臂，环抱出一个半圆。再往前走，就看见，一汪平静的湖水一面开敞向宽阔的谷地，其余三面，都被陡峭的岩壁环绕。当导游的朋友介绍说，这个湖面积约3平方公里，海拔4200米。当年，山上的冰川一泻而下，直插山脚，用强大的重力掘出了这湖盆。同时，也把翻掘出来的泥沙与碎石堆积在湖口，不但在湖水出口，堆积起冰碛垄，还在湖口左右两边，堆积出长长的侧碛垄。正面的冰碛垄因为流水上万年的不息冲刷，已经降低很多，泥沙早就消失殆尽，错落在透明水体下的，是一块块巨大的花岗岩石。侧碛垄被留在了高处，如今已经与湖面有了两三米的高差。

湖岸上，经过冰川和水流打磨的花岗石错落重叠。

谷中草甸上还四处卧着一些孤独的花岗岩石，大如房屋，小如牛犊。其边缘棱角，显然经过了一些打磨。这样的石头，叫冰漂砾。当年，沉重的冰川压迫使山体崩裂。这些石头从山体上剥落，被冰川裹挟，并随之缓缓漂移，当气候变暖、冰川消融流逝，这些石头就被遗落荒原，在蔓草中静卧无言，显得地老天荒。

有风起时，冰碛石间荒草嗦嗦瑟瑟，仿佛久远的时间发出声音，却听不懂草想告诉我什么。想和自然对话，是人类一种强烈愿望。可是，一直以来，我们并没有真正听清过，大自然想要诉说什么。

望湖，水面有些涟漪，那是有风拂过，有水禽浮过。

望山，山只是壁立在那里，高处，因冰蚀，因风化而参差错落的一排武士般的山峰岿然不动，肃立无言。

这般山势也是古代冰川所塑造，尖削，锋利，叫角峰，叫刃脊。"刺破青天锷未残。"

也许《中国国家地理》杂志上关于年保叶则的文章描述更专业贴切："峭拔嶙峋的花岗岩地貌，显然受到一组密集的垂直节理的影响，是岩石沿这种垂直节理风化剥蚀的结果。""它一方面说明年保叶则目前仍处于快速抬升的状态，另一方面也证明高寒冰融在景观形成中的关键作用。"

抬升作用向上，冰融作用却是向下。两种力量相互作用，造成了这种奇伟的景观。也是最生动、最直观的地理课堂。巴颜喀拉山脉东端，一切都坚挺峻峭，一切都显得年轻，生气勃勃。

我问能不能上去，上到看上去尖削陡峻的脊线上去。

回答是，当然可以。不过先去休息一下，吃些东西，补充点能量。

沿栈道爬到半山腰上，U型谷在下面了，绿玉般凝止的湖也在下面了。

山坡上，花岗岩表面覆盖一层薄薄的黑土。黑土中的草的生长，不是努力向上，而是花更大的力气向下深扎，盘根错节，紧紧抓住那些土和下面的石头。钉柱委陵菜和高山龙胆正在开花。这样的坡度和高度，腿软和气喘都是应该有的，汗水浸湿后背也是应该有的。

一直攀爬而不懈怠，因为上方有一个目标。一座两层小楼，圆形的，四周都是巨大的玻璃窗户，我想那是一个瞭望台。游客用于眺望，管理部门用于观察。主人让我看墙上招牌，上面有我的名字：阿来书屋。这是家乡人民对我多年书写这片大地的一个奖赏。在其他景区也遇到过。这个楼首先是一个观测站，还增加一个功能，供游客休憩和眺望。上楼，一个环形空间。中央一圈环形书架，陈列一两千本书，外圈是一面面大窗户，书架和窗户间的环形空间，摆上桌椅，供应咖啡、奶茶、披萨和蛋糕。游客在这里补充水，补充能量。同时可以随便从架上取书观看。阿来的书，其他作家的书，有关地理，有关当地文化。当然，更多的书是关于外面更大的世界。年保叶则是一个独特的世界，但它同时也属于一个更大的世界。

我所引用的《中国国家地理》杂志上的文章，也是在这里发现的。

喝了一杯咖啡，吃了半只比萨，同时读完了其中一篇文章，关于年保叶则，文章的名字叫《巴颜喀拉最精彩的华章》，并把其中有助于我认识的段落用手机拍下存档。

然后，继续向峰脊上去。正上方岩壁很陡峭。我尝试了一番，从花岗岩巨大的裂缝中向上攀爬，本来还很顺利，可是裂缝突然中断，分裂的岩石变成一个坚固的整体，几乎呈九十度立于当面。寻找另一道裂缝，向上几十米，刚才的情景再次重演，只好放弃。坐下来喘息，指头已经被花岗岩表面那些粗砺的物质，石英颗粒，云母碎片划出了伤口。这给了我放弃向上攀爬的充足理由。于是，横切。也有相当的难度。撑上一道裂缝，是一块花岗岩浑圆的背脊，要继续横切，又必须下到另一道裂缝，再爬上另一道岩石的背脊。这背脊向上延伸，陡立起来，就是从山下看见的嶙峋错落的尖削群峰。到了跟前，却是一根根圆形的，或多棱的粗壮石柱。柱体都显得浑圆光滑。细看，其风化的浅表，一粒粒砂状物脱落，太阳下，岩石中许多光点，那是夹杂其中的石英与云母在闪烁。

也有少数花岗岩的裂缝中，掉落其中的植物种子扎根萌发，顽强生长。这种植物是景天科的。它们粗壮的肉质根在岩缝中扎得很深，露出来，却只是低矮的一丛叶片，没认出这些景天科植物具体的种，因为很少上到这样的高度，也因为不是它们的花期，没有花，不敢贸然判断。

终于，横切到了山脊线低一点儿的地方，突然就四周空阔，我已迎风站在浑圆的山脊上了！

这些体形浑圆的岩石，地质学上也有命名，叫鲸背石。站在上面，所有风景，所有的地理起伏都在下方，在低处。迎风站在巨石之上，确实像是骑在巨鲸背上，在大洋上航行，劈波斩浪。还有一些山峰，金字塔状，也都是冰川作用造成的形状。那些山峰后面，有残留的冰川，有更多的湖，

年保叶则某一峰顶的鲸背石

都是未开放的区域。年保叶则景区,只是打开了巴颜喀拉东端小小的一角。

从鲸背石上西北望,看见了这一片山地的最高峰,青海与四川两省之间的,海拔5369米的年保玉则,或年保叶则。那边有更多的湖,更多的溪流,还有冰川。这边的水,大多流向长江,那边的水,大多流向黄河。

3. 三果洛人文史

我还是想,有机会,还是要去那一边,这不仅是为了看到更多的地理奇观,还有文化的原因。

那一边的青海果洛州,在阿尼玛卿山南的高寒草原地带,沿着黄河,今天的久治、甘德、达日、玛沁、玛多数县直到中华人民共和国成立以前,从未有过明确的行政区划和社会治理,直到民国年间,都处于部落时代。这些山高水寒的远方部落,清朝最强盛时,朝廷对这一广阔地域采取的是羁縻之策,遥受土王贡物,遥封些部落首领为土千户、土百户而已。

这些部落,因为分布地域不同,分为上中下三部,叫作三果洛。其中,下果洛大半居地属于长江水系;中果洛与上果洛,则在巴颜喀拉山和阿尼玛卿山之间,黄河流经的广阔草原。

清朝的时候,三果洛地方由四川省松潘镇遥领管辖。这个镇不是今天的乡镇,而是军区一级的军事单位。清代嘉庆年间所编《四川通志》,说三果洛的情况,是根据当时松潘镇总兵周瑛提供的大致材料:

"上郭罗克车木塘寨土百户泽楞查什,系西番种类。其先噶屯于康熙六十年归诚,授职。颁给号纸,无印信。驻牧上郭罗克车木塘寨。"

"中郭罗克插落寨土千户索浪丹坝,系西番种类。其先旦增于康熙六十年归诚,授职。颁给号纸,无印信。驻牧中郭罗克插落寨。"

"下郭罗克纳卡寨土百户拆论札舍,系西番种类。其先彭错于康熙六十年归诚,授职,颁给号纸,无印信。驻牧下郭罗克纳卡寨。"

了解的情况非常粗略。

解释一下,郭罗克,是清代文书对果洛的写法。民国以后,渐渐写成果洛,直到今天。西番,是那个时代对川甘青一带藏族的称呼。

直到民国六年,1917年了,遥控果洛的松潘编成《松潘县志》,对三果洛的情况,才掌握得更详细一点儿了。举一例,说上果洛:

"上郭罗克车木塘寨土司,其寨主土百户泽楞查什,系西番种类,其先噶屯于康熙六十年归诚,授职。颁给号纸,无印信。"这一段是照抄《四川通志》,但后面的资料显示对松潘遥领之地,还是多了一些了解:"其地:东境一百里交阿南寨界;南境一百里交中郭罗克寨界;西境四百里交阜和营所属番寨界;北境一百里交小阿树界。四至共七百里,管辖十寨:本寨、郭思寨、鸡塘寨、耿搭寨、叠凹寨、格塘寨、唐坝寨、麻谷寨、押可寨、亚动寨。以上番民共二百五十户,男女一千五百一十一丁口。向无认纳税粮,每年征马价银二十两八分,交漳腊营,备补倒毙马价,今停。"

下果洛地方,农耕地区,定居的农民垒石建房,聚居,堪称为寨。中果洛和上果洛,是草原上的游牧部落,帐篷如舟,逐水草四处漂移,称寨就不太确切了。

了解三果洛部落的历史,还是要看解放后更详尽严肃的调查材料。

年保玉则山在久治,被认为是三果洛部落的发祥地。传说年保玉则山神的三女儿,幻化为人,与果洛人的祖先成婚,才有三果洛部落的繁衍昌盛。

果洛人传说,他们的祖先从金沙江河谷的农耕区迁移而来。这个始祖叫朱拉加。

朱拉加的儿子叫朱安本。

朱安本的儿子叫本乙合。

本乙合娶了年保玉则山神的女儿司俄玛嘉,其后裔繁衍出果洛三部落，分别叫作昂欠本、阿什姜本、班玛本。

从此起——这个起，没有明确系年，也不知起于何朝何代，总之是很久。很久以前，在时间长河中不断繁衍，部落又分出部落。

昂欠本部落演变成昂欠曲多和昂欠曲麦两个大部落，其生息游牧地在今天达日县和玛沁县部分地区。

阿什姜本部落更厉害，先分出贡麻仓、康干仓、康赛仓三大部落。之后，继续发展，贡麻仓又分出然洛和哇赛仓。其游牧生息地在今甘德县、久治县、玛沁县和玛多县部分地区。

而主要居住生息于长江水系大渡河上游支流的班玛部落，部分地区宜于农耕，更是分出了八个部落。

这也只是一个粗线条的概括。自学生时代开始，曾长期在青海省学习和工作的藏学家陈庆英主编的《中国藏族部落》一书，更加权威翔实。他在这本书的序言中说："在50年代至60年代初，国家组织的少数民族社会历史调查所收集的大量资料基础上，通过实地调查访问和参考相关藏汉文史料，进行综合分析，按现今的行政区划为横断面，对藏族部落的分布和组织作了比较全面的简要阐述……这样一部比较全面系统的关于藏族部落的学术资料性专著，以前还未曾有过。"

陈先生已经仙逝，我和他有过两面之缘，交流不多。但从他一系列著作中，一直获益良多。

在该书中，关于昂欠本分出的昂欠曲多部落，陈庆英先生写出了更复杂的部落组织与关系的演变："昂欠曲多部落内部又由几个小部落集团组成。"

那时昂欠曲多部落，父子传承，历经数代后，除了本部的繁衍，还有一些漂泊的小部落前来投靠，三代人之间就有郎部、岗巴部、潘孜部、达哇部等四个部落前来归顺。再往后，两三百年间，昂欠本已号称辖制有"六大部、十三中部、二十五小部"了。

我无意、也无力在此详细追溯黄河上游草原的部落史。举这样的例子，是为了反映这一地区地理生态状况之外的人文历史。单有山水形势，只是地理。其间还有人类活动，地理也才因此显示出其存在的意义。人类在地球上出现，从打制石器，特别是制作陶器开始，就获得了创造新事物的能力。从有语言文字开始，又有了塑造记忆的能力。从记忆再进一步，汇聚梳理，就能构成科学的历史观，从中寻求意义，产生思想，人才使自己变得完整，才使自己看见的世界变得完整。

果洛一地，古代，不同的族群来来去去，消失又出现，出现又消失，都是纷纭传说，都是草蛇灰线。直到本世纪初，新千年到来之际，基于唯物史观的《果洛藏族自治州志》才问世出版。距最初组建地方志编纂委员会，用了整整

10年时间。

其开篇的大事记便对三果洛部落社会形成前,人类在此区域的活动进行了清晰梳理。

公元101年,东汉金城太守侯霸与西部诸羌之一的迷唐部战于河湟,迷唐部战败,渡黄河远走赐支,即今果洛地区。

再几百年,魏晋南北朝时期,河湟地带换了新主人吐谷浑。公元608年,隋朝大军进击河湟一带的吐谷浑。吐谷浑战败,其第二十代主伏允南奔雪山,即果洛的阿尼玛卿山。

到唐初年,果洛地区主要居民是党项羌人。

公元631年,吐蕃国王松赞干布率众东进,兵锋所向,党项溃败,一部内迁到陕甘一带,渐融入华夏族群,一部则留在当地融入了吐蕃。

公元635年,贞观九年,唐朝将军侯君集和江夏王李道宗征讨吐谷浑时,到达河源地区。

公元641年,松赞干布在柏海,今扎陵湖和鄂陵湖区,营建行宫,迎接和亲的文成公主。

公元708年,金成公主入吐蕃和亲,再次经行黄河上游的果洛大地。

宋代,公元1289年,正在横扫世界的蒙古大军进军西藏,汗王阔端所部进据果洛,并在黄河上游地区建立许多联通西藏的驿站。

元代，忽必烈统一中国，果洛地区由衙署在四川境内的吐蕃等处宣慰使司都元帅府节制，并开始实行以后延续到明清的册封当地部族首领为千百户的土司制度。

1280年，忽必烈派招讨使都实，探寻河源。都实到达星宿海，并绘有河源图，著有《河源志》，也是中国第一本关于河源地理气象的专门著作。

明代，1370年，明将军邓愈率军西征，元朝吐蕃等处宣慰使司都元帅府何锁南普等降明，果洛地方改由明朝朵甘思行都指挥使司节制。明朝在这一地方也沿袭元朝统治方法，靠册封当地部落豪酋，遥领羁縻而已。

1378年，明洪武皇帝派僧人宗泐到今果洛州河源带宣慰。至今有《望河源》一诗流传：

> 积雪覆崇冈，冬夏常一色。
> 群峰让独雄，神君所栖宅。
> 传闻嶰谷篁，造律谐金石。
> 草木尚不生，竹产疑非的。
> 汉使穷河源，要领殊未得。
> 遂令西戎子，千古笑中国。
> 老客此经过，望之长太息。
> 立马北风寒，回首孤云白。

明朝对涉藏地区，册封土司外，更册封许多不同教派的佛教领袖为各种名号的法王，并予以丰厚赏赐。可能是为因应这一形势，果洛地方，那些今天仍颇具影响的各教派寺院在这一时期开始相继创立。

公元1493年，索南杰布在阿琼岗创建噶玛派知格寺，即今江日堂乡的阿姜寺。

公元1522年，噶玛派僧人弥觉多杰创建吉德寺。

有清一代，立寺建庙活动更加频繁。

如清乾隆二十九年，公元1764年，阿柔格西俄赛尔修建拉加寺。

乾隆五十年，公元1785年，阿木桥活佛建龙格寺。

嘉庆十五年，公元1810年，知钦寺立。

道光二十年，公元1840年，建成卡昂寺。

咸丰七年，公元1857年，拉智活佛创建今久治县境内的白玉寺。

光绪二十一年，公元1895年，郎多合嘉措创建查郎寺。

吐蕃末代国王朗达玛灭佛后，青海地方，是藏传佛教后弘期的中心地区之一。以前，在果洛大地上行走，看见一座座恢宏堂皇的寺院，我以为历史都很古老。这回从《果洛藏族自治州志》中，得到这些新鲜材料，方才推想，这些寺院的创立与繁盛，可能还与明朝，尤其是清朝治理涉藏地区，册封许多世俗土王之外，看中藏传佛教御使众民的作用有关。而宗教界借此国策，自创事功，成就一方威权。其力大势雄者，介入世俗政治，好些已凌驾于世俗的部落首领之上了。

清朝气数将尽时，川滇边务大臣赵尔丰却在今甘孜、昌都、波密一带大展拳脚，改土归流，在原来众多土司地界，建政设治，废除土司，设立流官制的府、厅、县等行政机构数十个。其声威也远达果洛。宣统元年，公元1909年，上果洛女土官曲贞珠玛率各部落头领向赵尔丰边务大臣衙门投诚，赵尔丰随即命德格县派员到果洛地区查勘地理，统计户口。查明当时上果洛各部落为旺青九族，1660户；中果洛地方各部落为白玛九族，1630户；下果洛地方各部落为阿什姜康撒十族，1920户。照赵氏风格，接下来该是，或府或县，派遣流官，开府建衙。但两年后，辛亥革命爆发，清政府倒台，赵尔丰殒命，所谓人亡政息。不必说果洛建政，因民国年间地方军阀割据，连年内战，赵氏原先已经开府设县的地方，大部分都是土司制度死灰复燃。

如今总有人说，民国年间如何如何，但是边远藏地，边政松弛糜烂，国家权威衰落，各省军阀自行其政，与地方势力冲突不断，也是实情。

直到中华人民共和国成立后，1952年，西北军政委员会组建果洛工作团，委托青海省人民政府领导，这一局面才得以改变。

工作团团长扎西旺徐，藏族，红军长征经过他家乡甘孜时参加革命的老红军。

当年7月1日，工作团一行200余人，从西宁出发向南，往果洛进发。他们从拉加寺用羊皮筏渡过黄河，进入黄河以南的茫茫草原。8月4日，工作团到达三果洛的腹心地带，今达日县境内的查朗寺。

几年前，我去过这个地方。溪前有山，山前便是查朗寺。寺后山上经幡成阵。前面说过，该寺建立于1895年，并不像看上去那么久远。有资料说，当年初建时，是一所帐篷寺院。如今却是金顶的佛殿，和许多僧房，布满小半座山丘。

寺院对面，宽广草滩中央，有一道纪念碑。

碑体上大书藏汉两种文字：果洛和平解放纪念碑。当年工作团进军果洛，各部落头人，到进军路上迎接工作团，而并未图谋抵抗。这也是有史以来，国家力量如此直接地深入到果洛腹地。

纪念碑高8.4米。寓意果洛和平解放的时间，即工作团抵达查朗寺的8月4日。

碑基座高2.15米，宽8.4米，长也是8.4米。这个尺度也有讲究。说是当年举行大会，宣告果洛解放的主席台的尺寸。当时，除了寺院，没有房屋，但可以想见，当时草滩在秋风中已露金黄。

我站在那通碑前，想象那个大会的场景。

那是亘古未有，从此改天换地。那也是在好些少数民族地区常听到的一种说法：一步千年。

这回再到达日，主人问想看什么地方。我说想看纪念碑。结果被领去了另一个地方。主雕塑是一名解放军战士，和一位当地牧人，两人共同高擎一面五星红旗。也好，这碑我以前并不知道。也补充了我一个知识，果洛工作团进驻后，经过艰苦工作，于1954年1月1日，在吉迈隆重集会，宣告果洛藏族自治区人民政府成立。这个碑，是对那次集会的纪念。当时，各涉藏地区最初地区一级的政权机构都曾叫过自治区。后来都规范统一为自治州了。果洛藏族自治区即今果洛藏族自治州。

正式建政之前，果洛工作团仍以原部落为单位开展工作，并根据地理位置、历史沿革、部落分布、人口状况，考虑民情民意，与部落头人和宗教上层人士充分协商，派出工作队筹建县级政权。

1954年12月，第一个县级政权甘德县成立，下辖了原来的11个大部落和89个中小部落。人口18000多。

1955年3月，久治县成立，县域包括了三个大部落，和百余个小部落。

1955年4月，达日县和班玛县成立。

1957年10月，玛多县和玛沁县成立。

各县建立后，行政机构进一步向下延伸，建立区乡一级政府机构。以达日县为例。1956年至1958年，按各部落习惯驻牧地，初设7个区，再进一步调整，撤销区政府建制，建立乡一级人民政府。至1995年，县辖10个乡，33个牧民委员会，109个牧民生产合作社。

一部果洛地方史，从部落制到现代体制建构的完成，距今不过几十年时间。

4. 再到达日

这一行，是我第二次来到达日。

走在大街上，因上冻与解冻时冷热交替，而不时发生些小凹陷的人行道，和人行道上冻裂的地砖，与十多年前相比，依然如故。

城变大了很多，有许多新楼。市面上，商贸更加繁荣。使我感到新奇的，是好些裁缝铺的出现，缝制售卖的，是将传统样式改良，掺入时尚元素的藏装，尤其是女装。还有时尚的美发店、手机店。

住宿的地方也改变了。

上回来，住的是夯土墙围出的一个院落，院中一座小楼，是县政府招待所。这一回，从西宁来的青海人民出版社陪同人员，按约定在县城外的黄河桥上等候，引我入城中，穿过大街进一小巷，是小区中的一家民宿。店主是一位年轻的藏族女子。并不宽敞的前台堂前，有咖啡与茶。有几架书可以取阅，也供售卖。上楼安放好行李，下楼弄点喝的。店主从架上拿出我的书，说有读者知道我来，已经在网上预订了，要求签名。书是汉藏双语对照版的《三只虫草》《蘑菇圈》和《河上柏影》，一套三本。签了不止一套。

以前，这样的地方，一些读过书的当地人对我有意见。理由是我对藏文化反思太多。上一回来这里，也有人或者激愤、或者委婉地要与我论辩，说本地文化如何源远流长，如何优越。那时，我刚出版长篇小说《格萨尔王》。在书中，我做了一点基本工作，即将这个神话传说中可以对应史实者加以强化，如果是陷入佛教高度模式化说教的则加以扬弃。我更不愿意，神话史诗中的英雄主义精神，都被一股脑儿托付于或仰赖于天神意志的宿命观弱化。他们会说，难道这一切都不是真正发生过的吗？于是，他们说，可是……但是……。这些暧昧，这些态度，我当然知道是什么意思。但我绝不会只基于一种血缘身份，就肯勉强同意。这一回，这三本关注生态问题的书，有人愿意阅读，而不是要来辩驳，使人感到某种文化气氛的变化。有点儿高兴，不是为自己高兴，而是为我们大家。

因为种种复杂的原因，我们有一个与大时代脱节的过去，但绝不会因此有一个与人类命运共同体不同的未来。人类只有共同的未来，没有单独的未来。

达日县城，西边一道山梁伸出，逼黄河转出一个优美的圆弧。

黄河环抱的这片大草滩上，南岸的县城扩大繁荣了许多。但城中老格局还在。广场上还是立着珠姆塑像，当年在广场上看过中学生们表演传统的格萨尔藏戏。

出城，那道逼东来黄河转出一个大湾的山梁，像一条长臂护住这座城市。山梁上，面向黄河的格萨尔塑像还在。我顺新铺的栈道爬上山梁，在格萨尔塑像前，面朝西方，日落的方向，瞩望黄河东来。

太阳偏西。天上，一团团积雨的云团，剧烈翻滚。云团之间，还是一片片蓝天。阳光给那些中心深黑的积雨云镶上道道金边银边。黄河水，就从天边缓慢流来，在两边一长列浅丘间的宽谷中，河水分出许多水道，纵横交错。道道水流，分散，又交织；交织，又分散。中间，许多沙洲，新月形，纺锤形，牛轭形，长条形，三角形，更多是说不上什么形，线条多变，把宽阔的谷地铺满。谷有多宽，河床就有多宽。

这是非常雄奇壮美的景观。

上一回来，站在这里，就有人告诉我，拍上游黄河，这

达日县，黄河西来，典型的辫状河流

里是出大片的地方。不止一个人在这里，拍得好作品，获得国际国内各种摄影大奖。我也拍下几张照片，没有当摄影家的期待，只为获取直观的资料，只为通过又一只眼，更仔细地观察。靠一只400毫米的长焦镜头，视线远近，收放自如。拉近，使我不涉水便去到河中洲上，看到上面的植物，看到鸟。推远，更深刻地体会，为何是黄河之水，来自天边日边。

地理学上，把这种样貌的河流称为辫状水系：多分支，宽深比大，散乱无章，变化迅速。

辫流形成的原因，因为流量不稳定，暴涨暴落。也因为河水含沙量大，且不均衡。雨季到来时，洪水迅速拓宽河床，沿叫作深泓线的主流连续不断地堆积，形成许多水下浅滩。洪水过后，河流水位下降，那些浅滩露出，成为片片沙洲。沙洲与沙洲间是多股河水，忽分忽合，交织如辫。下一年，洪水期到来时，河道面貌又被重塑一遍。

这种河流，又被称为游荡型河道。

其中有些沙洲，堆积体高大，不再被洪水淹没冲毁，上面渐渐长出草，长出灌木，成为一个个绿岛。不记得了，当年河中绿岛是不是有眼下这样大的面积。但现在，我看到有几个绿岛，互相沟通，已形成很大的绿洲，洲上树林密布，从那绿色中带一点银白的亮光判断，是沙棘林。问旁边人，有人摇头，说天天看见树，但不知道是什么树。这倒是常态。但总有人知道。一个年轻人告诉我,是沙棘树。还说,沙棘成林后,这些年来,春天,白唇鹿会在生产期涉水去洲上林中生产哺乳。原因自然是借那些交织的河水,与岸上隔离,躲避天敌。生产后的鹿,要等小鹿健壮到可以健步奔跑后,才离开那里。如果再不离开,雨季到来,那里可能被洪水短暂淹没。

现在,洲上已经没有鹿群了。它们已经上岸,去了那些平缓起伏的山丘地带。

下山路上,看沿途的植被。斜坡上,草本植物众多。匙叶翼首花、棱子芹、黄芪、棘豆、景天点地梅……有这些能称名的事物,世界就不陌生,使人感到亲切。这些美丽的植物,也是一个个鲜活的生命体,不只是妆点了世界,而是丰盈了这个世界。

不是一个人了。一干人顺黄河而上,去十几公里外的格萨尔狮龙宫殿。

那也是我曾经去过的地方,当时,那是一个朴素的所在。泥墙本色,里面供奉着格萨尔和他麾下的三十大将。

在当地文化中,那是一个神圣的地方。

传说中,这是格萨尔王所创建的岭国王宫。

还记得,那个院落里,草地上特意播种了好些本土植物:紫色花的匙叶风毛菊、灰白花的毛翠雀和蓝色花的高山韭。

路上，黄河上空那些积雨云瞬间崩塌，滚滚乌云布满天空。电闪雷鸣。

明亮的闪电蜿蜒而下，几乎直达地面。雷声轰鸣，从远方轰隆隆直达头顶。也有雷轰然一声，震耳欲聋，在头顶炸开，一直滚向天边。

豪雨倾盆而下。

汽车的雨刮器开到最高档，疯狂摆动，车窗依然被水幕遮挡。急雨中还夹着雪霰。

这是朝拜格萨尔遗迹时该有的激情豪迈。

18公里车程，十几分钟的时间。迅疾而来的暴雨停了。天上的雨云急急飘散。

眼前，就是新建的格萨尔狮龙宫殿。一座带着森严气象的石头城堡。四座石头碉楼拱卫中央大殿。大殿也是青灰色的石头垒砌。里面的空间，环形，层级而上。此时已是黄昏时分了，光线有些黯淡。但格萨尔像，三十大将像，王妃像依然金光闪烁。格萨尔在中央，三十大将各执兵器环侍，森姜珠姆和邬乐吉杰乃琼两位王妃，向大王献茶。

还有相关的文物展陈。

还有供奉莲花生大师的地方。

从楼上看四周。浅缓的山脉从周围四合而来，聚向黄河南岸这块平展的台地。

这里有一种另外的地理观。说 1000 多条山沟构成了一朵莲花趋向莲心的纹路，汇聚于狮龙宫殿，造成一个八宝如意图形。逼近的山脉，以各自的形状，还各有解释与说法。天已黄昏，山前归宿的鸣叫，浅山上积起了一层薄雪。远处天边，亮起一片片红色的晚霞。

5. 阿尼玛卿：地理与神话

第二天早上，在民宿大堂，有尝试文创的年轻人在早餐时，过来和我交谈。

再上路，目标是玛多县。但计划了路上要去看阿尼玛卿山。

也是多年前，在果洛州治所在地大武镇，参加一个会议。期间，安排去看阿尼玛卿。几十公里车程，到了一道山梁上，有一个四方的祭台。献哈达、煨桑，还往煨桑的火堆中倾倒酒。这边阳光灿烂，蓝天白云。对面，阿尼玛卿山却云遮雾罩，等了相当时候，云雾也没有消散的意思。阿尼玛卿，无缘得见。

这一回，要从另一条路，另一个方向，再去试试运气。

再次上路，有两个选择。

一是走高速公路，在网上看到不少从路上就望见阿尼玛卿雪峰的照片。另一条路，有点儿绕，而且不是高速。那条路以前走过一回。当时草原退化的严重程度使我震惊，那就是河谷两边大面积裸露的黑土滩，上面，除了偶尔看一株两株挺着高茎正在开花的大黄，河边几株和大黄一样叶片硕大的橐吾，滩上黑土中再没有其他植物。那是袒露的草原退化的恶果。

记得是一个阴天，一路上雨时停时下，造成一种凄凉的气氛。

那时，这一带的牧民就已经搬迁，集中安置到刚建好不久的新村。雨水大一点儿，就见道道细水，在黑土滩的斜坡上冲出道道沟壑，那些细小的水流将黑土一点点冲刷，带往低处，谷底的小河变为沉重浊流。晴天，这些黑土被晒干，风会贴地吹拂，把黑土变成扬尘，吹向更远的地方。这些年来，黑土滩的植被恢复，一直是黄河源区、三江源区生态治理的重点。在青藏高原上行走的这许多年，我从来没有把自己当成一个来去匆匆的游客。所以，我挑了不被高速公路的护栏与周遭土地隔离的，难走一些的远路。

昨天下过雨。

早上出发时，山坡上有雪。车行几十公里，太阳出来，雪迅速融化，蒸发的水汽在高处遇冷变成雾，四周的山在雾中影影绰绰。这些蒸腾的雾气，使看见阿尼玛卿雪峰的可能性变得渺茫。

看见了当年那些全裸的黑土滩,坡度大些的,雨刷风刮,土壤已经消失殆尽,裸露出有层叠纹理的基岩。岩层皱褶纵横,大地露出苍老容颜。如果不是人要生存其中,其实,这种种变化,只是大地自身的不断重塑与构造。但当人类需要在其间栖息依止时,情形就大不一样了。

我看到,更多的黑土滩经过治理,重新长出了茸茸青草。不再那么触目惊心了。只是那茸茸的青绿,还显得浮浅,像是漂在上面。停车下去,抵近观察,它们还没有像冰期结束后的两万年一万年来自然形成的草甸那样,众多的草根深扎交织,同时把自身的根茎叶腐烂形成的黑土紧紧编织在一起,形成韧性十足的草皮。人工播撒种植的草种只是有限的几种:披碱草、鹅观草、羊茅、黄花野决明。而一片真正的草甸,一个见方之间,会有十数种,以至数十种草本植物。众多草坡,在地上,有长茎短茎,用宽叶窄叶,交错着掩映地面,用粗根和须根,用深根和浅根,纵横交织,抓住黑土。而这样的人工草地,还很脆弱。

我在人工种植的这些草之外,寻找自生的野草。

也看见了几种。

委陵菜,用羽状叶覆盖地面,同时用横走的茎四处串连,但成片的连接还没有出现。它们还像一座座孤岛,彼此远望。这是一种看似柔弱实则坚韧的植物。就在这本书写作期间,我注意到一条来自青海省的消息。国内首次实现重度盐碱地成功种植蕨麻。说从青海民族大学青藏高原蕨麻产业研究院获悉，该研究院从68份蕨麻种质资源中筛选出63份耐盐碱品种资源，将其种植在青海省海西州部分重度盐碱地区，成活率达92%以上，生长状况良好。

蕨麻，藏语，蔷薇科委陵菜属下的鹅绒委陵菜，是青藏高原极富特色和营养的植物。当地人采掘其块根作为食物，营养丰富。罗达尚的《中华藏本草》中说，其有收敛止血，止咳利痰的药效之外，"亦有滋补之效"。

有资料说，2009年，我国首个人工栽培的蕨麻品种——青海蕨麻1号审定通过。由此结束了蕨麻一直依赖于野生采挖的历史。2015年，青海蕨麻2号和青海蕨麻3号两个新品种相继诞生，这是我国独有的3个蕨麻新品种，为蕨麻产业化发展提供了可能。这3个新品种，推广种植9年来，累计种植面积达19万余亩，累计产值近30亿元，取得了良好的社会效益、经济效益和生态效益。

盼望有更新品种研发出来，用于高海拔地带的退化草原的修复。

也有一丛两丛的狼毒。本来，它们在草甸上出现时，是不好的信号。标志着湿润的草甸已经缺水，正在沙化。植物学上把这种标志性的植物称为指示植物。这种植物有美丽的花，有丛生的韧性十足的茎，有粗壮深扎的根，此时，在黑土滩上出现，却是一个生态向好的信号。

除此之外，圆穗蓼的白色花也星星点点。

如此一来，河里的水也比当年清亮了许多。

一切，都刚刚开始。破坏与消失，在数年之间，恢复却不在一朝一夕。但这一切，已经足以让人看到希望，感到安慰。与我有过交流的美国作家特丽·威廉斯写过一本有关生态的书，叫《心灵的慰藉》。她在书里记录美国中西部一个湖泊及周围植被与鸟类的生态，就说，自然向好，是使脆弱的人类感到安全，看起来，是生计的需要，更重要是心灵与情感的需要。我当时对她说过，这是我们最根本的需要，超越有神论的信仰，超越无神论的主义。这话不是私下说的，是在某大学的一个公开讲坛上，一众人听我和她对谈自然文学。当时，她站起身来，给我一个大大的拥抱。

太阳越升越高，冲破云雾，在天空中变成一个耀眼的明亮光盘。

这样行进一百多公里，将近中午时分，抵达了一个地方。河水分汊，公路也分出一条砂石路面的支道。

公路和河水间的三角地上，地势平整，还是自然的草甸。那里有人群聚集。

美好的夏天到来，四散在高旷草原上的牧人们会有这样的聚集。以前，是一个部落，或者还加上相邻的部落。今天，社会治理结构变化，这该是一个乡的牧民的聚集。帐篷密布，中间形成一条临时百十来米长的街道。好多帐篷中都陈列着商品。孩子们在其间奔跑，手中大多捧着一罐碳酸饮料。更多的帐篷里或帐篷前，人们团团围坐，喝茶或啤酒聊天。年轻姑娘们穿着盛装，争妍比艳。在一片草地上，几个男人围着两匹马，品头评足。

我查当天的笔记，这个地方叫斗纳，却没记行政区划上一个村还是一个乡。后来在网上查，这天所经的达日、玛沁和玛多三县，都没有一个乡叫这个名字。倒是有一个斗纳村，属玛多县花石峡镇。再查笔记，从这地方到花石峡镇还有60公里，不知是也不是。

听说我们要看阿尼玛卿，一个50多岁的男子，说从村道上行二三十公里，就到山跟前了。这男子还自告奋勇，要为我们带路。

我们进山。

砂石路面坑洼不平，过了若干条溪流。大的溪流上有桥。有两道桥部分被水冲坏，车加大马力，直接从溪中冲过。小溪上干脆就没有桥，用石头垫过的路面就在溪水下面。

十多公里后，就看见山了。但不是雪山。

山体浑圆，坡度较小的下方是绿意稀薄的草甸。中间，山体鼓突的腹部渐变为灰色，那是山上风化的碎石形成的流石滩。上方，山体陡峭，颜色赭红，那是出露的红层地貌。再往上,是岩石裸露的山顶。青灰色的,那是下面流石滩上流砂与碎石的来源。以前那些山顶有雪。这些年,雪线上升,冬季积存的冰雪,在这时就融化殆尽了。带路的男子指着一处悬崖,说,盘羊。我用肉眼望不见。拿出相机,用长焦镜头把距离拉近,终于,在某一处,嶙峋的岩石间,找到了毛色与岩石相同的十几只盘羊。长着盘曲粗壮大角的盘羊。盘羊得名,就是因为那对盘曲的大角。

不久,小河到了尽头,公路也到了尽头。我们从河谷右手上一面四五十度的草坡上去。地面湿润,草低矮紧密。每一脚下去,几乎都浸出水来。这说明,我们上到了冻土地带。

高地草甸,有漫长的冬天。所有水分都冻结起来。气温回升的夏天,地表浅层冻结的水融化。形成浅草覆盖的泥沼。深层,是永久冻土层,保存着固态的水。这些年,一个令人担忧的变化是,夏天冻土层的融化越来越深了。

上坡时,看见几种草正在开花。

山下,矮金莲和毛茛。山坡上,虎耳草。

山顶是平的。一个长方形的宽广平台。中央一个石砌的祭台,经幡飘拂,插着献给山神的五彩箭。

风带着潮湿的凉意。应该是来自雪山的风。

对面一列高山,只露出鼓突的腹部,上部却云遮雾罩,雪峰藏在后面。决定等待。借那座祭台挡风,吃些干粮:饼夹冷牛肉。还有苹果。路餐毕，雪峰还没有出来。云雾翻腾，看得出有自东向西的风，可能将其吹散。

阿尼玛卿，亦称玛积雪山。中国古代典籍中，又称积石山。

阿尼玛卿山脉，长350公里，宽50~60公里。海拔超过5000米的高峰有18座。最高峰玛卿岗日，海拔6282米。在其核心地带，大小冰川40余条，面积约150平方公里，山中发源的水流从北，从东，从南，尽数注入黄河，丰沛了黄河。

其实，我们就身在阿尼玛卿山中，只是没被那些雪峰簇拥罢了。

但要望见一眼那些雪峰，还是一个顽强的执念。

我顺着平展的台地迎风往西走。几百米后，台地稍稍低垂。脚下出现一片片水洼。水洼中，密布一个个矮草墩，垫状点地梅开着密集细小的白花或粉红花，一团又一团，中央拱起，匍匐在草墩上。有点儿像某种海洋动物匍匐在礁石上。还有矮化成垫状的风毛菊，匍匐在另外的草墩上。从这个草墩到那个草墩，有时需要小小的跳跃。

这片冻土沼泽，正是我们逆流而上的那条小河源头。

风把云雾撕扯开一些，裂隙里露出对面山体上的一些白。大片的白，是窝在小冰斗里的深雪。小片的白，是被山脊上裸露的岩石分割的雪。更亮的，表面更崎岖的一片白，

阿尼玛卿的山前沼泽

是某条冰川的一段。但是，十多分钟过去，云雾还是在那里翻卷，并没有散开。只不过，露出的雪白有时大片一点儿，有时又小片一些。

阿尼玛卿，第二次来看它，比第一次好一点儿，至少，它将云雾的帷幕拉开一点儿，这里那里，露出来一些冰与雪，让我看见。

不能再往沼泽深处去了。我要离开了。

下了那台地，回程，小河下行，一路汇合一条又一条溪水，水流越来越丰沛，回到斗纳，告别那位带路的男子，我们继续西行，往花石峡镇。

车上，出版社的陪同人员问没看到雪山露出真容，是不是有点儿失望。

我说，看不看见，山就在那里。我无意引用了著名登山家英国人马洛里的名言。那是他去登珠穆朗玛峰的时候，有记者一直追问，为什么要去攀爬这些无人上去过的雪山。他说了那句话。我在这里引用的意思却和他不一样。他是说，未曾被攀越的山在那里，许多未知还有待认识，人的极限有待突破，这些都构成一种致命诱惑。而今天的阿尼玛卿，不是一个未知世界，经过上百年来，许多的人努力探索，山中的一切，我们已经尽数知晓。

比起看见阿尼玛卿，回顾人类探寻认知这座山的历史，可能更有意思。

阿尼玛卿雪峰终于出露一会儿,又迅速被云雾遮掩

最初的起始，可以上溯到将近一百年前。

从一个叫约瑟夫·洛克的美国人开始。这个人本职是一位植物学家。20世纪20年代初，以云南丽江为根据地，穿行横断山中，采集了大量的动植物标本和种子。他是个野心勃勃的人，时刻渴望有惊世发现。在丽江，他听说了阿尼玛卿。听人说，那可能是一座比珠穆朗玛峰还高的雪山。于是，他决定前往。经四川，经川甘两省交界的迭部，长江上游支流白龙江的峡谷地带，停留盘桓很久，等待果洛众多部落首领，允许他前往探究阿尼玛卿山。路途非常艰难，不仅是地理上的，而是通过了一个部落后，又必须等待另一个部落的允许。

那是1926年。

从冬天，到春天。历经辗转的他终于到达了黄河边的拉加寺。

在这里，他写信向在美国的资助人报告：

"我们先在住处安顿下来，然后拜访了拉加寺的大活佛。他是一位年仅22岁的小伙子……据说是宗喀巴母亲的转世活佛。我向他转交了拉卜楞寺嘉木样活佛的引荐信和几件漂亮的见面礼，相互致以正式的问候以后，我们开始商议正事。一见面就开门见山向他求助，要他帮我想办法穿过七站到八站路，平安抵达阿尼玛卿山麓。这位活佛似乎没有什么头脑，就让管家替他表态。"

但管家说:"他们和果洛部落的关系并不好。"因为果洛人认为,"几年前,他们与代表国家政府的青海马家军队交战时,拉加寺站在政府一边"。

美国人斯蒂芬尼·萨顿的洛克传记《雪域孤旅》中写道:

"活佛建议,洛克一行应该趁果洛各部落尚未觉察到他们的行踪之前,一路快马加鞭赶到阿尼玛卿山区,因为果洛部落毕竟距阿尼玛卿山麓还有相当距离。"

由此看来,那位年轻活佛并不像洛克所说那样没有头脑。

洛克不同意这么做。

他在给资助人的信中说:"对他的提议,我明确表示反对,因为我不是去阿尼玛卿山观光,而是计划到那里去做长期的植物学考察,所以我得尽可能得到果洛部落的理解和协助。……我掏出拉卜楞寺嘉木样活佛为我写给果洛三大部落的书信,递给拉加寺住持看。然后,我们就讨论、策划如何才能把这三封信安然无恙送到果洛头人手中,大家都担心会因此送命,没人敢去。我们花了好几天时间寻找合适人选,送信到果洛去。最后得知拉加寺恰巧有一位来自果洛的活佛(寺内共有15位活佛),他正准备前往拜访果洛部落的首领。于是,拉加寺住持就建议把嘉木样活佛的书信,托他转交。"

那位活佛带着书信走了。洛克苦苦等待。同时观察记录他的所闻所见：

"拉加寺后山腰的小屋，住着许多隐修僧，其中还有些来自野蛮的果洛。这些修行用的居所很小，人在里面根本无法站直，但就是在这么狭小的空间里，苦行僧们度过了一年又一年。还有的僧人住在悬崖上的岩洞内，祈祷、打坐、禁欲——他们根本不近酒色！冬天，他们仅仅以糌粑为食；夏天，他们的主食似乎是煮得烂乎乎的荨麻。"

他来此，主要不是进行人文观察与记录。他的兴趣，在雪山和这里的植物。

在拉加寺，天气晴朗时，可以远眺阿尼玛卿，有一天，他看见了，雾破云散处：

"我数了数，有九座山峰，其中一座呈金字塔状，至少有28000英尺（约8500米）之高，可能超出喜马拉雅群峰，包括珠穆朗玛峰在内，这一山峰距我们约有100英里（约160公里），我不停地眺望，只见一只乌鸦在峰前飞过。"

洛克最终没有得到果洛部落的回音，只好未经允许，冒险进入。

他必须抓紧时间，在当地部落得知他贸然进入的消息，作出反应之前，完成测量雪山主峰高度的工作。

这个野心勃勃的家伙，真的到达了最高峰前。

洛克是个植物学家，他测量山峰高度的方法与工具都不够专业。测量工具只是简单的空盒气压表，他用这个方法测出的高度正是他从拉加寺远眺时估算的高度：28000英尺（约8500米）。支持这个数据的不是科学，而是他的勃勃野心，想发现一座比世界最高峰珠穆朗玛峰更高的雪山。所以，他只需要这个高度数据超出珠峰的高度一点点。那一天，天气好，能见度很高，洛克还以他非常专业的水准拍下了阿尼玛卿好多张精彩的照片。

也许是果洛部落不知道有外国人擅闯阿尼玛卿，也许是知道了也置之不理。反正，直到他一周后回到拉加寺，也没有遇到果洛人的盘查和驱赶。

倒是路遇的两位女藏人让他感到惊异。她们结伴朝圣拜山，一步一叩拜，绕行圣山一周，乐观估计，她们这一圈叩拜下来，至少需要两个月时间。

洛克一回到拉加寺，马上致信《美国国家地理》杂志："我发现了比埃瑞斯峰还高的山峰！"

埃瑞斯峰，是英语世界对珠穆朗玛峰的命名。埃瑞斯就是世界上第一个发现珠峰是世界最高峰的英国人。洛克肯定也幻想过要用自己的名字，为阿尼玛卿山命名，如果这座山真如他的测量或狂想的那样高的话。

这一次长达数月的行程中，一旦离开发现最高峰的狂想，回到植物学的专业，他又成了一个忠实的采集者与记录者。那些发现，都用日记和书信记录在案。

在 6 月 8 日的书信中，洛克写道：

"对植物来说，这个时间还有点早。灌木还没有开花，阿尼玛卿山区的开花季节一定来得晚，据说 7 月份下雪是很正常的。"

在另一封致他的资助人萨金特的书信中，他写道：

"（阿尼玛卿山区）没有任何林区或灌木。我在黄河河谷唯一观察到的树木是云杉和一种刺柏。"

"从植物学角度讲，我对阿尼玛卿山区极其失望，这里是整个青海湖地区植物最为贫瘠的地方！"

"即便是在 7 月，暴风雪也不是稀客。阿尼玛卿附近谷地里河床上的冰雪，好像从来都不曾真正道别；我们 7 月下旬行走其间时，三英尺厚的冰几乎随处可见，这样的环境条件自然会对植物群的生长和分布产生影响。在我们发现的诸多高山植物中，有一种十字花科植物最是可爱。大致有两个品种，不是长在高山草甸上就是点缀于石缝间，开着粉色、淡紫色或是蓝色的花，幽香阵阵，让人情不自禁地想到香子兰的芬芳。不过到了海拔低于 13000 英尺（约 3900 米）的地方，就再也难寻到它的芳踪了。"

洛克在阿尼玛卿的植物学考察在 4500 米以上的山区进行，主要采集点在果洛玛沁县境内。洛克收集到了雪莲、双脊荠属、延胡索、马先蒿属、福禄草、总状绿绒蒿和党参等高山草本植物，没有发现灌木和针叶树种。这与他受当地部落限制有关，也和在这个海拔高度上，植物种类比较单调有关。今天讲三江源，常讲到其生物多样性，在我看来，这一地带的多样性并不很丰富。人们之所以如此说，并不真是说这里的动植物资源种类繁多，而是指这些种质资源因特殊的生存环境而造成的独特性。就草本植物而言，就有不少当地特有种。

此一行，洛克对植物学方面收获不多感到有些失望。他怕这会让他的金主萨金特失望。萨金特却在回信中宽慰了洛克："你可千万别忘了，在某处想找到自己想要的树种固然重要，可是发现那里不长自己想找的植物也同样重要。"

果洛州建政后的1960年6月，北京地质学院登山队从东北坡登上阿尼玛卿II峰，才准确地测出了雪山的真实高度。那一年，也是中国国家登山队成功登顶珠峰的年头。

以上，是科学的地理学。

还有一种果洛当地瑰丽奇异的神话地理学。

在这片雄荒大野上，这种地理观植根于当地人的信仰与情感，更加深长久远。

据《果洛州志》，神话中的阿尼玛卿山群峰，是许多神灵的居所。阿尼玛卿主峰是众神之首，簇拥四周的是他的庞大家族。

阿尼玛卿的父亲，藏语称帕亚·塞山昂约。位于主峰西北部，距离24公里，海拔5262米。

他的母亲，藏语名玛英·智合吉加尔莫，从北侧紧贴阿尼玛卿，海拔5611米。

他的王妃，桑伟云庆·贡曼拉惹，隐身于阿尼玛卿北面，传说，他们共育有九子九女。

香吾·帕日智合让，是舅舅。在西面，海拔5029米。

大臣，龙宝格同智尕尔，在阿尼玛卿西北22公里。海拔4955米。

管家，尼尔哇·章吉夏噶尔。和大臣山同在西北方，高4745米。

热格尔东香，意为千顶帐房群，高4630米，是阿尼玛卿亲族和侍卫居住之地。

朗日班玛本宗，位于阿尼玛卿东面，海拔3961米。传说是格萨尔为阿尼玛卿祈祷煨桑的地方。

此外，还有亲族360位，忠实的卫士和侍从1500位，每个人都有一座山峰作名字。

我见过一幅阿尼玛卿的唐卡画像：一头浓密黑发，身躯魁伟，骑着白色骏马，用锐利的目光巡视领地。藏语文本的赞词说："那目光，一旦发怒，犹如高山的万道瀑布。"

这位威力无边的王也不总是高踞王座。有时，就像皇帝或国王也会微服出行，他会化身成一个普通牧民，骑白马，戴高顶的白毡帽，在云间放牧。

关于阿尼玛卿，还有宗教色彩更浓重的神话，但我喜欢这朴素，同时又有瑰丽想象特质的世界观。这是历史悠久的部落民众的世界观。

6. 黄河溯源

思绪纷繁间，花石峡镇已在望中。

以前经过这里，冷雨淅沥不停。

印象中是一片背靠浅山面向宽阔草滩的地方。当时坐在路边小饭馆里等吃的，从窗户上看见公路对面，浅山露出层层叠叠的岩石。随便吃了些热东西下肚，便继续赶路。在同一家饭馆里吃饭的还有几个长途货车司机。问过他们，说是从西宁来，到玉树去。拉的货是什么，是铝合金窗和日用百货。

今天看清楚了，花石峡是一个四山环绕的盆地。山很远，盆地很宽广。阳光强烈，地表干燥，滩上稀疏的草不能完全覆盖地表。叶片萎顿，似乎马上就要停止呼吸。是的，呼吸。植物水分充盈，叶子舒张吸收阳光进行光合作用，就是它们的呼吸。但这里的植物水分明显不足，不是下没下雨的问题，而是蒸发强烈，土壤沙化。那些草，叶与茎都显得灰暗。只有一种千里光，天山千里光，开着花，没有受到这干热天气的影响。

最显眼的是新建的高速公路,灰白色水泥的墩和梁。加油站的水泥地面,和通向高速路的引桥桥面,也被太阳照得白花花一片。

我站在公路边,几株蒙尘的酸模立在身边,面前拉起一道铁丝围栏。栏中是经过治理的荒滩。每一个地块都经过平整,也许还浇过水,施过肥,那绿色就赏心悦目多了。那绿光就是水光。远处,有几辆拖拉机正拖着犁铧和漏斗作业。疏松平整土地,施肥,同时播撒绿草的种子。

去玛多县,去往河源。

本书开篇是从玛多开始。以为能到达河源,而没有到达河源。

那时,还不知道此一行不能到达河源。

回溯一下那段行程。

去到了牛头碑,去到了鄂陵湖和扎陵湖。

绕路去了可能是白兰古国遗迹的莫格德哇,去了已属于内流河水系的托索湖。再经一次花石峡,去了阿尼玛卿北面,在同德县的宗日文化发掘现场下面的谷地中,迎接到从若尔盖盆地东来的黄河。然后,再随黄河水西行,经共和盆地,到刘家峡,再与掉头东向的黄河一起,切入红土与黄土的深峡。

还去了黄河北岸的重要支流,湟水与大通河,短暂的行走只是补充空白,更多是激活过去行走的记忆。激活更多,是这一地区多民族共生共荣局面形成的集体记忆。

中国人,视黄河为母亲河。

古往今来,当地曾经的土著,白兰羌、先零羌、苏毗、党项、吐谷浑,和吐蕃东进,融合当地土著形成的藏族,在上游不太知道下游。建都中原的国家,和中下游的中国人,寻探河源也晚,科学认知黄河源头,弄清水文地理情况,更晚。

以至于,今天我想去到河源,也还有这样的误会与曲折,依然不太明白河源的交通与行政区划情况。

中原王朝最早涉足河源,当然是和亲吐蕃的文成公主的父亲,当时的刑部尚书李道宗。

贞观九年,公元635年,李道宗作为鄯善道行军大总管,和名将李靖、侯君集等各领多路军大举讨伐吐谷浑。

《资治通鉴》记此过程比较详细:

夏,闰四月,癸酉,任城王道宗败吐谷浑于库山。吐谷浑可汗伏允悉烧野草,轻兵走入碛。诸将以为"马无草,疲瘦,未可深入。"侯君集曰:"不然。向者段志玄军还,才及鄯州,虏已至其城下。盖虏犹完实,众为之用故也。今一败之后,鼠逃鸟散,斥候亦绝,君臣携离，父子相失，取之易于拾芥。此而不乘，后必悔之。"李靖从之。中分其军为两道：靖与薛万均、李大亮由北道，君集与任城王道宗由南道。戊子，靖部将薛孤儿败吐谷浑于曼头山，斩其名王，大获杂畜，以充军食。癸巳，靖等败吐谷浑于牛心堆，又败诸赤水源。侯君集、任城王道宗引兵行无人之境二千余里，盛夏降霜，经破逻真谷，其地无水，人龁冰，马啖雪。五月，追及伏允于乌海，与战，大破之，获其名王。

……侯君集等进逾星宿川，至柏海，还与李靖军合。

《新唐书》则如此记载：

"君集、道宗行空荒二千里，盛夏降霜，乏水草，士糜冰，马秣雪。阅月，次星宿川，达柏海上，望积石山，览观河源。"

再过六年，李道宗又去到了柏海，即今天的鄂陵湖畔。这一回是护送他的女儿文成公主与吐蕃和亲。身份既是唐朝的送亲使者，同时又是公主的父亲，因此在柏海边受到吐蕃一代英主松赞干布隆重礼遇。于私，是"子婿之礼"，因此延伸到国家关系的层面，为后来的"舅甥会盟"打下了基础。可惜的是，相关史料中却不见当时对于河源地区的地理描述。

从国家层面第一次有意探究河源是600多年后的元朝。

至元十七年，公元1280年，元世祖忽必烈派都实为招讨使，带领人马到黄河源进行勘察。此次踏勘河源后，都实将河源地理图绘下来。可惜这图没有流传下来。后来，一位翰林侍读叫潘昂霄的，与都实之弟阔阔出一起"奉使抚京畿西道"，偶然得知阔阔出曾随都实探访河源，潘昂霄依据与阔阔出的深入交谈，写出了第一本关于黄河源头的地理书《河源志》。

关于此次探寻，《新元史》中有确切记载：

"至元十七年，世祖以学士都实为诏讨使，佩虎符，寻河源于万里之外。都实既受命，道河州，至州东六十里之宁河驿。驿西南有山，曰杀马关，行一日至巅。西上愈高，四阅月始抵河源。是冬，还报，并图其城传位置以闻。其后，翰林学士潘昂霄从都实之弟曰阔阔出者得其说，撰为《河源志》。"

《河源志》说：

"按河源在吐蕃朵甘思西鄙，有泉百余泓，沮洳散涣，弗可逼视，方可七八十里，履高山下瞰，灿若列星，以故名火敦淖尔。火敦，译言星宿海也。淖尔，译言海子也。群流奔辏，近五七里，汇二巨泽，名阿剌淖尔。自西而东，连属吞噬，行一日，迤逦东骛成川，号赤宾河。又二三日，有水西南来，名亦里出，水与赤宾河合。又三四日，有水南来，名忽阑水。又水东南来,名耶里术,水合流入赤宾河。其流寖大,始名黄河。"

都实一行并未到达真正的河源,但到了扎陵湖西面的星宿海。

明朝洪武年间,朱元璋曾三次派出宗教使团前往西域。其中一次,由高僧宗泐率领。宗泐出使归来,取道经过河源地区,并赋诗《望河源》。全诗在前面已经引过。这首诗还有短序。

在序中,宗泐和尚写道:"河源出自抹必力赤巴山,番人呼黄河为抹处,犛牛河为必力处;赤巴者,分界也。其山西南所出之水,则流入犛牛河;东北之水,是为河源。"

古代典籍中,不同时代地理名称不同,造成今天阅读理解的困难。这里的抹必力赤巴山,就是今天的巴颜喀拉山,犛牛河即今天通天河,是长江上游。抹处,今天的译名是玛曲。宗泐明确指出,黄河源位于巴颜喀拉山东北侧。关于河源的认识,又从星宿海上移了许多。

从宗泐诗序,对抹必力赤巴山的意译中,我们还得到一个信息:当时游牧的藏族部落,对巴颜喀拉山南山北的长江与黄河水系早有充分认识。所以,宗泐在诗中感喟:"汉使究河源,要领殊未得,遂令西戎子,千古笑中国。"

其实,除了专业领域的知识分子,大部分中国人,关于国土地理的认知,也还是十分茫然。地理的认知,应该是国家意识的坚实起点。

到清朝，康熙是少数对国土地理极为在意的皇帝，便于康熙四十三年，公元1704年，派侍卫拉锡、舒兰等人前往调查。康熙在上谕中说："黄河之源，虽名古尔班索罗谟，其实发源之处，从来无人到过。尔等务须直穷其源，明白察视其河流至何处入雪山边内，凡经流等处宜详阅之。"

拉锡、舒兰回京城后奏报皇帝：

六月初七日，他们到达星宿海以东的两个大湖，鄂陵泽和扎陵泽。测出这两个湖周遭均三百余里。两湖之间相隔三十里。

六月初九日，他们到达了星宿海。蒙古语名鄂敦塔拉。"星宿海之源，小泉万亿不可胜数。"

星宿海南面有古尔班吐尔哈山，西面有巴尔布哈山，北有阿克塔因七奇山。三山之下，流出三条河。三河东流入扎陵泽。又自扎陵泽流入鄂陵泽。自鄂陵流出，乃黄河也。

此行，他们绘制河源图，并著有《河源纪略》一书。

后人评价："绘图列表，考古证今，杂录河流所经风俗、物产、古迹、轶事，旁征博引颇为翔实。"

乾隆四十七年，公元1782年。清政府再次组织队伍上探河源。

这一次，起因是黄河洪水，在河南境内决口，决堤处合龙艰难。乾隆接受青海活佛章嘉呼图克图的建议，专门派遣大学士阿桂的儿子、乾清门侍卫阿弥达前往青海,告祭河神,并进一步勘察河源。河神当然是祭了的,并在青海建了祭河神庙。

但阿弥达等人这次勘察的最大收获,是对黄河源头的认识进一步清晰。

阿弥达奏称:

"星宿海西南有一河,名阿勒坦郭勒。蒙古语,阿勒坦即黄金;郭勒,即河也。此河实系黄河上源。其水色黄,回旋三百余里,穿入星宿海。自此合流,至贵德堡。水色全黄,始名黄河。又阿勒坦郭勒之西有巨石高数丈,名阿勒坦噶达素齐老。蒙古语,噶达素,北极星也;齐老,石也。其崖壁黄赤色,壁上为天池,池中流泉喷涌,酾为百道,皆作金色,入阿勒坦郭勒,则真黄河之上源也。"

乾隆皇帝对此成果十分高兴,命令编撰《河源纪略》,并收入即将完工的《四库全书》。

这与今天对黄河源区几条河流的认识,已经十分接近。只是不同历史时期,那些山名河名又有了变化。那时,山与河,用蒙古语名,现今通行的是藏语名字了。

只是,当清朝过了全盛期,这种探寻又停止下来。

曾经强盛的王朝,昏昏然隐入漫长的衰朽过程,闭关锁国,再无有万里之心了。与此同时,却是那些殖民国家瓜分世界，从四围蚕食中国广阔疆土，来自欧美的探险家们从四面八方蜂拥进入中国的时代。

其中许多人，对封闭保守的青藏高原怀有强烈兴趣，无视中国主权与当地人强烈的排外心理，或偷偷潜入，或有恃无恐，强行侵入。这些人，只抱有单纯的科学目的前往考察者是有的，但其中相当一部分，却是母国殖民政策的前驱者。

俄国人普尔热瓦尔斯基就是其中一个。

1879年，他前往黄河源区探险，并试图经唐蕃古道抵达拉萨。那时，还没有外国人真正深入过这一区域，很多人将此视为畏途。但他却说："如果任何事情都要考虑得万无一失的话，那我们什么时候也到不了青海，到不了罗布泊，甚至也到不了柴达木。在我们这样的旅行当中，有一点是明确的，那就是无论遇到什么艰难险阻，也要毫不犹豫地往前闯。"

这个人身上确实有彼时中国人所缺少的冒险基因。为了探险，他连婚姻都不要，一直单身直至辞世。他说："我要重新奔向荒漠，在那里，有绝对的自由和我热爱的事业，在那里比结婚住在华丽的殿堂里要幸福一百倍。"

如果他真是一个只是向往打开未知的封闭世界的探险家，那当然是值得崇敬的。但他不是。他几次探险中国，正值列强掀起瓜分中国狂潮的时代。的确，普氏探险有很强的科学性,地理山川、动植物资源的观察与记录,但目的就是为沙俄政府服务,普氏所有考察报告都成为后来俄国制定侵华政策的文献来源。他也丝毫不曾掩饰自己的侵略目的。比如他在考察新疆巴音布鲁克后,在给沙皇政府的报告中就明确建议:"在强占伊犁外,再将大小两个巴音布鲁克确定为俄国领土。"

这个人从不掩饰殖民主义者的高傲和对中国人的蔑视。1879年,在巴颜喀拉山区探险途中,面对当地部落的抵制,他说,"我从多年中亚旅行中得出一条实际经验:在这野蛮的地区,在当地的野蛮居民中间,囊中有钱,手中有枪,善于用这两样东西对土著采取命令态度,正是一个旅行家事业成功的必要保证。"

他的确有钱有枪,因为得到沙俄政府的大力支持。

俄国人杜勃罗文所著《普尔热瓦尔斯基传》中说,当普氏筹划第二次青藏高原探险时,上交的报告中说,他计划在这片神秘高原考察两年。"考虑探险队人员里要有三名助手和十五名下级人员……计划支出经费四万三千五百八十卢布。"

1883年4月,沙皇批准了这个报告:

"派遣普尔热瓦尔斯基上校去西藏为期两年。"

探险队的组成:三名军官,一名翻译,七名下级人员和九名哥萨克。

沙皇还明确指示：

"为进行天文观测、气象观测、目测地形提供必要的仪器。"

"为武装探险队，拨给十五支步兵用的和五支龙骑兵用的小口径步枪，四十支左轮手枪和子弹。步枪子弹一万一千发，手枪子弹五千发。"

"授权普尔热瓦尔斯基上校在旅行期间，按功绩分别提升下级人员和哥萨克为各级士官和军士。"

那时，普氏刚出版了记录上次青藏高原探险的书：《从斋桑经哈密去西藏和黄河上游》。

1883年8月，普氏从彼得堡动身，前往中国。传记中说："皇太子在告别时给尼古拉·米哈伊洛维奇一个铝制的单筒望远镜。这个珍贵的礼物在他整个第四次旅行中都用上了。"

1884年2月，探险队来到了青海湖畔。他们即将开始向黄河上游进发。路上，探险队还进行射击练习，并"取得了相当好的效果，探险队在一分钟内能射出一百发子弹"。普尔热瓦尔斯基认为，"亚洲人是出名的胆小，有这样的力量足以保障我们的安全"。

5月17日，探险队到达了黄河源区。那一天，他们打死了三只熊，并遇上一场大雪。他们到达的地方是星宿海。

探险队在巴颜喀拉山两边盘桓了很长时间。于7月再次返黄河源区进行考察。

普尔热瓦尔斯基留下了文字记录:"黄河由鄂敦塔拉的一些泉水和溪流汇成之后,很快就流经两个大湖。"

杜勃罗文撰写的普氏传记中说:"普尔热瓦尔斯基把东边的命名为俄罗斯人湖,西边的则命名为探险人湖。"

他知道,这是中国的湖,他知道,这两个湖也自有名字,但他没有丝毫尊重的意思。他在其旅行记中直言不讳:"就让这第一名称证明第一次到达神秘黄河河源的是一个俄罗斯人,而让第二个名称永久纪念我们在这里的考察。正像下边将叙述到的那样,我们的探险队是用武器才赢得了科学描述这些湖泊的可能性。"

那时,黄河源区的果洛人,试图驱逐这些俄罗斯人,而普氏的探险队依仗手中先进的武器,在中国土地上对这些中国的部落民大开杀戒。

关于普氏屠杀果洛部落民的数量,我读到的不同文字有不同说法,有说十几人的,也有说四十人的。而在《普尔热瓦尔斯基传》中,引用的普氏文字,对此有详细描述,抄在这里,以便读者准确了解。

1884年7月11日。

"天亮的时候……有马蹄声传来。随后就发现了两伙骑马的人,一伙人数较多,径直向宿营地扑来,另一伙则从后面包抄过来。……顷刻之间,大家都从帐篷里跳出来,用密集的火力向冲到离宿营地不到一百五十步远的匪徒们开火，匪徒们没有预料到会有这样的遭遇，开始都站住了，然后快速后转，散了开来。俄国人的子弹伴送着他们，很遗憾的是，在这灰蒙蒙的、雾气腾腾的早上，不能很好地瞄准。不过，在宿营地附近，留下了两匹打死的马和一个唐古特人。我们看到，还有其他匪徒也倒下了，但同伙们把他们急忙抬起来，运走了。"

普尔热瓦尔斯基不肯善罢甘休，他"决定向唐古特人发起进攻"。

他们追上了那些人，"从望远镜里看到他们那一伙大约有三百人……看样子唐古特人好像要向我们反击，但事实并非如此。等我们再靠近一点儿，强盗们就掉转马头急急忙忙逃跑了。但是，因为强盗的后面是一条不能涉水渡过的河，于是他们被迫从距离我们大约一俄里远的地方斜插过去，这时，看到唐古特人已经溜掉，我们也不可能追上他们，我就决定从这里进行排射。我们一排接一排一共放了十四排枪。尽管距离很远，我们的子弹仍然落到了那一堆在很多土墩的沼泽地里快跑不了的骑手中间。……我们一共射击了五百来发子弹。我们估计强盗死伤有十人，同时打死了几匹马。"

作一点儿小说明。唐古特人，本是党项羌人的称呼。其被吐蕃征服，最终融入藏族后，原党项人生活这一地区的藏族人，有些时候，仍被称为唐古特人。

普氏对这些人作了人种学调查："唐古特人，或者像中国人那样所称的西番人，和西藏人同属于一个部族。他们居住在西藏东北部的黄河和通天河沿河流域，当拉岭（即唐古拉山）高原，甘肃省的山区地带，青海，还有一小部分在柴达木。"

在这些人群中，"喇嘛对居民享有无限的权威，他们利用这一点阻碍一切进步，不许人民走出这个愚昧无知的深渊"。

三天后，又一次战斗展开。

普氏写道：

"潮湿的黄土地上响起了嘈杂的马蹄声，骑马人手里长矛闪耀着，如同一排排栅栏，他们披着的呢绒斗篷和长长的黑发，迎风飘舞。这伙野蛮、凶残的匪徒好像乌云一般向我们扑来。"

"当我们和强盗之间的距离缩短到五百步的时候，我下令开火。我们的第一排子弹打了出去。随后就开始了密集的火力。然而，唐古特人继续向前飞驰，好像没有发生什么事一样。他们的指挥在匪徒们的偏左方，沿着湖岸奔驰，他高声喊叫着，鼓动自己的部下。……过了一会儿，指挥官骑的马被打死了，他本人大概受了伤，弯着腰往回跑去。"

"这次小的战斗持续了两个多小时，在这期间共射击了大约八百发，总计打死打伤近三十个匪徒。"

普氏在那里行使了沙皇授予他提拔论功行赏的特权。他在帐篷里写下了这份命令:"同事们,昨天唐古特匪帮向我们进行了新的进攻,为数二百多人。你们英勇地迎击了比你们多二十倍的残暴的敌人,经过两个小时的战斗,把他们击败了,而且赶走了。我们用这一胜利,如同上一次胜利一样,赢得了对黄河上游一带至今尚无人知晓的几个巨大湖泊所进行的考察。"

那些果洛的部落民也震慑到了普尔热瓦尔斯基。本来,普氏计划的行程是两年,最终的目的地是拉萨。但是,"在黄河岸上两次击败唐古特人之后,我决定不访问拉萨了。"

他的探险队,转向了新疆,穿越广阔的"干涸的混着盐的土地",去往罗布泊。那是更多的西方探险家曾经深入过的地域。

当我们重温这段历史,常会陷入一种复杂的情绪中。

一方面,对这些殖民主义者的狂妄,对中国国家主权的蔑视感到愤恨。另一方面,又不得不对他们的科学精神感到敬佩。

普尔热瓦尔斯基是第一个深入到黄河源区的欧洲人。

他也是真正以科学方法考察黄河源区的第一人。

世界学术界称:他"既是一个勇敢的旅行家,又是地理学家和博物学家"。

下面是他为这次黄河源探险规定的任务清单。

1. 地理物理学方面和人种学方面的记述。

2. 路线目测。

3. 纬度的天文测定，如有可能也测量经度。

4. 气象观测，湿度测量和高程观测。

5. 对哺乳动物和鸟类的专门研究。

6. 搜集标本：动物、植物和部分矿物。

7. 如有可能，进行摄影测量。

确实，普氏的探险旅行不仅限于地理考察，其采集的动植物标本，数量巨大，光是鸟类标本，就达五千多份。普氏在地理学、动物学、植物学、博物学等方面都取得了巨大的成就，举世公认。

在河源地区行走，不时可见一种行动灵敏的羚羊，身体棕红色，短尾巴不时上翘，露出屁股上一个圆圆的白斑。就以普氏命名，叫作普氏原羚。

比这更有名的，是用他名字命名的普氏野马。

我想，这所有的一切，激发了中国一代又一代知识分子的觉醒。

第八回 上河源

1. 河源水与扎加羊

从若尔盖回到成都那段时间,一边筹划什么时候再次起行,真正上达河源。一边用与黄河上源相关的种种资料将自己淹没。从卷帙浩繁的史籍中的一鳞半爪,到地方史,到各种考察报告。

在想象中,我已随各色人等,无数次上达河源。

而再上路,已经是一个月后了。

这一回重新上路,至少比第一次上溯河源而不达,多了一点儿知识,多了一点儿把握。

这一回,选了一条另外的路线。从巴颜喀拉山南,即长江上游的通天河进入。

先是到了金沙江主要支流之一的雅砻江源,四川省甘孜州石渠县。

从县城西北行,翻一个山口,就是两度去过的达日县。

没有再去那里。而是西南行,翻四川和青海间界山口到玉树。

从将金沙江和通天河分界的直门达水文站,一路经通天河上行，其实是先走长江上游，再到黄河源。

这一路称多、玉树、治多，都在巴颜喀拉山南。

一山之隔，两边的地理状貌大不相同。北边黄河流域，地势平旷，草甸宽广。在山的这一边，通天河水深切，到处是峻岭深谷。直到治多县境内，才又进入平旷的草原地带。

又遇到了疫情。

过治多县，县城已静默，全员核酸，不得进入。

绕县城而过，直接去曲麻莱县。

曲麻莱县城东面也与治多县一样地势平旷，但其北面的巴颜喀拉，却高峻而崎岖。到此，两个选择，去楚玛尔河，长江的上源之一，或称北源。再一个选择，从南边翻越巴颜喀拉，去黄河源。

当然要先去黄河源。

当晚，当地接应的朋友带去一家饭馆吃饭。

上桌不久，一个卷发汉子进来，拿出一只五升容量的矿泉水桶，给每人倒满一只纸杯。我以为是白酒，虽然这一路也不时喝上一回两回，但这架势，已经把我吓得不轻，此地已经是4200多米的海拔地面，明天上黄河源，海拔更高，我怕喝多了没有力气，便赶忙摇手拒绝。结果引起大家一阵笑声。

这时，那个壮实汉子才自我介绍。他是黄河源头麻多乡的乡长。桶里不是酒，是从河源泉眼处打来的源头水，要先请我品尝。乡长说，听说作家要去黄河源，又怕临时变故，没去得了，就带这水来请老师尝尝。

这让我十分感动。一口将一杯水干了。却没尝出味道。再一杯，才感到那水的甘甜。但以为该有的清凉却没有尝到。一桶水从泉眼取来，经几小时车程来到这桌上，已经有些温热了。这温热也是我心里此时涌起的情感。

赶紧从车上取来上好川酒，答谢这般真挚的情感。

他们喝酒，我敬了一杯酒后，再一杯杯喝那黄河源头水。

草原上嘛，照例要上羊肉。不承想，这大块羊肉却是如此细嫩鲜美。

他们笑着说，怎么样？我们的扎加羊。

我们曲麻莱的扎加羊，很有名的。

这样优质细嫩的羊肉，当然该很有名，但此前我确实并不知道。

我又敬了一杯酒。

上一杯，为了黄河源头水。

这一杯，为了曲麻莱高海拔草原特产的扎加羊。

我夸羊肉好，河源水好。

他们夸四川酒好。我说，当然，这酒是金沙江水和岷江水酿造的嘛。金沙江和岷江合流后，大水就有了新名字，叫长江。

这顿饭吃完，第二天的行程已经安排妥帖。谁带路，谁开车，谁讲解，谁准备路餐等。

2. 曲麻莱，地名译写的闲话

吃那顿饭，还得到许多关于河源和当地的知识。

比如曲麻莱县得名，说是因为境内长江上源之一的楚玛尔河，和莱阳大滩的宽广草甸。即如此，与河名同字，统一写成楚玛莱，是不是更加准确。意思是红色的河、宽广的滩。

这个莱阳大滩，已经不像是藏语地名的译写，因为纯从汉语字面，已有自己的一套意思在了。某阴某阳，在汉语地名中，非常多见，因为能明确指示该地在某水和某山的北或南。大滩更是指称明确。在通天河一带峡谷中行走的这些天，我也得到当地藏语命名的知识，即把河流两边，或在峡中的湿润草甸，称为涌。汉字译写的路牌上，写作某涌，或某某涌。打开曲麻莱地图，也时见这带涌的地名。黄河源头的草甸叫玛涌，卡日曲流经地草甸，叫卡日涌。所以我疑心，这个莱阳，如果要统一译名用字，应该写作莱涌，大滩则可以省去了。涌这个字，更接近藏语发音，也更合乎这种有草有水宽广地貌的意蕴。加个大滩的汉语后缀，重复不说，还徒增了荒凉之感。

这看起来是一个技术性的小问题，其实关涉颇有学术含量的语言学。

现今各地有专门的地名办，也越来越不缺乏精通汉藏双语的人才，其实可以从此着手做一些基础性的工作。多年前，认识一个立志要以汉藏双语互译为专业的朋友，就曾建议他来做些这种基础性的工作。当时，我还送他一本汉英双语、统一人名地名规范用字的工具书。前些日子走刘家峡到李家峡段黄河时，我再一次向一个当地朋友建议，可以做一点儿规范汉译藏，或藏译汉地名物名人名统一规范的事情。当时，这位朋友找我，是为把我的某部小说，从汉文译为藏文。

饭间，我们也说到麻多乡的这个麻字的译写。

麻多乡，黄河源乡嘛。本来，藏译汉，玛曲这个名字，各地一直是统一的。但到源头，却不用"玛"字了，用了一个植物名用的"麻"。想想原因倒不奇怪，行政区划不同，这个"麻"字，可能正是要与玛多县那个玛多作一个有意的区隔。也许，是我揣度过分了，本来，只是最初译写这地名的人，随意地选择罢了。

我这个人，性情算是随和的。但遇到这种问题，总不顾约定俗成的合理性，而生疑问，而另作主张。当下的学风，文化方面，笼而统之的话题谈得很多，多了就陈陈相因，了无新意，不如在一些具体的地方下手，解决一点儿现实问题，实事求是，反而可能从此为文化研究开辟出切实路径。

这是闲话。

曲麻莱县城，位于该县的东部，长江水系流贯之地，人烟相对稠密，草原上牛羊众多。全县3万余人口，也主要集中在这一区域。往西北方黄河源头去，便渐显荒凉。再往西，越过青藏公路和青藏铁路，就是广阔荒远的可可西里无人区了。全县地域辽阔，占地5万多平方公里，可可西里无人区就占去了相当面积。

这个地方，山高水远，寒冷高旷，人类活动史却很漫长。科学工作者已发现2万年前人类活动遗迹。随后，1万年前，地球进入周期性的寒冷期，人类活动消失，直到4000年前，才又再次出现。

一两千年前，也曾是一些古国的属地，苏毗、白兰、吐谷浑、吐蕃。

吐蕃王朝崩溃后，是漫长的部落割据的时代。各部落迁徙游牧，来了又去，去了又来，具体的历史已难考据。大多数时候，应该是一派天荒地老的景象。

县志上说。约在12世纪中叶，囊谦部落在玉树出现，同时在曲麻莱南部出现了源自或隶属于囊谦的年措部落。更明确的记载是：20世纪二三十年代，陆续从果洛、四川西部迁居而来的牧民，逐步形成了九个部落。

具体过程，约在1924年，有布久昂周为首的15户牧民从果洛阿江部落迁逃至该县境内措娃尕泽一带游牧，这第一个部落叫布久部落。以后，又相继从果洛与四川西部迁来一些牧民，组成俄仓、多仓、白沙、哈秀、尕托、拉仓、干巴、河拉麻等8个部落。

那时候，地方军阀马步芳，占据青海，在其境内代行国民政府职权，于1941年秋设立了星川设治局，任命米福堂为局长，意在曲麻莱建立政权。当时，曲麻莱有土千户1人，土百户14人，牧民约3000人。

米福堂这个人很有意思。看姓名，我以为他是回族人。

翻阅当地史料，才发现他不是。

当年，布久部落头人布久昂周因矛盾脱离阿什姜本部落，逃往曲麻莱，为存身依附驻跸在青海香日德的班禅喇嘛。因此结识班禅行辕的膳食管家米玛才仁。布久昂周于1932年将他招赘为婿。米玛才仁从此入住布久部落。布久昂周去世后，米玛才仁继任土百户职。1941年5月，马步芳派兵镇服果洛各部落，米玛才仁率部归顺。同年7月13日，青海省政府在这一地区设哈姜盐务局和星川设治局，任命米玛才仁为局长。马步芳在委任状上把米玛才仁写为米福堂，这恐怕不是笔误，而有过去王朝皇帝为少数民族首领赐名赐姓的意思。于是，米福堂便替代了米玛才仁之名。米担任设治局局长后，其势力日益壮大，接纳了马步芳军队从其他部落抓俘的不少百姓。一些流离失所的小部落也纷纷前来投靠。

陈庆英在《中国藏族部落》一书中详细记录了各个部落前来投靠的情况。为避行文冗长，仅举两例。

俄仓部落，原本是果洛阿什姜大部落下的小部落。其头目与大部落头人因矛盾发生冲突，1944年率所部100余户，驱牛赶羊，到此地投靠了米福堂。现今的驻牧地就在黄河源头的麻多乡。

尕托部落，原在四川德格境内。岗托寺活佛尕荣，因为和当地头人矛盾深重，遂率30余户牧民逃离德格，到了曲麻莱，投靠米福堂。据1958年统计，该部落已发展为65户，驻牧在今天通天河畔的秋智乡。

其他几个部落迁徙至此的原因也大抵如此。

由此看来，草原上游牧部落的迁徙，并非人们想象中只是逐水草而居那样自由浪漫。

1949年9月5日，中国人民解放军第一野战军解放西宁。曲麻莱即于9月10日宣告和平解放。

1950年，新政府将星川设治局改名为曲麻莱设治局，直属青海省。

1952年7月，中共青海省委派遣80多名干部和民警从西宁出发，经都兰县察汗乌苏到达色吾地方。米福堂欢迎工作队进入，并多方配合支持工作。当年 10 月，正式成立曲麻莱县工作委员会。

1953 年 10 月 24 日，成立曲麻莱县人民政府，开府建署于色吾沟，米福堂当选为曲麻莱县县长。12 月 20 日，玉树藏族自治州成立。1955 年，米福堂担任自治州副州长。

20 世纪 80 年代，曲麻莱县治改迁到现址约改镇。

这是一县正史，不是闲话。

3. 色吾沟的旧县城

第二天，天亮即起，去县城里走走。

看见县里干部起得更早，正在从青藏线下来的路口设置路障，搭设帐篷，往里面搬运桌椅和仪器，说是马上要进行全员核酸。说是西藏拉萨发生疫情，大量人员正沿青藏公路前来青海。很多人车，一入青海后即离开青藏公路，在玉树州各县四散开来。曲麻莱县因地理位置，首当其冲。这些人与车，有这个季节络绎不绝的自驾游客，这些人容易管理。更多是当地老百姓，往西藏贸易、朝佛、走亲访友，一回青海就四散到各县城和乡间去了，难以掌控，为防止疫情蔓延，只好全域静默，全员核酸。这件事情，在城市做起来容易，在地广人稀的草原上，就有相当难度了。

本想到县城下方湿地里行走一圈，却停在那个路口打探消息了。太阳出来，照亮城边山头时，手机响起，叫回酒店早餐。

然后由当地朋友导引，去往黄河源头。

出县城，即绕行一座山脚，山势越来越高。县城所在的草原已在下方。

昨夜下了霜，草尖上都泛着细小冰晶的银光。

看见了一只狐狸，又看见一只狼，又看见了三只岩羊和几头藏野驴。其他动物都有些警觉，跑远一些，才停下脚步转头回望。只有藏野驴若无其事，昂首站在公路边上。

又下山，好一段路，行在通天河边陡峭的山前。这是国道215线，经曲麻莱县城到青藏公路的不冻泉。大概车行有七八十公里，在里程碑显示260多公里处，我们右转北向，进一条岔沟，上省道312线。

这省道的起点，就是曲麻莱县最先设治的地方色吾沟。

此地因河得名，色吾曲从北而来，在此汇入通天河。看过一些文字材料。当年那些长途跋涉来曲麻莱建政的亲历者写的。平坦的公路边，旧县城只剩下当年县政府前一道钢筋水泥门拱，用栏杆围起来，门拱上方还有毛主席手写体的五个大字：为人民服务。

20世纪80年代初，因为过度放牧，因为大规模的非法淘金，因周围草原沙化，城中水井干涸，县城被迫迁移。如

通向河源之路

今，因为退牧还草政策，禁止盗采黄金，并对淘金破坏的河道与草原进行生态修复，我站在旧县城废墟前时，地上已长出青绿浅草。绿草下是房屋地基的痕迹，和横平竖直街道的隐约痕迹。

曾经见过几张曲麻莱旧县城照片，20世纪90年代由"长漂"队员拍摄。那情景让人触目惊心。大片土坯垒砌的残墙，错落竖立，屋顶没有了，门窗也没有了。曾经的街道，曾经的小广场，那些经过平整硬化和许多人日复一日，无数次踩踏的坚硬地面，经过冰冻，经过日晒，经过风吹，都开裂酥脆了。地面上到处是沙，风在沙上留下了清晰的纹路。最让我惊心的是一排排间距相同的土坑，那是献身于这片土地的烈士们的埋骨地，因为县城搬迁，他们的遗骨被起出，移往新的安葬地了。移灵的人们，为什么不把那些坑重新填平？

废址不言，这个地方值得久久沉思，久久徘徊，但我的目标是黄河源。短暂停留一阵，便又离开。

漫长的历史上，从内地来到边疆的人，无论是将军、戍卒、信使，还是贩夫、流民，都是游民心态。从建立了曲麻莱老县城的那一代人开始，却把他乡作故乡，中国人在中国国土上，才渐渐滋长起主人翁心态。

4. 从长江到黄河

再上路,省道 312 线。

才知道色吾沟是这条公路的终点,起点是玛多县城,由东向西,经扎陵湖、麻多乡,终点色吾沟。全长三百多公里。

看着眼前平整的柏油路面,我说,之前玛多县的人说,没有路通向黄河源是假的?

陪同的人说,不是假话,是真的。这条路,两头往中间修,环保措施严格,加上高原大部分时候天寒地冻,施工期短,中间部分,还没有修完。

蓝天白云下,道路无尽延伸。路的一边,是蜿蜒的溪流,另一边,是山峰错落起伏连成的山脉。一条溪流到了尽头,公路盘上一个山口。下去,是又一个当地藏语所称的涌,直译成汉语,是滩。但"滩"字有些荒凉。涌是一道宽谷,溪流蜿蜒,河两边青草茸茸。再翻一个山口,再过一个宽阔的涌。

所有经过的一条条溪流,都向南,流向长江上游的通天河。

河源段黄河,黄河源,在巴颜喀拉山的那一边。

终于,上到又一个山口,前面引路的车停下来。此时,崎岖的山地都在背后,都在南面了。北面,西面,还有东面,连成一气,展开一片平旷大野。我们这是站在了长江与黄河水系的分水岭上。

长江与黄河,此时的距离就在咫尺之间。

又来到黄河流域了!

缓缓起伏的高原面上,隆起的是浑然浅山,低陷下去的是湿地。蓝天丽日下,满眼都是闪闪放光的水!

水,曲折流动的是宽窄不一的溪;水,停潴蓄积的是大大小小的湖。

水,无论是何种形态,都像在大口吞咽强烈的日光。吸进去的是热量,折射出来的是金光和银光。

这就是星宿海吗?

我不想听到答案,说是,或者说不是。反正眼前景正如《河源志》中所描绘:"有泉百余泓,沮洳散涣,弗可逼视,方可七八十里,履高山下瞰,灿若列星,以故名火敦淖尔。"

在这样的天空下,在这样的高旷地,看到这么多水,我感到自己身体里、心里,很深的地方,也有热,有光,有动人的荡漾。想大声欢呼,却偏偏又一声不响。这样,身体深处,心的最深处,那荡漾的水光才能彻底将我激扬。是的,要像这雄阔的高原一样沉默,要像天上洁白的云团一样,停止翻涌,静悬在一派碧蓝中一声不响!

我可以一直站在这里,到天荒地老!

但我移动脚步了。人想定住，双脚却不由自主，交替迈开，往下方，往有水光闪亮处走，往水光荡漾处、有绿意浮动处走！

差不多下到谷底，站在一汪水边上了。水一动不动，像一整块琉璃，上面还浮着些五彩的油汪。那是黑色的沼泽地泛出的油，那是更深处岩石浸出的某种元素。

一只水鸟惊起，一簇花开放。

目光越过大片沼泽，南面的浅山腰上，隐隐约约，有一顶牧人的白色帐篷。用了相机的长焦镜头，看见帐篷旁还有几匹马，几头牛，在帐篷旁边的草地上，真的是远在天边。

头顶掠过一股风声。一只鹰展开双翅，从空中俯冲而下，被阳光放大的身影掠过沼泽，水洼间的草墩上，一只雪雀惊叫起飞，半空中，一团羽毛飞溅，雪雀就已经在鹰的利爪间了。鹰奋力扇动翅膀飞向沼泽对面的山丘，降落在了一根电线杆顶的巢中。我想上山去看那个鹰巢，引路的朋友说，不必专门去看，一路上，鹰与巢越来越多，随时都可以看到。

这里，除了草甸中出没的鼠兔，还有许多在草窠下筑窝的鸟，雪雀与云雀。湖水中有鱼，裸鲤，还有蟾蜍。包括鹰在内的食肉飞禽与动物都供应充足。

我们继续前进，黄河源还在远处。再行十多公里，柏油路面消失了。进入了正在施工的路段。路基上，砂石路面已

通向河源之路

经碾压坚实了。等待铺装柏油路面。洒水车在砂石路面上来回洒水，避免过往的车和风激起扬尘。

路两边，施工时被破坏的草地上，工人们把当初揭开的草皮搬回来，重新铺展在裸露的地表。看过一份312线施工环境影响评估报告，其中就说到路基开挖和施工中对草原的损毁，并提出预案，施工时将破坏降至最低程度，完工后，对路基两边造成的损毁进行最有效的修复。具体方法，就是在施工前，将路基破开的草皮揭起，集中养护，维持活力，施工结束后，又搬回原处，覆盖地表，恢复生机。这一路，我注意到完工的路段，路基两边，生态恢复状况良好。

也有一个现象令人不太理解。施工路段两边，为什么要竖那么多标语牌，要密集地插上成行的彩旗。不是一百米两百米，而是数公里长。标语牌需要金属材料和木料，彩旗又需要多少纺织品，也不觉得是一种浪费。彩旗被风撕扯破碎，吹散在草原上，还造成污染。这些年来，人们已经注意到野外太多的经幡，太多抛撒的风马纸，对环境造成污染。因此已经有所节制。但一个现代化的道路工程，却在这样的细节上缺乏节制与环保的考量。

标语牌也不是没有一点儿用处，至少鹰喜欢蹲踞其上。在一面两个多平方米的标语牌上，我就看到四只鹰并排蹲踞在上面。

5. 鹰的生态学

不能再沿这条公路继续前行了。前面正在开掘路基,无法通行。更重要的是,这条路避开了黄河源核心区,并不往黄河源去。

去那里,只能走一条简易公路,或者说是一条车行多了,便有了的一条便道。

这条便道,把我们引上了一道浅缓的山梁。

一上山,就遇到了鹰巢。

一根独立的柱子,不是电线杆。这根柱子与几百米开外的另一根柱子间没有电线串连。

面前这根水泥柱柱顶侧方,斜挂着一只鹰巢。

原来,这些柱子是专为需要高踞,俯视草原的鹰专门竖立的。

鹰巢,用铁丝编织了坚实的框架。至于使巢温暖的材料,却是由入驻其中的鹰自己搜集来的。在自然状态下,鹰筑巢,外框用小灌木枝条,伏地柏的、雪层杜鹃的。杂以坚韧的草茎。里面是鸟羽和动物毛。这些都来自鹰的猎物身上。这样的鹰巢有自然的美感。

眼前,这些鹰巢却不那么自然。不是因为金属材料编织的筐,而是因为巢中太多的材料来自人类,破碎的哈达与经幡,还有人丢弃的破衣烂衫,都被鹰衔去,和树枝、草茎编织在一起,它们当然很方便受用。但人类的眼睛与心理,总觉得鹰骄傲清洁,怎么像是栖息在垃圾堆上?

这些人工鹰巢的修筑,是三江源地区广泛采用的生态治理措施。

鹰喜欢高处,草原上没有高处。鹰往往栖止于有悬崖的高山。这是人类真诚的邀请,请鹰到离山很远的草原中央来。到食物丰富的草原中央来。

应该说,这样做,生态效果很好。周围的草原,特别是那些显出退化迹象的草原上,再没有那么多鼠洞,没有那么多鼠兔——头脸像兔子,身体如鼠,没有尾巴的小动物,和其他鼠类一起出没。顺便说一句,鼠兔不是鼠,是兔,在动物分类学上属于兔形目鼠兔科鼠兔属,是哺乳动物。它们体形虽小,但蹲踞在洞口,裂开嘴唇,露出两个板牙时,确实就像是一只兔子。

面前那人工织物很多的巢中有两只鹰。一只伏在巢中不动,看样子是在孵卵。另一只半张翅膀蹲踞在巢边,应该是刚捕捉了一只鼠兔一类的小动物,为孵蛋鹰供应食物。巢边的那只鹰振翅飞走了,平展着翅膀以滑翔的姿态飞入沼泽深处,穿过太阳光瀑,飞入山的阴影,看不见了。

接下来的行程,就是上一道浅山,又下去,过一道溪流穿行的湿润草原,再上一道浅山。

湿地生机盎然。但浅山上的情景却让人心惊。因为全球气候变暖，冻土层融解，地下含水层下降，高丘上干旱了，植被稀疏。而且正在发生不好的变化。马牛羊喜食的禾草科、莎草科的牧草退场，替代而生的是一些耐旱植物。茎木质化的，植物纤维粗砺的，叶上长刺的。好在，路又下到了谷中湿地，还是水肥草美的世界。

每一道山梁，都竖有专门竖立的鹰柱，柱上都有为鹰筑的巢。

过去，草原上灭鼠，用药。药可以毒死鼠，连带也毒死许多包括鹰在内的其他食物链顶端的动物。为治理生态而造成更严重的生态恶果。

现在，鹰回来了。除了这种柱子，当地老百姓还有一种办法，在高处用土用石头垒砌高台。也是为了召唤鹰回来。

只有少数柱子上的巢还空着，看样子，要不了多久，里面就会住满新的主人。

这种肉食型猛禽在青藏高原上有很多种。比较常见的苍鹰、雀鹰、草原雕、白尾海雕等。

鹰，是鹰科鸟类的统称。

它们的共同特征是，喙和爪子弯钩形，尖锐锋利；双翼羽毛粗硬，动作迅猛；眼睛锐利有神，视力超群；呼吸粗重，叫声嘹亮。它们营巢于高树或悬崖峭壁上。主食小鸟、鼠类、蛇类和昆虫。母鹰的孵卵期约为38天，一般一次孵下四五只小鹰。平均寿命为70年。

人工鹰巢中的一只大鵟

鹰科下，还有不同的属，不同的种。

我几次想抵近鹰巢拍摄几张体态特征清晰的照片，以查对这种鹰具体的种名。但都不成功。人在远处，它就蹲踞在巢边，警觉地望着。你稍一走近，它便振翅飞走了。巢中趴窝的那一只却一动不动，只看得见一只脑袋。还是当地朋友告诉了我这种鹰的学名：大鵟。

好了，如此一来就可以继续赶路，不耽误去河源的行程了。

原来这猛禽我见过，在低海拔的平原上见过的。也知道它的名字。因为是在低海拔的平原上见的，没想到平原上的猛禽也分布到这高寒的漠野之中，生机勃勃。这些年来，它们的数量还在不断增加。它们恢复生机的原因，也很简单，就是草原上不再用毒药来消灭鼠兔了。

后来，查阅资料得知，大鵟具有候鸟和留鸟的双重特性。在高海拔地方，它们一年四季都在那里，是留鸟。而低海拔地区，它们却是旅居者，往往在冬天才出现在那些地方。这是一种不喜欢高温的动物。

6. 黄河源，约古宗列

车行在高旷地带，如在世界尽头。

天远地阔，干燥的浅山，湿润的谷地，相同的地貌重复交替。景物缓缓移动，时间似乎停滞，目的地似乎永不会到达。

就在陷于这种迷幻的状态时，有人喊一声：雅拉达泽！

在前方，几乎要没入这片大荒之野的巴颜喀拉山脉，在它的西端，似乎是将到尽头处，又挺拔起一座雪山。

那就是海拔5214米的雅拉达泽山。

蓝空之下，荒野尽头，山上的冰雪晶莹夺目！

这就意味着，我们真的进入黄河发源地了。

当地牧民传说，雅拉达泽是阿尼玛卿雪山的儿子。阿尼玛卿远离河源，却又不忘河源，便派遣他的儿子雅拉达泽来这里守护源头。我想，要不是20世纪果洛大部落中分裂出来的小部落来到河源地带游牧生息，这个神话兴许就不会产生。神话发生关乎情感，不是科学。从这个意义上讲，可以说，这种附会，表达的是这里的人们，对果洛故乡的思念。

从地理学上讲，雅拉达泽属于巴颜喀拉，而不属于阿尼玛卿山系。但这个神话依然美丽。

清代的探源者就知道并认为，星宿海以上，有三条河都是黄河的上源。

这三条河，清代人用的是蒙古语的名字，今天，用的是藏语名了。

望山前进，越过了一条河：卡日曲。三条上源中最靠南的一条。

我们要往约古宗列曲去。那是目前国家层面正式认定的黄河源。

再越过一道东西向的浅山，一个面积巨大的盆地展现在眼前。盆地中，溪流蜿蜒，青绿草色间，有许多小湖亮光闪闪，点缀其间。有人做过统计，那些小湖的数量在100个以上。

又有人喊一声：约古宗列！

约古宗列，是这个盆地的名字，也是穿行于盆地中水流的名字。因为周围浅山合围，中间平坦宽广，藏语的意思是这盆地像一口浅沿平底的炒青稞的锅。地理学家对这个盆地进行过测量，它东西长60公里，南北宽约30公里，除了流水要出盆地，在其东北方切割出一道芒尕峡谷，四面均被坡度平缓的山丘包围。

我们没有下到盆地中去，而是顺便道，从山腹上横切过去。

车路到了尽头。

离车徒步。高海拔地带，每个人适应状况不同。我走在最前面。听同行的年轻人在我背后说：看这个老头儿！

我不老！

老的是河山。周围的地貌确实显现出苍老容颜。

草，根在泥土中纵横交织，浮在表土上的绿却只是那么

约古宗列盆地中央

浅浅的一点儿。

土，被冰冻，被风吹雨蚀，裂纹满面。

它们都沉默不言。而我色胜于形，一切兴奋都体现在急切的动作上了。还有别的人也在接近泉眼。有人双手扶着膝盖喘气，有人停下来吸氧。我越过他们，没有停下来问别人需不需要帮助。

到达那个泉眼跟前了！

清澈纯净的水，从湿漉漉的草间，从湿漉的泥土中，无声沁出，微微漾动，停蓄在那个泉眼中。这就是黄河最初的第一滴水，第一汪泉！一瞬间，我的身体有滋滋作响的电流穿过。

终于！终于到达了！终于到达黄河源了！

我站在泉水前，身体微微震颤，眼中热泪漾动。我看到过许多清冽纯净的山中泉眼，但从未有过这样的感觉。我想，这一切只能是因为，它是黄河之源。

同行的人陆续上来了，不同行的人们也陆续上来了。

我已经平复了情绪。开始四处打量。

有一块国家地理认证标志，一个刻了字的圆盘平置在地面，泉眼中溢出的水，漫过它的表面，让我看到了流淌。

抬眼，两通国家领导人题字的黄河源碑，竖立在稍高处的缓坡上。

黄河源头，最初的静谧泉眼

泉水溢出来,一股轻浅小溪开始流淌。

是最初,是开始,是发端。

下行十多步,那么细弱的溪流,年深日久,已经在冻土中冲刷出一条三四十厘米深的小沟。我站在那里,沟中溪水有了清脆细微的叮咚声响。我站下来,凝视。看见几个小生命。一只鼠兔,蹲在洞穴口,小眼睛明亮。还有一只雪雀,蓬松着羽毛,站在草地上享受温暖阳光。更让我惊奇的是,看见了一只戴胜鸟。这种鸟,在低海拔的丘陵地带常见。不想它还栖身在这样高的地方。

见它安静地站在溪边,我怕认错了,挥挥手,它起身往下游飞去。是戴胜,看它翅膀舞动,像风车旋转一样。

我被叫回泉眼旁。

那里有一个四方的水泥台子,之前,我的注意力集中在泉水上,完全没有注意到这个祭台。

当地朋友准备了哈达,递到我手中,我把哈达献到台上。一瓶酒递到我手上。打开酒瓶,往台上倾倒时,心里本该有些祈请祝祷的话,但没有。我脑子里,只出现了一个字:酹。然后,是一句话:哦,这就是中国人的酹了。为黄河,为中国而酹。瓶子递到同行者手上,他们继续酹。每一个人举止神情都前所未有的庄重。礼毕,有人问我,老师心里说了什么。我说,没说什么。对黄河,说不出什么。渺小的人，对久远浩茫的自然存在，对一条滋生壮大了中华文化的河的源头，真的说不出什么。

源头自己也无声涌出，没有什么声响。

这时，才注意同到源头的不同的人。一个电视台的摄制组在拍摄。有三四个人在领导人题字的碑前留影。还有一个裤腿宽大、上衣紧束的女网红举着手机对准自己，要直播的样子。陪同她的是一个着紫红袈裟的喇嘛。

这个地方，距雅拉达泽山约30公里，位于约古列宗盆地西南。海拔4640米，东经95°59′25″，北纬35°01′35″。

这个泉眼，地理考察报告上有测量数据：宽1.0～1.5米，深0.1～0.2米。当地藏族称为玛曲曲果。玛曲，藏语意为孔雀河，即黄河。曲果，藏语中的意思是源头，是小河。

紧靠源头的山，当地藏族称为玛曲曲果日。日，在藏语中意为小山。小山东坡泉眼涌现，呈满月之形，两旁山臂伸出，如双手捧月。

此泉夏不狂溢，冬不干涸，映着蓝天白云，源源不断涌出甘露。下流1公里左右，与另一股泉水，青鸟龙洼汇合，形成宽约0.7米的溪流，即为玛曲。

我再次离开人群。循溪而下。鸟见过了。哺乳动物中，最小的鼠兔见过了。资料上说，这一带地方是野生动物的天堂，有野驴、黄羊、石羊、藏羚羊、红狐、狼，甚至有熊和野牦牛出没，但在这个大白天，什么都没有看见。

越往下走，溪流切出的沟越深陷，沟壁是油油黑土，沟两面是丰茂水草。一个个因冰冻效应而形成的绿草墩上，开着成簇连片的黄色花。是长花马先蒿和山地虎耳草。在沟沿上看见了一种翠雀花。大多数翠雀花都是蓝色，这种翠雀花却是白中沁蓝。是这一带的特有种，单花翠雀。一路下行，都是相同的草、相同的花。繁盛，却又有些单调。

我爬上溪边的山坡。很快，地面就变得干燥，植被也变得稀疏，这里那里，不时裸露出沙土。沙地都很疏松，因为不断上冻，又不断融解的缘故。

只有一种植物，香青，在这里蓬勃生长。每一丛，都是大而紧密的一团，簇生的茎端开出头状的伞形花序。这个植物学术语需要略加解释。头状，是说花开在茎的顶端。花序是花的排列组合方式。伞形，许多朵小花聚合在一起，中央突出，并向四周低下，像伞的形状。

再回到溪边下行。随处都有泉水溢出，才几百米距离，溪流明显丰盈壮大。再前往，另一条溪前来汇合，这就是青鸟龙洼。

两水间，突出一个半岛状山嘴。这里也有一道碑，上书藏文。以前，十世班禅大师曾行经此处，碑上藏文，就是他

一丛香青，顽强的生命之花，开向天边

黄河，第一次接纳一条溪流

留下的祝祷。

此处甚好,我们就在这里选一块干燥点的草甸席地午餐。此时已是下午两点。

一人一张面饼,大块的扎加羊肉。肉与饼自然是冷的。但旅行用的保温瓶里的茶却是热的。当然,这样的地方,这样的时候,应该喝一点儿酒。一人一只纸杯,倒入多少随意。我倒了多半杯,二两许。大家碰杯后,一口饮下。

从这里,已经叫玛曲的溪流,先向北,再向东,流入约古宗列盆地。这段距离,有人丈量过,约2.1公里。然后,这水就百回千曲,在盆地内滋育草滩,造成沼泽,和众多水泊。

再然后,出盆地东北角,经16公里长的芒尕峡谷,进入另一个盆地:玛涌。

前面说过,当地藏语中,涌的意思就是水盈草丰的河谷。

河水继续蜿蜒下行,下行9公里,接纳北来的黄河三上源之一的扎曲。

再往东南蜿蜒下行6.8公里,接纳西南边来的黄河三上源之一的卡日曲。

增大的水流依然在玛涌盆地中千转百折,造湖养滩,这便是著名的星宿海。出星宿海后,合流的玛曲又一分为七,再合为三股,入扎陵湖了。

我原本想，如果可能，就去星宿海看看。

又或者，往卡日曲源头走走。多年来，关于黄河源头究竟该是约古宗列曲还是卡日曲，一直都存在争论。

1952年8月，黄河水利委员会组织河源考察队，把约古宗列曲作为黄河的正源。这也是世居此地的藏族人的观点。

1978年夏天，青海省测绘局组织多方面专家在黄河源头勘察后，提出，定卡日曲为黄河正源比约古宗列更为合适。

卡日曲，藏语意为铜色河。海拔高度4830米，源头处有五个泉眼。从与玛曲相会处算起，卡日曲长24公里多。而玛曲（即约古宗列曲）与卡日曲相汇前，长度21公里多。和约古宗列曲相较，卡日曲水量也更大。

对于河源的确认，国际公认的原则是：河源唯远唯长。再就是流量的比较，这一点上，卡日曲也大于约古宗列曲。从纯地理学的意义上讲，考察队专家的意见正确。

但河源的认定，还会考虑传统文化的认知。

当地藏族民众一直以约古宗列为黄河正源。有专家认为，河流溯源贯通，其长度也在不断变化之中。当地藏族人之所以如此认识，可能证明，更长的历史时期中，玛曲曲果和约古宗列或许就是黄河最长最古老的正源。只是在长期的地质运动中，卡日曲的长度才超过了玛曲曲果。藏语里，黄河就叫玛曲，玛曲曲果这个命名里，就包含着当地人对黄河源头地位的承认。

所以，到今天，还是以约古宗列曲的源头，玛曲曲果为黄河正源。

我个人还有一个揣度，是不是还有·个位置的考量。卡日曲在南，扎曲在北，而约古宗列，在两曲中间。

当时，我就说，去星宿海，沼泽难以通行，要不去卡日曲源头看看？

有赞同的，有不赞同的。赞同者说，好啊，大不了露宿于星空下面。

不过，引路的当地朋友表情严肃，说今天必须回到县上。于是，起身回程。

不过，主人照顾我情绪，回去没走来时的近路，而绕行一些路，以便更多地经过卡日曲流域，确实，那里有更丰沛的水，纵横迂曲在宽广的草滩。

我说，要不明天去了楚玛河，回头再来卡日曲。

却不想，此次行程已告结束。

7. 意外的结束

没有想到的,高潮处,也是此行的结束。

意外的结束。

越过巴颜喀拉,到了南边的长江水系。色吾沟老县城,马上要上国道了。前车停下,陪同的朋友下来,告诉我一个消息。明天,为防止西藏疫区流入的人员传播疫情,玉树州将开始全域静默,全员核酸。他传达县领导指示,请我考虑,是留下来和他们一起,还是在封控令下前,离开曲麻莱。

他说,不必马上做决定,到县城还有两个小时。请老师在路上考虑。

有了这心事,路上再有人拿出地图,介绍通天河上那些众多的支流,我已经有些心不在焉了。本来,想再去卡日曲的,本来想,再去通天河上游的楚玛尔河的。但一切都得作罢。好吧,那些山川永在,疫情过去,还可以再来。毕竟,已经到达黄河源头了。

回到曲麻莱,气氛果然不同了。县长来,说,正式封控时间是明早8时,老师要留下来,和我们一起,也是一种特别体验。不然,就得连夜离开。

待在这里,显然是不现实的。决定离开。收拾行李,给车加满油。再去做一次核酸。希望当夜报告能够出来,明天路上遇到关卡，手机的信息框中显示绿色。

夜里十一点钟，我们上路。

导航指的是近路，5个小时能到石渠，但途经的治多县已经封控。只能走另一条远路，穿越崇山峻岭，导航显示要将近8个小时，也只能如此，也是回四川最近的路线。

上一次黄河行，从若尔盖出发，没打算再回那里的，因为疫情，最近的路线让我回到了那里。

这一次，从石渠县入青海，本打算回去另走一条路线，结果又是因为疫情，再次把我指向石渠县。我想问，是谁做了这样的安排。有些奇妙，也有些怪诞。

上路。

夜里，除了天上的星空，和群山的轮廓，什么都看不见。只感觉道路曲折，上山，下山，再上山，再下山。

我只想，下次还要再来，为了好好看见。

过一座山，心里说一次再见。结果又上一座山。

通天河，再见。

巴颜喀拉山，再见。

黄河源，再见。

天快要亮了，天边的群峰后，现出了霞光。

还有很多山在前面。还有许多水，奔流在群山中间。

2023年10月至2024年3月一稿

2024年5月二稿

2024年6月定稿于洛带镇岐山村

后记

应了青海人民出版社邀请，去走三江源区，为写一部三江源传。

黄河源，长江源，澜沧江源。

2022年7月上路，半个多月，行程因疫情中止。8月再去。先走通天河，去澜沧江，再上黄河源。两段合起来，就将黄河上游李家峡以上段，基本走完。

之前的二三十年间，前前后后，已走过河湟间不少地方，走过就走过了，没写什么文字。这一回，以前的行走，就视为漫长的准备了。

2023年，6月起行，上了长江源和澜沧江源，行程比走黄河，艰难许多。

等到动笔时，觉得将三江源合写成一本书，一部传，有困难。

原因有二：

地理方面，三江源区都是雪山草甸溪流湖沼，差异不大，好多地方，除了名字各各不同，面貌却大同小异。要写得各有声色，很难。从地质成因上讲，三江源的形成，都由同一场漫长的造山运动所造就，其构造大戏，写起来，又难免雷同。

人文方面，长江与澜沧江源区，比黄河源区更加封闭辽远。干流与支流都是藏族人游牧为主，间有定居农业。而黄河上游，主流与支流上，自古迄今，多民族冲突融通，杂居共居，发展起了发达的灌溉农业，造成丰富的文化多样性。

地理上并写困难，是差异太小。而在人文方面，却又是因为差异太大。如果三江并写，便会轻重繁简很不均衡。

也努力过，想为那两江内容增重，我又独自行路，走了西藏境内的澜沧江段：察雅、昌都、芒康，到云南德钦。走了四川境内紧连通天河的金沙江段：石渠、德格、巴塘。更觉得两江多样性是在下面，不在上面。

于是，也没有和出版社商量，擅作主张，这一本书，只为黄河源立传。

为黄河源立传，这事以前没有人做过。

地理地质方面，有国家层面的多次重大考察，有科学资料可供援引。相对而言，人文方面的材料，就显得支离零散。

人与大地，大地与人，本就是相互依存，彼此映照。所以，我写此传，地理层面的自然变迁要写，而民族互动，文化演进，更是书写重点。地理与人文，两相辉映，才是一部真正的黄河源传。不敢自诩成功，一种真诚的全力以赴的尝试罢了。

也许，等人文材料掌握更多，或者再次或多次亲身游历，有更多观察、更深体验，再来为长江源和澜沧江源立传。

2024 年 7 月 1 日晨于岐山村山前居

大河源

作者 _ 阿来

编辑 _ 段冶　　装帧设计 _ 朱镜霖　　技术编辑 _ 丁占旭
责任印制 _ 刘淼　　出品人 _ 李静

果麦
www.goldmye.com

以 微 小 的 力 量 推 动 文 明

图书在版编目(CIP)数据

大河源 / 阿来著. -- 西宁：青海人民出版社，2025.3（2025.5 重印）. -- ISBN 978-7-225-06848-0

Ⅰ . I267

中国国家版本馆 CIP 数据核字第 202418PP24 号

大河源

DA HE YUAN

阿来 著

出 版 人	樊原成
出版发行	青海人民出版社有限责任公司
	西宁市五四西路 71 号　邮政编码：810023　电话：(0971) 6143426（总编室）
发行热线	(0971) 6143516 / 6137730
网　　址	http://www.qhrmcbs.com
印　　刷	北京盛通印刷股份有限公司
经　　销	新华书店
开　　本	880 mm × 1230 mm　1/32
印　　张	14.5
字　　数	300 千
版　　次	2025 年 3 月第 1 版　2025 年 5 月第 3 次印刷
书　　号	ISBN 978-7-225-06848-0
定　　价	88.00 元

版权所有　侵权必究